1ª edição - Dezembro de 2022

Coordenação editorial
Ronaldo A. Sperdutti

Capa
Juliana Mollinari

Imagem Capa
123RF

Projeto gráfico e diagramação
Juliana Mollinari

Revisão
Alessandra Miranda de Sá
Maria Clara Telles

Assistente editorial
Ana Maria Rael Gambarini

Impressão
Gráfica Assahi

Proibida a reprodução total ou parcial desta obra sem prévia autorização da editora.

© 2022 by Boa Nova Editora.

Av. Porto Ferreira, 1031 | Parque Iracema
CEP 15809-020 | Catanduva-SP
17 3531.4444

www.**lumeneditorial**.com.br
www.**boanova**.net

atendimento@lumeneditorial.com.br
boanova@boanova.net

Dados Internacionais de Catalogação na Publicação (CIP)
(Câmara Brasileira do Livro, SP, Brasil)

Marco Aurélio (Espírito)
    Medo de amar / pelo espírito Marco Aurélio ;
[psicografia de] Marcelo Cezar. -- 1. ed. --
Catanduva : Lúmen Editorial, 2022.

    ISBN 978-65-5792-060-2

    1. Espiritismo 2. Psicografia 3. Romance espírita
I. Cezar, Marcelo. II. Título.

22-137005   CDD-133.93

Índices para catálogo sistemático:

1. Romance espírita psicografado   133.93

Inajara Pires de Souza - Bibliotecária - CRB PR-001652/O

Impresso no Brasil – Printed in Brazil
01-12-22-3.000

MARCELO CEZAR

ROMANCE PELO ESPÍRITO
MARCO AURÉLIO

Medo de amar

LÚMEN
EDITORIAL

Prólogo

Maria Lúcia remexeu-se na cama, abriu os olhos e moveu lentamente a cabeça de um lado para o outro.

Como vim parar aqui?, indagou a si mesma, confusa.

Perpassou o olhar pelo ambiente e deduziu estar num quarto de hospital. A atmosfera do local era azul, as paredes pintadas em tons de azul-bebê. Próximo à sua cama, havia um jarro de água e um copo sobre uma mesinha de cabeceira. Na parede oposta, um pequeno armário e, ao lado deste, uma poltrona. Atrás da poltrona, um abajur iluminando palidamente o ambiente. À esquerda da cama ficava a janela, com as cortinas cerradas. Seria dia ou noite? Impossível precisar. Ela tateou os lençóis: eram macios, alvos e perfumados.

Ouviu passos no corredor e, em seguida, leve batida na porta. Uma simpática negra, de olhos verdes profundos, adentrou o quarto sorrindo.

— Já não era sem tempo!

— De quê?

— Faz um mês que dorme sem parar. Estava na hora de acordar.

Maria Lúcia fez força e ajeitou-se melhor na cama. Recostou-se na cabeceira.

— Onde estou?

— Num hospital. Não se lembra do acidente?

— Não. Nem imagino como vim parar aqui.

— Logo vai se recuperar e se lembrar de tudo.

— Quem é você?

— Meu nome é Bárbara. Sou enfermeira desta ala.

— Que horas são? É dia ou noite?

Bárbara foi até a janela e, num movimento gracioso, puxou delicadamente as cortinas para os lados.

— Está uma linda tarde.

— Bonita mesmo — concordou Maria Lúcia.

— Sente fome?

— Não. Estou com sede.

— Natural que sinta sede. Dormiu muito tempo.

— Por que dormi tanto?

— Você se safou de uma! O doutor Lucas...

— Quem é ele?

— Seu médico. Ele virá lhe fazer uma visita. Menina, por pouco não...

Lucas entrou no quarto e interrompeu a conversa, repreendendo a enfermeira com o olhar.

— Queira se retirar, Bárbara, por gentileza.

Ela baixou a cabeça envergonhada, girou nos calcanhares e saiu cabisbaixa.

— Com licença.

Lucas aproximou-se da paciente.

— Como vai, Maria Lúcia?

— Sonolenta.

— Mais alguns dias e, se tudo correr bem, vou lhe dar alta.

— Quanto tempo mais ficarei aqui? — indagou ela, com visível apreensão.

— Não sei precisar ainda.

— Não gosto de hospital.

— Quase ninguém gosta. Mas tem o lado bom.

— Qual?

— As visitas.

— Visitas? Para mim? Tem certeza?

— Posso mandar entrar?

Ela ajeitou os cabelos.

— Pode.

Lucas saiu do quarto e retornou logo em seguida acompanhado de dois homens. Um deles ela reconheceu imediatamente.

— Papai! — exclamou, comovida.

Floriano correu até a cama e abraçou a filha, emocionado. Delicadamente estreitou a cabeça dela em seu peito.

— Querida, quanta saudade! Desde seu resgate, estava impaciente. Esperei tanto por seu despertar.

— Papai, não imagina como tenho me sentido só nesses últimos tempos.

— Vim para ficar.

Ela olhou por cima do ombro de Floriano e fitou o rapaz atrás dele. Era bonito, cabelos anelados, olhos vivos e expressivos. Aparentava não mais que trinta anos de idade. Seu sorriso era cativante. Maria Lúcia sentiu um friozinho na barriga. Seu rosto era-lhe profundamente familiar.

— Quem é você?

— Um velho amigo de Floriano.

Ela se encantou com o rapaz. Sua voz era aveludada, porém firme. Sentiu vontade de abraçá-lo, mas conteve-se.

— Deixaremos pai e filha matando a saudade — tornou o médico. — Voltaremos daqui a alguns minutos. Com licença.

O rapaz despediu-se com ligeiro aceno de mão. Ele e Lucas retiraram-se. Ao ver-se a sós com o pai, Maria Lúcia confessou:

— Foi muito duro ter de viver sozinha. Você sempre me amparou; era meu único defensor.

— A vida sabe o que faz, minha filha.

— Será? Se pudéssemos estar mais tempo juntos...

Num lampejo, Maria Lúcia lembrou-se de tudo: dos mais recentes acontecimentos, de sua raiva, do acidente.

— Meu Deus! O acidente! — bramiu ela.

O que estava acontecendo? Não podia estar conversando com seu pai. Jamais! Ela o empurrou com toda a força. Gritou horrorizada:

— Saia daqui! Você não é real!

— Filha, sou eu, sim. Calma!

— Não! Suma da minha frente! Desapareça!

Floriano tentou acalmá-la. Maria Lúcia quis correr, mas suas pernas não respondiam à sua vontade. O pavor apoderou-se de seu corpo. Sentiu forte pontada na cabeça e, antes de cair desfalecida sobre si mesma no chão, disse em um fio de voz:

— Papai, você morreu há vinte anos...

Capítulo um

    O som agudo e irritante do despertador obrigava Maria Lúcia a acordar. Em vão, ela se revirava na cama e tapava os ouvidos com o travesseiro. Meteu as mãos no aparelho e desligou-o com violento tapa, denotando seu mau humor.
    — Droga! Estou com sono.
    Enquanto ela se espreguiçava e bocejava, Iolanda entrou no quarto.
    — Sem delongas.
    — Quero dormir, mãe.
    — Está atrasada.
    — Atrasada para quê?
    — O café está na mesa.
    — Mas hoje é sábado.

— Não vai chegar de novo atrasada ao salão. Levante-se.

— Estela me deu o dia de folga.

— Qual foi a mentira desta vez?

— Ah, mamãe. Não enche!

— O dia em que Estela descobrir quanto você a faz de boba, vai despedi-la.

— Ela é fácil de ser enganada. O mundo é dos espertos.

— Ingrata. Ela lhe deu oportunidade.

— E daí? Odeio trabalhar naquele salão pobre e cafona.

— Então por que parou de estudar? Se tivesse completado o colegial, teria chance de arrumar emprego melhor.

— Não gosto de estudar. Não sou como a tonta da Marinês.

— Pare de implicar com sua irmã.

— Não quero falar sobre ela. Logo cedo?

— Marinês é uma flor de menina. Sempre procurou ser sua amiga. Não sei por que tamanha implicância.

— Ela é boa demais, certinha demais. Isso me irrita.

— Por quê? Não acredita na bondade das pessoas?

— Só no cinema.

Iolanda meneou a cabeça para os lados.

— Você não toma jeito. Arrume-se rápido, pois Gaspar está aí.

Maria Lúcia deu um salto da cama.

— Gaspar?!

— Veio tomar café da manhã conosco.

— Não posso acreditar!

Iolanda aproximou-se dela, com chispas saindo pelas ventas.

— Pode se arrumar já!

Maria Lúcia afundou-se nos travesseiros.

— Pois podem começar o café. Não vou descer. Acordei indisposta — mentiu.

— Vai fazer outra desfaçatez com o moço?

— Não o chamei, ora.

— Vocês namoram há três anos. Ele é praticamente da família.

— Então não precisam de minha companhia.

Iolanda andava de um lado para o outro, visivelmente perturbada.

— Por que namora esse moço?

— Como?

— Por que o namora? Você não o ama.

— Isso é problema meu.

— Não pode tripudiar sobre os sentimentos de Gaspar.

— Não tripudio. Só porque não o amo, tenho de deixar de namorá-lo?

— Então termine esse namoro e deixe-o seguir seu caminho. Por que fazer o moço de bobo? Ele está apaixonado por você.

— Problema dele.

Iolanda levantou as mãos para o alto.

— Eu não disse? Você tripudia, brinca com os sentimentos das pessoas.

— Eu gosto dele. Mas pensar em algo mais sério com Gaspar? Você deve estar brincando comigo. Ele não tem onde cair morto. Quer que me case com um pobretão?

— Você e sua mania de grandeza...

— Gaspar é bom para namorar, não para casar.

— Você é desumana, cruel.

— Sou realista. De que adianta ser bonito, atencioso, educado, e não ter dinheiro no banco? Ah, mamãe, faça-me o favor...

— Então por que não tenta por si mesma? Por que não termina os estudos, não batalha por uma boa colocação profissional?

— Não nasci para estudar, tampouco para trabalhar.

— Nasceu para quê?

— Nasci para ser rica, famosa. Não me contento com pouco.

— Benza Deus! Quanta ilusão! Nem parece que você e Marinês são irmãs.

Maria Lúcia sentiu o sangue subir-lhe. Encarou a mãe com rancor.

— Marinês sempre tem de entrar no meio da conversa, não é?

— Ela dá o exemplo.

— Trabalhar como louca e ganhar tão pouco? Fazer cursinho à noite? Que tipo de exemplo é esse? Só se for de imbecilidade.

— E você não ganha pouco no salão?

— É diferente. Preciso me vestir bem, e dinheiro não cai do céu. E, de mais a mais, é emprego passageiro. Já decidi qual o caminho mais fácil: vou arrumar um marido rico. Consegue entender minhas reais intenções?

— Entendo. Essa é sua meta de vida?

— É, sim.

— Se tem um pingo de dignidade, termine o namoro.

— Você não me entende. Dispenso seus conselhos.

— Vá atrás de sua meta. Não fique iludindo as pessoas. Você já tem dezenove anos; não é mais adolescente.

Maria Lúcia deu de ombros.

— Por que o defende tanto?

— Porque Gaspar é moço bom, sincero, trabalhador.

A jovem deu uma gargalhada.

— Então case-se com ele.

Iolanda levantou a mão e ameaçou dar-lhe um tapa.

— Nunca bati em você ou em sua irmã. Mas não me obrigue!

— Sou adulta. Não se meta em minha vida.

A mãe, desolada, baixou os braços e retirou-se do quarto. Ao dobrar o corredor, ameaçou:

— Não demore no banheiro. Caso contrário, arrasto você escada abaixo até a copa.

Maria Lúcia mordeu os lábios com raiva. Sua mãe sempre se metia em sua vida. Dava conselhos. Dizia que uma boa mãe deve orientar seus filhos. De que adiantavam seus conselhos? Maria Lúcia sabia o que era melhor para si. Namorava Gaspar porque ele era bonito, atraente. Era puro divertimento, mais nada. Suas amigas suspiravam por ele porque eram bobas, acreditavam em amor, cumplicidade, fidelidade. Tudo balela!

Nos três anos de namoro, ela deu suas escapadas, foi infiel. Toda vez que conhecia um rapaz em situação financeira melhor que a do namorado, Maria Lúcia dava suas investidas, entregava-se. Quando percebia que a conta bancária do novo pretendente não era tão atrativa quanto imaginara, ela o dispensava.

Vou mudar minha tática, é isso. Não adianta arrumar namoradinho classe média, como Gaspar. É melhor mesmo eu acabar com esse namoro e ir atrás de meus objetivos. Estou perdendo tempo. Preciso adentrar o mundo dos milionários, pescar um peixe bem grandão. Mas como me infiltrar nesse mundo tão distante?

Maria Lúcia pensou, pensou. Andou de um lado para o outro do quarto. De repente teve um estalo.

Sônia, herdeira dos Laboratórios Vidigal. Estudei com ela no ginásio. Por que não me lembrei da lambisgoia antes? Rica, bem relacionada e facilmente manipulável. Era tonta na escola, influenciada por todos, não tinha opinião própria. Chorava por qualquer coisa. Não deve ter mudado muito nesses anos. Uma menina chorosa geralmente se transforma numa mulher frágil, emocionalmente dependente. Henrique é bem relacionado; vai conseguir o endereço ou telefone dela.

Desceu as escadas pé ante pé, para não fazer barulho. No *hall*, tirou o fone do gancho e discou. Falou baixinho:

— Alô, Henrique?

— Oi, queridinha.

— Preciso de um favor urgente.

— O que é desta vez?

— Lembra-se daquela menina bobona no ginásio?

— Qual? Eram tantas.

— Sônia.

— Que Sônia?

— Soninha, que você apelidou de Sonsinha.

— Aquela manteiga-derretida? A milionária abobada?

— Essa mesma! Preciso encontrá-la.

— O que quer com a herdeira dos Laboratórios Vidigal?

— Henrique, preciso do telefone, endereço, uma pista que seja.

— Estou sentindo cheiro de golpe no ar — disse ele, rindo.

— Isso é problema meu. Ajude-me e eu lhe serei grata.

— Vou ver o que posso fazer.

— Preciso disso para já. Você conhece deus e o mundo!

— Isso é verdade — vangloriou-se ele.

— Vá atrás do pessoal do colégio, daquelas meninas bobinhas que andavam com ela.

— Não preciso disso, não.

— Não? Por quê?

— Estou saindo com um fulano que trabalha para o pai dela.

— Jura?

— Vai ser fácil descobrir o endereço da Sonsinha.

— Por favor. É urgente.

— Conte comigo.

— Você é meu anjo da guarda, Henrique. Vou tomar café e em seguida passo em sua casa. Preciso desligar. Tchau.

Maria Lúcia pousou o fone no gancho com indescritível sensação de alegria. Subiu os degraus da escada bem devagarzinho. Enquanto caminhava pelo corredor, deu sonora risada e trancou-se no banheiro. Ligou o chuveiro e meteu-se embaixo da água morna, concatenando as ideias.

Quando desceu, estavam terminando o café.

— Bom dia — disse a todos, com os lábios esticados num sorriso forçado.

14 • Marcelo Cezar romance pelo espírito Marco Aurélio

Gaspar levantou-se.

— Bom dia. Como vai?

— Ótima.

— Dormiu bem?

— Sim.

O silêncio tomou conta do ambiente. Marinês procurou ser cordial:

— Foram tantos os pedidos que a emissora vai reprisar o último capítulo da novela das oito. Cheguei tarde e não pude assistir. Mas hoje não vou perder por nada!

Maria Lúcia riu com desdém.

— Só você para perder tempo com esse mundo cor-de--rosa. Como é mesmo o nome? *Irmãos Bobagem?*

Floriano riu. Iolanda fulminou-o com o olhar, e ele se conteve. Gaspar olhava a namorada de través. Marinês respondeu com naturalidade:

— *Irmãos Coragem* transformou-se num grande sucesso. Janete Clair, a autora de tamanha façanha, criou uma linguagem própria para a teledramaturgia brasileira.

Gaspar interveio:

— Sua irmã tem razão. Nunca uma novela fez tanto sucesso. Estourou de ponta a ponta no país. Foi mais assistida do que a final da Copa! Sempre que possível, eu assistia a um ou outro capítulo...

Enquanto ele falava, Maria Lúcia fitava-o detalhadamente. Gaspar era o objeto de desejo de qualquer mulher. Cabelos negros levemente ondulados, a pele clara. Era alto, corpo naturalmente musculoso, olhos de um castanho profundo. Tinha um sorriso encantador, dentes perfeitos. Era educado, galante... mas pobre. Servia para ser amante, e só. Temporariamente Maria Lúcia teria de reprimir o instinto sexual, fazer pequeno sacrifício. Precisava acabar com o namoro e ir atrás de seus objetivos. Depois, seduziria Gaspar novamente.

A jovem foi arrancada de seus devaneios com suave toque nos braços.

— Hã? O que foi que disse, Gaspar?

— Nada de importante. Vamos dar um passeio mais tarde, depois do almoço?

— Gostaria muito, muito mesmo, mas infelizmente... — disse ela em tom desolador.

— Você não tirou folga do salão? Então, temos o dia livre.

— Não tenho o dia livre. Uma amiga está doente, e tirei folga para poder visitá-la — mentiu.

— Que amiga?

— Sônia. Ela está mal. Preciso visitá-la de qualquer jeito.

Iolanda interveio, desconfiada:

— Que Sônia? Nunca ouvi falar dela.

— Uma amiga de colégio. Eu a encontrei na rua por acaso semana passada. Está com anemia, coitada.

— Podemos ir juntos — propôs Gaspar.

— Quero ir sozinha. Não tenho intimidade com ela. Não nos vemos há anos. Não é de bom-tom levar alguém junto.

— Que pena! Gostaria muito de ir ao cinema. Juntei dinheiro para os ingressos.

— É, mas não vai ser possível. Prometi visitar Sônia hoje.

— Está certo. Vamos deixar o cinema para outro dia.

Iolanda, Floriano e Marinês entreolharam-se. Levantaram-se e deixaram os dois à vontade.

Vendo-se a sós com a namorada, Gaspar tornou, delicado:

— Você está diferente. Algum problema?

— Sim, todos.

— O que houve?

Maria Lúcia pousou levemente sua mão na de Gaspar.

— Quero terminar o namoro.

Ele gelou. Sem saber o que dizer, perguntou:

— Como assim? Acabar?

— É. Acabar, terminar, interromper. Você escolhe o verbo.

— O que aconteceu?

— Nada.

16 • Marcelo Cezar romance pelo espírito Marco Aurélio

— Eu a amo, Maria Lúcia.

— Mas eu não o amo.

Uma lágrima sentida escorreu pelo canto do olho do rapaz.

— Três anos juntos, e você não me ama?

— É — disse com desdém.

— E quer terminar assim e pronto?

Maria Lúcia exalou profundo suspiro de contrariedade. Não estava com vontade de explicar, de conversar, de nada. Queria se ver livre dele.

— Você arde em meus braços — suplicou Gaspar.

— Isso não quer dizer que eu o ame.

— Não quer conversar melhor outra hora? Não está sendo precipitada?

— Não. Acabou.

— Está me descartando?

— Sim, estou.

Gaspar fez sinal de levantar-se, mas ela o impediu.

— Deixe-me sair primeiro. Estou atrasada. Até logo.

Maria Lúcia deu-lhe as costas e partiu. Gaspar tentou se-gui-la, mas foi impedido por Floriano.

— Deixe, meu filho. Ela está com a cabeça quente.

— Mas eu a amo...

Gaspar cobriu o rosto com as mãos, desesperado. Chorava feito uma criança. Marinês abraçou-o. Iolanda foi incisiva:

— Maria Lúcia não o ama. Por que perder tempo com ela?

— Só que eu a amo, dona Iolanda.

Ela pousou as mãos sobre seus ombros.

— É porque ela foi sua primeira namorada. Agora você é homem-feito, precisa seguir seu caminho, encontrar uma moça que o ame e o valorize.

— Eu me acostumei com ela.

— E vai se desacostumar.

— Será?

— Sim, meu filho. O tempo cura tudo.

Medo de amar • 17

Gaspar limpou as lágrimas com o guardanapo.

— Por que não procura Estela? — indagou Marinês.

— Estela? Ela é só minha amiga.

— Mas ela não o vê como amigo.

— Como sabe?

— Coisas de mulher — respondeu ela, rindo.

— Estela estava saindo com Olavinho.

— Porque você estava namorando minha irmã. Assim que Estela souber que está livre, virá correndo.

— Não tenho cabeça para nada. Estou triste.

— Vá para casa e descanse. Depois, dê uma volta — sugeriu Marinês.

— Pode ser.

— Caminhar ajuda a esfriar a cabeça — ela ajuntou.

— Obrigado. Nunca me esquecerei do carinho de vocês.

Iolanda pegou nas mãos do rapaz.

— Eu o adoro como se fosse meu filho. Sinto como se fizesse parte da família. Sou amiga de sua mãe. Adoraria tê-lo como genro, mas o que fazer? Maria Lúcia é voluntariosa, dissimulada, nunca respeitou ninguém.

— Não exagere — replicou Floriano, contrariado.

— Você e sua mania de defendê-la. É por isso que Maria Lúcia não tem limites. Você a protege demais. Isso ainda vai nos trazer muito desgosto.

Marinês interveio:

— Gosto muito de você, Gaspar. Gostaria que nossa amizade não fosse prejudicada.

— Não será. Nada será capaz de comprometer nossa amizade. Também gosto muito de você.

O moço despediu-se e partiu, cabisbaixo. Iolanda fechou a porta e suspirou:

— Maria Lúcia jogou fora sua felicidade.

— Ela é jovem. Não vamos exagerar — tornou Floriano, voltando da cozinha.

— Também percebo que a protege, papai. Infelizmente, Maria Lúcia não aceita a realidade, prefere iludir-se.

— Mas ela não ama o moço. Fez o que achava melhor.

— Será?

Iolanda sentiu o peito apertado. Pressentia que Maria Lúcia iria pagar muito caro por suas escolhas.

Capítulo dois

Maria Lúcia dobrou a esquina, atravessou alguns quarteirões e chegou à casa de Henrique. Tocou a campainha.
— Oi, queridinha.
— E então? Conseguiu?
— O que não consigo? — Ele tirou um papelzinho do bolso. — Aqui está o endereço da Sonsinha.
Ela o beijou no rosto.
— Você é rápido e eficaz.
— Desmarquei um encontro promissor e ainda terei de sair com o fulano que me deu a informação. Tenho de pagar pelo serviço — disse, às gargalhadas.
— Não estão namorando?
— Namorar? Você é louca?

— Eu e você somos parecidos: namorar não dá futuro.

— E o que faz ao lado de Gaspar há tanto tempo?

— Terminei com Gaspar.

— Não acredito! Então você deve estar tramando um golpe dos grandes.

— Estou aqui arquitetando. São conjecturas.

— Não se esqueça de mim.

— Não vai se arrepender. Se eu conseguir o que quero, você será regiamente recompensado.

— Espero.

Ela se despediu e foi para o ponto de ônibus. Fez sinal, subiu. Estava lotado. Teve de ficar em pé, balançando de um lado para o outro. Mesmo enraivecida, ficou imaginando como faria para se aproximar de Sônia.

Sou bonita, atraente, não vai ser difícil fazê-la gostar de mim. Se ela continua tonta daquele jeito, vai ser moleza.

Ao saltar do ônibus, Maria Lúcia pisou em falso. Desequilibrou-se. A avenida Paulista estava em reformas para alargamento de suas vias e ela meteu o salto do sapato num buraco. Alguns operários no local fizeram gracejos:

— Aí, gostosona! Requebra mais esse quadril — dizia um.

— Cocota! — gracejava outro.

Ela fez gesto obsceno com o dedo e atravessou a avenida. Desceu a rua da Consolação a toda brida e pouco tempo depois dobrou uma de suas alamedas. Parou diante de suntuoso edifício.

— É aqui que ela mora. Preciso usar todo o meu charme.

Ela se aproximou da portaria. O zelador indagou:

— O que a senhorita deseja?

— Preciso falar com Sônia Vidigal.

— A família foi ao aeroporto.

Maria Lúcia ficou desapontada.

— Eu tinha assunto urgente a tratar — mentiu.

O zelador coçou a cabeça. Estava impressionado com a beleza da moça.

— É amiga dela?

— Sim, somos amigas de escola.

— Não sei se a empregada está...

Maria Lúcia deixou a bolsa cair e imediatamente curvou o corpo, abaixou-se e, de propósito, deixou que parte dos seios ficasse à mostra. O zelador ficou embasbacado. Ela se levantou e tornou com voz melosa:

— Preciso tanto falar com ela!

— Eu a acompanho até lá em cima.

— Obrigada.

Maria Lúcia sorriu triunfante e apertou o botão do elevador. Aproveitou e deu uma olhada no *hall*. Era um luxo só. Esse, sim, era o ambiente que combinava com ela, não aquele sobrado na Bela Vista, caindo aos pedaços, tão decaído.

Eu me submeteria a qualquer coisa para ter uma vida igual à dela. Faria o impossível para me dar bem. Não nasci para ser pobre. Onde já se viu? Vir até aqui de ônibus, chacoalhando, em pé, transpirando, enfrentando piadinhas de peão de obra? Eu deveria ter motorista, carro com ar-condicionado..., pensou Maria Lúcia.

O zelador gentilmente abriu a porta do elevador. Maria Lúcia saiu na frente.

— Obrigada.

Ele tocou a campainha. Uma empregada vestindo impecável uniforme, muito simpática, atendeu-os.

— Bom dia, Sebastiana.

— Bom dia. O que desejam?

Maria Lúcia interveio:

— Preciso falar com Sônia. Ela está?

— Quem é você?

— Sou amiga de escola. Maria Lúcia.

— Um momento. Vou ver se está acordada.

Alguns minutos depois ela voltou, convidando:

— Faça o favor de entrar. Dona Sônia vai recebê-la.

— Obrigada.

O zelador despediu-se de Maria Lúcia. Ela lhe deu uma piscadinha e entrou. Sentou-se numa confortável poltrona e passou a observar o ambiente. A sala era mobiliada com extremo bom gosto. Aquele era seu mundo.

Passados poucos minutos, uma moça simpática, de cabelos molhados e escorridos até os ombros, metida sob um roupão branco felpudo, entrou na sala.

— Maria Lúcia? Há quanto tempo!

A visitante levantou-se e cumprimentou-a.

— Soninha! Eu estava em casa olhando o álbum de formatura do ginásio e me bateu uma saudade...

— Saudade de mim? — estranhou a moça.

A reação de Sônia era cabível. Maria Lúcia nunca simpatizara com ela e, juntamente com Henrique, infernizava-a com apelidos e brincadeiras de mau gosto. Adoravam fazê-la chorar. Era muito certinha, comportada, daquelas que levavam maçã para a professora. Não fazia parte da turma de Maria Lúcia e Henrique, um grupo que se sentava no fundo da classe e mal prestava atenção às aulas.

— Sempre a admirei.

— Você nunca quis minha amizade.

— Mentira! Isso era intriga de adolescentes — disse Maria Lúcia, de maneira afetada. — Os anos passaram e agora aprendi a valorizar uma boa amizade. Quando vi sua foto no álbum, pensei comigo: Sônia sempre foi lúcida, inteligente, superior àquelas meninas fúteis com as quais me iludi e me decepcionei. Eu me arrependi amargamente de não ter compartilhado sua amizade.

Sônia ficou surpresa.

— Nunca imaginei que você me admirasse.

— Eu sempre a idolatrei.

— Não era a imagem que passava.

Maria Lúcia aproximou-se e pegou nas mãos dela.

Medo de amar • 23

— Querida, vim aqui justamente para dissipar, arrancar essa imagem ruim que possa ter feito de mim.

Sônia sempre fora tímida e tinha dificuldade para fazer amizades. Vivia sozinha e carente de amigos. E agora aparecia Maria Lúcia, oferecendo sua estima, seu carinho. Ela se comoveu.

— Desculpe. Estou confusa. Você sempre me pareceu tão arrogante.

— Deixe-me aproximar-me de você. Prometo que serei ótima amiga.

Maria Lúcia engoliu em seco. Então a tonta julgava-a arrogante? Essa era boa! Tinha de disfarçar, fingir ao máximo, para manipular a garota. Sônia continuava tímida, boba. Graças a Deus não tinha mudado! Na escola, era motivo de chacota. Em vez de se defender, ela chorava. Maria Lúcia iria tirar proveito disso. Com voz que revelava doçura hipócrita, tornou:

— Você está tão bonita! O que tem feito?

— Nada em especial. Estudo bastante.

— Estuda? Que delícia! Está fazendo o quê?

— Cursando o segundo ano de Ciências Sociais.

— Que interessante! O curso abrange o quê?

Sônia animou-se:

— Trata-se do estudo da origem, evolução, estrutura e funcionamento das sociedades humanas.

Maria Lúcia fez força para não mostrar seu aborrecimento. Que assunto mais enfadonho! Como um ser humano podia perder tempo com tanto lixo?

— Conte-me mais — incentivou-a, exibindo falso sorriso.

— Como cientista social, terei condições de estudar os fenômenos sociais, tais como revoluções, guerras. Poderei também ajudar no planejamento e na assessoria de organizações que atuem nas áreas de saúde, habitação.

Era muita besteira! Só podia ser coisa de gente rica e à toa, porque definitivamente não era profissão que desse dinheiro. Mania de intelectual. Maria Lúcia virou os olhos para cima. Sônia indagou:

— E você, estuda o quê?

— Prestei vestibular para Letras, mas não consegui passar.

— Vai tentar de novo?

— Pode ser. Na verdade, eu não gosto de estudar.

— Disso me lembro bem. Foi difícil você conseguir o diploma do ginásio.

Nas entrelinhas, Sônia estava querendo dizer o quê? Que ela era burra? Maria Lúcia segurou-se. Tinha de engolir tudo, não podia perder a compostura.

— Quero me casar, ter filhos. Nasci para ser mãe amorosa, esposa zelosa.

— Tudo que nossa geração abomina.

— Sou antiquada, casadoura. Ajudo minha mãe nos afazeres domésticos.

— Parabéns! Pensei que moças assim não existissem mais.

— Sou prova viva de que existimos.

— Tomou café?

— Faz tempo. Acordei bem cedo. Na verdade, sou eu quem vai à padaria buscar pão fresquinho para meus pais e minha irmã.

— Quanta dedicação!

— Eles merecem.

— Você é minha convidada.

Sônia chamou a empregada e solicitou:

— Sirva o café lá no quarto, para nós duas.

— Sim, senhora. Num instante.

Dirigiram-se ao quarto. Sônia tirou o roupão. Enquanto procurava uma roupa no vasto *closet*, continuou fazendo perguntas a Maria Lúcia. Esta respondia à deriva, sem prestar muita atenção. De repente, ela viu um porta-retratos na mesa de cabeceira: Sônia abraçada a um rapaz, até que simpático. Arriscou:

— Esse da foto é seu namorado?

— Qual?

— Este aqui. — Maria Lúcia pegou o porta-retratos e o levou até o *closet*.

— Não. É meu irmão, Eduardo.

— Não me lembro dele na escola.

— Não lembraria mesmo. Quando estávamos no ginásio, ele estava se graduando na faculdade. Eduardo vai fazer trinta anos no mês que vem.

— E quantos sobrinhos ele lhe deu?

Sônia riu.

— Nenhum. Eduardo é solteiro.

— Não namora? — perguntou Maria Lúcia, interessadíssima.

— Não.

Sebastiana entrou e depositou sobre a cama uma bandeja enorme, com porcelanas finas, pães, bolos, café, leite, suco. Saiu rapidamente. Sônia prosseguiu:

— Eduardo regressa hoje da França. Ficou dois anos fazendo especialização em Finanças. Não acredito que namore, porque ele respira trabalho. E você, namora?

Agora era chegado o momento de Maria Lúcia representar com perfeição. Precisava medir cada palavra, calcular cada gesto, levar a amiga na conversa.

— Não, imagine.

— Tão bonita! Eu me lembro de como os meninos babavam e corriam atrás de você.

— Sou casta. Os rapazes, hoje em dia, só querem saber de diversão, sexo.

— Isso é verdade.

— Por isso me interesso por homens mais maduros. Os mais velhos, de outra geração, sabem respeitar uma mulher. Quero me casar e encher minha casa de filhos.

— Eduardo iria adorar conhecê-la.

— Por quê?

— Meu irmão adora crianças.

Maria Lúcia perdeu o brilho no olhar. Detestava crianças. Elas davam muito trabalho. Mas, se casasse com um homem rico, como Eduardo, por exemplo, precisaria fazer o sacrifício e engravidar. Pelo menos um filho. Era receita certa para garantir o futuro. Um filho de pai rico era praticamente um tesouro inesgotável. Assegurava-lhe direitos, herança.

— Eu também adoro crianças — dissimulou, entre um pedaço de bolo e um gole de café.

— Eu adoraria ajudar as crianças em geral. Há tantas sofrendo no mundo. E muitas só carecem de carinho e atenção. Fico com o coração partido imaginando as crianças atingidas na guerra do Vietnã. Você não tem pena?

— Morro de pena. Nem assisto aos noticiários.

Maria Lúcia finalmente descobriu o que queria. Aquele era o ponto fraco de Sônia. Então a idiota tinha peninha de crianças atingidas pelas guerras? Ela baixou a cabeça e fechou os olhos. Precisava arrancar lágrimas à força.

— O que foi? — perguntou Sônia, preocupada.

— Nada.

— Como nada? O que você tem?

— Esse assunto me comove.

— Está chorando?

— Não... eu...

Sônia estreitou a cabeça de Maria Lúcia em seu peito.

— Não sabia que você era tão sensível.

— Fico comovida com tanta brutalidade. Pobres crianças, tão indefesas!

— Desculpe-me.

A encenação deu certo. Sônia deixou-se levar. Maria Lúcia nunca imaginou ser tão fácil conquistar a simpatia e a confiança de alguém.

— Tome um lenço. Vamos mudar de assunto. Você sempre andava com aquele menino...

— Henrique.

— Esse mesmo. Ele era bem delicado.

Maria Lúcia sorriu. Intimamente deu uma gargalhada. *Meu Deus!, "delicado" é eufemismo. Henrique é uma bicha louca e afetada. Até gosto de andar com esse tipo de gente, párias da sociedade. Se essa boboca na minha frente estuda Ciências Sociais, não deve ser preconceituosa,* ela pensou; contudo, procurou manter tom natural e comentou:

— Continuo amiga de Henrique. É homossexual, o pobrezinho.

— Dava para notar. Ele é feliz?

— Sim, do jeito dele. Sou sua única amiga.

— Ele deve sofrer à beça. Não é fácil ser diferente.

Será que agora Sônia iria começar discurso em prol da homossexualidade? Só faltava essa! Sônia mostrava-se enfadonha, mas o que fazer? Assim que Maria Lúcia conseguisse o que queria, iria descartá-la. E o que poderia falar de Henrique? Que chantageava homens casados, vivia de pequenos golpes porque tinha horror a trabalho? Dissimulou:

— Ele tira de letra todo esse preconceito.

— Que bom! Ele continua fazendo gracinhas?

— Ainda mantém o bom humor.

Continuaram a conversa. Sônia convidou:

— Vamos dar uma volta?

— Pode ser. As ruas do bairro são tão elegantes!

— Eu não gostaria de andar por aqui. Ando pela redondeza todos os dias. Gostaria de ir ao cinema. Vamos?

— Pode ser, mas vim desprovida de dinheiro. Saí apenas para visitá-la.

— Que é isso, Maria Lúcia? Eu pago. Você é minha convidada.

— Oh, não é correto.

— Que é isso? A conversa está tão agradável! Por favor, aceite.

— Aceito. Obrigada.

— Vamos até o centro da cidade. Lá ainda há aquelas telas grandes.

— O centro anda muito decadente.

— E daí? Vamos de motorista. Ele nos aguarda até o término da sessão e nos traz de volta.

Aquele era o mundo de Maria Lúcia: ir de motorista assistir a um filme no cinema. Quanta mordomia! Estava adorando aquela reaproximação forçada e interesseira. Sônia era fácil de ser manipulada e tinha um irmão solteiro e rico. Que mais queria? Precisava agir com cautela. Iria conquistar cada vez mais a simpatia da amiga.

Maria Lúcia respirou aliviada. Fizera bem em terminar o namoro com Gaspar. Agora iria apostar todas as suas fichas em Eduardo Araújo Vidigal.

Capítulo três

    Floriano foi à padaria comprar um frango assado para o almoço. Marinês ficou na cozinha ajudando Iolanda no preparo da sobremesa.

— Estou cansada — lamentou-se Iolanda.

— Tem trabalhado muito, mãe.

— Quem trabalha, seus males espanta. Gosto de me sentir independente. Logo vou me aposentar. Vou ficar cuidando de seu pai enquanto você vai reformar e decorar casas.

Marinês riu com gosto.

— Vou reformar esta casa tão logo receba meu diploma.

— Podia ter começado Arquitetura numa faculdade particular. Eu e seu pai podíamos nos espremer um pouco mais, mexer no orçamento.

— Nada disso. Vou conseguir entrar na universidade pública.

— Tomara que sim.

Iolanda passou delicadamente as mãos pelo rosto da filha.

— Você é meiga, doce, vai se dar muito bem na vida. É ajuizada, enquanto sua irmã...

— Deixe Maria Lúcia. Ela tem seu jeito de ser. É minha irmã e gosto dela. No que puder ajudá-la, estarei sempre à disposição.

— Vocês duas são tão diferentes! Como pode? Saíram do mesmo útero, diferença de idade de um ano e criadas iguaizinhas...

— Características do espírito, mãe, mais nada.

— Você é tão novinha e já metida com esses assuntos...

— Qual o problema? Acha dona Alzira maluca?

— Claro que não! Sempre foi uma vizinha atenciosa, amiga, uma mulher fora de série.

— Nossas conversas são edificantes, saudáveis. Ela entende bem de espiritualidade. E não tem nada de diabólico, não. Há muita fantasia na cabeça das pessoas leigas.

— Não sei. Eu gosto de Alzira, mas você é muito nova para se meter com isso.

Marinês deu uma risada gostosa. Abraçou a mãe pelas costas e beijou-a no rosto.

— Não sou mais criança. Estou com dezoito anos. Você poderia participar de nossas conversas.

— Não quero me meter nisso.

— Estou aprendendo sobre o mundo invisível, sobre mediunidade. O assunto é fantástico. Qualquer hora, você vai à casa de dona Alzira e pode tirar suas dúvidas ou mesmo visitar a creche.

— Isso, sim. Adoraria visitar as crianças. Infelizmente, trabalho o dia inteiro. Ainda bem que tenho você para me ajudar com os afazeres domésticos, porque, se fosse depender de Maria Lúcia, estaríamos perdidas. Ela nem tira o prato da mesa!

Medo de amar • 31

— Não faz serviço pesado porque estraga as unhas.

— E nossas unhas por acaso são diferentes? Não estragam?

Marinês riu com gosto.

— É o jeito dela, mãe. Logo arruma um bom partido, se casa e vai seguir sua vida.

— Não tenho dúvidas de que vai conseguir achar um otário.

— Mãe!

— É verdade. Olhe o coitado do Gaspar. Apaixonado, e viu como o moço saiu de casa? Parecia um trapo humano.

Marinês desgrudou-se da mãe e continuou a bater a massa do bolo. Após exalar profundo suspiro, disse, de cabeça baixa:

— Ele também se põe muito lá embaixo, sabe, mãe? No fundo, mulher não gosta de homem assim, submisso, que diz "sim" toda hora. Gaspar sempre fez o que podia, o que estivesse ou não a seu alcance para paparicar Maria Lúcia. Ele até se meteu em dívida por causa dela.

— Em dívida? Como assim?

— No aniversário dela, ele lhe deu aquela camisa de seda. Era de grife; comprou numa butique lá na rua Augusta. Pagou uma fortuna! Pediu dinheiro emprestado para o Henrique.

— Como soube?

Marinês deu uma risadinha.

— E Henrique é de guardar segredo? Contou para o bairro inteiro.

— Henrique está interessado em você.

Marinês sentiu um torpor, ligeira sensação de mal-estar. Lembrou-se de cena desagradável de tempos atrás. Afastou os pensamentos com as mãos.

— O que foi, filha? Não se sente bem?

— Nada, mãe.

— Não gosta de Henrique, não é?

— Ele não está sendo verdadeiro. Ele não gosta de mulher.

— Como sabe?

Aquilo era desagradável. Marinês não queria ser indelicada.

— Ele é delicado, um pouco afetado.

— Porque é órfão e foi criado pela avó. Foi muito paparicado.

— Não gosto dele.

— E as rosas que ele lhe mandou semana passada?

— São só para impressionar. Henrique não gosta de mim.

— Você é quem sabe. Então, por que esse interesse súbito dele por você?

Marinês fitou um ponto distante na cozinha. Depois de medir as palavras, disse:

— Preciso ter uma conversa séria com Henrique. Ele está com medo.

— Medo? — Iolanda ficou confusa. — De que está falando?

— Nada. Isso é assunto meu, particular.

Floriano chegou em casa e disse em alto tom:

— Meninas, temos visita para o almoço. Olhem quem estava perdido na rua...

Iolanda enxugou as mãos no avental e foi logo cumprimentar o rapaz. Marinês fez um esgar de incredulidade.

Falando no diabo, e ele aparece, pensou.

Marinês sentia repulsa por Henrique. Sabia que ele estava sendo falso. Não era preconceituosa, muito pelo contrário: tinha amigos homossexuais no cursinho. Mas a presença dele deixava-a zonza, o peito apertava sobremaneira. Ela procurou ser amável.

— Como vai?

No bairro, Henrique fazia esforço para disfarçar seus trejeitos. Engrossou a voz e fez gestos bruscos com as mãos, para impressionar Floriano.

— Vou bem. E você? Como sempre, linda.

— Imagine, estou de pijama. Nem tive tempo de subir e me arrumar.

— Com pijama ou qualquer outra roupa, estará sempre bela.

Ele a beijou na face e roçou os lábios próximo a seus ouvidos. Marinês sentiu um arrepio inquietante.

— Aceita alguma coisa?

— Uma cerveja.

Iolanda foi para a cozinha.

— Pode deixar que eu vou pegar. Quer também, Floriano?

— Sim. Traga dois copos.

Marinês também se virou em direção à cozinha. Henrique rogou:

— Fique, por favor, gostaria de conversar com você.

— Fiquem à vontade, que vou colocar o frango numa fôrma. Em quinze minutos, almoçamos — disse Floriano.

Os dois ficaram a sós na sala. Henrique pegou nas mãos de Marinês. Ela o empurrou e se afastou.

— Não precisa fazer cenas comigo. Por que representar?

Henrique começou a suar frio. Marinês inquietava-o.

— Por que não quer me namorar? O que viu na cidade...

— Não me interessa o que vi. O que faz de sua vida é problema seu. Sabe que não sou preconceituosa. E pode ficar sossegado: minha boca é um túmulo.

— Não acredito. Você sabe que tenho uma reputação a zelar, pelo menos enquanto minha avó estiver viva. Ela sofre dos nervos e...

— Para cima de mim? Você seria capaz de empurrar sua avó escada abaixo.

— Se você fizer algum comentário...

— O que foi? Está me ameaçando?

— Estou. Quem você pensa que é?

— Não penso nada. Deixe-me em paz.

— Vai contar o que viu, né?

— Jurei para você que não vou contar nada a ninguém. Conhece-me desde criança. Não confia em mim?

— Confio um pouquinho em sua irmã.

— Estou pasmada! Maria Lúcia seria bem capaz de aprontar uma com você.

— Somos cúmplices. Guardo segredos dela e vice-versa.

— Vi sem querer. Não tive culpa. Já apaguei aquela cena da memória. Agora, por favor, retire-se, senão vou chamar meu pai e...

Henrique sentiu o sangue subir.

— Você vai contar. Quer acabar com minha reputação, né?

— Sua reputação tem a ver com seus atos.

— Você não gosta de gente como eu.

— Não tenho nada contra. Aceito as pessoas como são.

— Mentirosa! Você tem nojo de mim. Nunca vai se esquecer daquela cena enquanto viver.

— Besteira de sua cabeça. Tenho muito o que fazer na vida. O que você faz é problema seu. Agora, por favor, retire-se.

Henrique rangeu os dentes. Marinês estava sendo sincera. Ela não era futriqueira, não iria falar nada. Mas ele tinha pavor do que pudessem "pensar" a seu respeito. Sempre surgia um ou outro comentário, mas à boca pequena. Quando criança, cansou de ser chamado de maricas. Apanhara muito por conta de seus trejeitos e, quando adulto, jurou que ninguém mais encostaria os dedos nele por causa disso.

O rapaz tinha comportamento autodestrutivo; sentia-se menos que os outros por ser homossexual, fato que não admitia a ninguém. Maria Lúcia era a única a quem revelara abertamente suas preferências. Ela o ajudava, dizendo aos meninos do bairro que Henrique era garanhão. Maria Lúcia representava tão bem esse papel, que logo os rapazes passaram a acreditar em suas histórias e deixaram Henrique em paz. Essa paz, ele devia a ela.

Maria Lúcia deu-lhe alguns toques de como se comportar sem revelar suas tendências. Assim, Henrique cuspia no chão, procurava ser grosso, mantinha aparência desleixada, continha-se nos modos, engrossava a voz. Tudo para mostrar às pessoas que não era fresco. Seus encontros sexuais eram geralmente anônimos, longe dali. Não se envolvia com pessoas do bairro.

O rapaz sonhava com a morte da avó, Lurdes, chegando até a rezar por isso. Ele era inescrupuloso, não tinha amor por si próprio; como poderia ter por alguém? Ao saber que a velha senhora possuía títulos do Tesouro Nacional, seus olhos cresceram. Imaginou Lurdes morrendo de diversas maneiras. Fez planos de como gastar o dinheiro: mudaria dali, iria para o lado nobre do centro da cidade e se instalaria num confortável apartamento na avenida São Luís, perto da Praça da República. Lá era seu mundo, onde viviam muitos homossexuais. Quando descobriu que os títulos estavam vencidos e nada valiam, Henrique sentiu vontade de esganar a pobre coitada. Não sonhava nem rezava mais pela morte dela. Não valia a pena.

Os pensamentos de Henrique foram interrompidos pela chegada de Floriano na sala, trazendo os copos e a garrafa de cerveja.

— Está geladinha.

— Obrigado, seu Floriano, mas preciso ir.

O rapaz despediu-se e, antes de sair, encarou Marinês com olhos de fúria.

— Até qualquer hora.

Ela não respondeu. Henrique baixou os olhos, envergonhado, mas sentiu dentro de si um ódio surdo. Marinês sentiu forte tontura quando ele fechou a porta. Quase desfaleceu.

— O que foi, filha?

— Nada. Só uma tontura. Acho que é fome. — Ela procurou manter um tom amável na voz. — Vamos almoçar?

Henrique saiu da casa ruminando os pensamentos. Os vizinhos estavam acostumados com a delicadeza do rapaz. Muitos acreditavam que era devido aos cuidados excessivos da avó. Às vezes ele exibia uns trejeitos, falava mais com as mãos do que com a boca. Gaspar já havia notado isso, mas fazia-se de bobo e também lhe dava conselhos sobre como se comportar.

Para Henrique, a saída era mesmo mudar de bairro. Mas com que dinheiro? Acabara de terminar o colegial. Ganhava muito pouco como datilógrafo num escritório perto de casa. A aposentadoria da avó mal pagava o aluguel, e os golpes aplicados nos homens casados rendiam-lhe pouco dinheiro.

Ele tinha pavor de que caçoassem dele de novo. As cenas das surras nas ruas e das gracinhas, das pessoas apontando-lhe o dedo e cochichando... não queria mais passar por isso. Justo agora, que havia conseguido um pouco mais de sossego, havia a possibilidade de Marinês abrir a boca. E se ela abrisse o bico? E se colocasse a reputação dele na lama? E se as pessoas voltassem a caçoar dele? Ele estava descontrolado.

Henrique não percebeu, mas sombras escuras abraçaram-se a ele, enchendo-o de dúvidas e alimentando-se de seu ódio.

Entre ranger de dentes, ele disse a si mesmo:

— Marinês, você vai se ver comigo. É capaz de abrir o bico só para me humilhar. — Ele chutou uma garrafa na calçada e continuou vagando. — Enquanto eu não tiver condições de arrumar um otário rico que me tire deste bairro, preciso manter a compostura. Marinês viu o que não devia. Preciso dar um susto nela, fazer com que ela se esqueça por completo daquela cena. Vou bolar uma maneira.

Capítulo quatro

O cinema estava lotado e abafado. Ao acenderem as luzes, Maria Lúcia deu graças a Deus. Tinha cumprido o papel de amiga fiel. Levantou-se da poltrona sentindo imenso alívio. Puxou Sônia com rapidez e logo adentraram o saguão do cinema. Estavam falando sobre outros filmes em cartaz quando Gaspar esbarrou-se nela, sem querer. Maria Lúcia sentiu o sangue sumir do rosto. Ele podia pôr tudo a perder. Pálida, perguntou:

— Você aqui?!

— Eu é que pergunto. Você não ia visitar uma amiga doente?

Ela tinha de ser ágil. Vendo Estela ao lado dele, respondeu com ironia:

— Humm... Parece que você se recuperou rápido...

— Não mude de assunto! Você não tinha pedido folga no salão para passar o dia com uma amiga doente?

Maria Lúcia sentiu o sangue subir. Afastou-se, puxando Sônia para um canto.

— Espere-me no carro. Vou resolver um probleminha.

— Quem são aquelas pessoas? Por que o moço está tão bravo?

— Nada. É um casal de vizinhos. Eles têm muita inveja de mim. Aguarde um minutinho. Volto logo.

— Está bem — assentiu Sônia.

Maria Lúcia voltou até o saguão do cinema, avançando em direção ao casal.

— Da próxima vez que me virem na rua, finjam que não me conhecem.

Gaspar sentiu os olhos marejados. Estava muito abalado com a separação. Havia convidado Estela para sair, espairecer, mais nada. O tom agressivo com Maria Lúcia tinha sido pura defesa.

— Estou magoado.

— Eu disse a verdade. Se doeu, é problema seu. E, se está magoado, saiba que eu, por minha vez, estou decepcionada.

— Por quê?

— Não sabia que gostava de andar com rameiras.

Estela avançou para cima dela:

— Quem pensa que é? Acha que pode ferir os sentimentos das pessoas, xingar, tripudiar? Não tem limites?

Antes de Maria Lúcia responder, Estela desferiu-lhe um tapa no rosto. Gaspar colocou-se entre as duas. Estela tentou dar outro tapa.

— Não apareça na porta do salão! — bramiu Estela.

— Pegue aquele salão e enfie...

Gaspar interveio:

— Epa, olhe o respeito!

— Pensa que um salãozinho de bairro a faz superior? Aliás, salão de cabeleireiro o escambau! Eu sei dos mimeógrafos lá nos fundos, dos panfletos que você roda, sua comunista desgraçada!

— Não sei do que está falando — tornou Estela, dissimulando. — Gosto de Gaspar e sei o que se passa com ele. Você não tem sentimentos, só pensa em si mesma. Merece levar uma surra, para ver se acorda.

— Ninguém nunca me bateu, nem meus pais. Você não passa de uma subversiva. Devia arder nos porões do governo, como aquele seu ex-namorado, Olavinho.

Estela perdeu as estribeiras. De um esforço descomunal, desvencilhou-se de Gaspar e avançou para cima de Maria Lúcia. As pessoas em volta abriram um círculo e a garota bateu em Maria Lúcia com vontade. Gaspar, com muito custo, apartou a briga e puxou Estela de lado.

— Não faça isso, Estela. Vamos embora.

— Atrevida! Desgraçada! Quem ela pensa que é para falar assim de mim, de Olavinho? Ela inspira desprezo.

Sônia viu a briga e, assustada, saiu do carro e correu até eles. Ajudou a amiga a levantar-se. Maria Lúcia passou as mãos pelo rosto e sentiu as faces arderem. O gosto amargo de sangue nos lábios encheu-a de ira.

— Espero que você morra, Estela. Vou rezar todas as noites para que alguém a pegue e a torture.

— Vamos sair daqui — sugeriu Sônia.

Gaspar puxou Estela pelos braços. Logo as pessoas dispersaram-se, e Maria Lúcia e Sônia estavam sozinhas na calçada.

— O que aconteceu? — perguntou Sônia, aturdida.

— Estela me odeia.

— Por quê?

— Ela é uma sirigaita. Namora todos os rapazes do bairro e me odeia porque sou casta. Ela me persegue.

— Não fique assim. Vamos para minha casa.

— Obrigada, Sônia.

— Somos amigas, não somos?

Maria Lúcia assentiu com a cabeça. Entraram no carro e permaneceram em silêncio durante o trajeto. Maria Lúcia não conseguia esquecer os tapas, a humilhação. Gaspar não a ajudara. Estela nunca deveria ter lhe dado um tapa. Com isso, ganhara uma inimiga, feroz e sedenta de vingança. Maria Lúcia tinha de bolar um plano para castigá-la. Henrique, com certeza, saberia sugerir algo.

O carro entrou na garagem do prédio.

— Puxa, chegamos tão rápido!

— Vamos subir e fazer um lanche. Quer ligar para sua mãe?

— Para quê?

— Está tarde. Ela pode estar preocupada.

— É mesmo. Acabei esquecendo. Coitadinha de minha mãe — fingiu.

Sônia deu um gritinho. Maria Lúcia assustou-se:

— O que foi?

— Olhe! Papai e mamãe estão chegando. Eduardo também.

Um automóvel de luxo último tipo, que encheu de cobiça os olhos de Maria Lúcia, parou próximo às meninas. Sônia não cabia em si de felicidade.

Adelaide saiu do carro com o semblante iluminado.

— Agora ele chegou para ficar — foi logo dizendo para Sônia.

Ela nem deu ouvidos à mãe e correu até o irmão.

— Eduardo, querido! Quanta saudade! Como está?

— Estou cansado de tantas horas de voo, mas estou bem.

— Agora vai ficar em definitivo?

— Vou. A proposta que recebi para trabalhar com papai é irrecusável.

— Vai ser seu braço direito?

— Não. Vou trabalhar com o papai, é diferente.

Osvaldo veio logo atrás.

— Vou realizar um grande sonho: ter meu filho a meu lado, ajudando-me nos negócios.

Medo de amar • 41

— Desta vez vamos nos entrosar. Prometo que vou me reunir com os diretores nesta semana. Trouxe tantas ideias!

Adelaide interveio, amorosa:

— Não vamos perturbar o menino, Osvaldo. Acabamos de chegar. O voo atrasou, passamos quase todo o dia no aeroporto. Estamos cansados. Vamos conversar coisas agradáveis. Nada de negócios.

— Só tenho Eduardo e Sônia. Ela não quer saber dos negócios, então sobrou nosso filho. Não acha justo que eu fique empolgado?

— Claro que acho. Sempre foi seu sonho. Mas Eduardo está cansado, não é hora para tratar disso, ainda mais perto de estranhos...

Adelaide baixou o tom de voz e fez o marido notar a presença de Maria Lúcia. Osvaldo calou-se. Sempre acatava as resoluções da mulher. Com Adelaide ninguém podia, nem mesmo ele. Enérgica e de temperamento forte, ajudava o marido até nas decisões de trabalho. Era uma companheira exemplar, que ele agradecia todos os dias por ter a seu lado.

Enquanto Osvaldo solicitava ao motorista ajuda com as malas, Sônia apresentou a mãe à amiga.

— Esta é Maria Lúcia.

— Como está, querida?

— Muito bem. Prazer em conhecê-la.

— Este é meu filho, Eduardo. — E, virando-se para ele: — Esta é Maria Lúcia, amiga de sua irmã.

— Prazer.

— O prazer é todo meu.

Maria Lúcia era ousada. De maneira graciosa, foi logo passando seu braço pelo de Eduardo, caminhando com ele até o elevador.

— Quanto tempo esteve fora mesmo?

— Quase três anos.

— Tudo isso? Não sentiu saudade da família?

— Papai e mamãe, sempre que podiam, iam me visitar. Não me senti tão só. Nem tive tempo para isso. Estudei sem parar.

— Trabalhar com negócio próprio é tão bom, tão tranquilo!

— Pelo contrário: exige mais dedicação, pois eu sou ao mesmo tempo empregado e patrão.

— Mas pode mandar e desmandar. Quer coisa melhor?

Eduardo riu.

— Nisso está certa.

— Vai trabalhar ao lado do pai... Que sorte, não?

— Gosto dos Laboratórios Vidigal. Sempre sonhei em administrá-los.

Maria Lúcia ficou observando Eduardo pelo canto dos olhos. Até que era atraente. Físico atlético, olhos castanhos, cabelos no mesmo tom, aparência máscula; uma covinha na ponta do queixo conferia-lhe charme à parte. Ela ficou fitando-o de cima a baixo e indagou, embora soubesse a resposta:

— Quantos anos você tem?

— Vou fazer trinta. E você?

— Dezenove.

— Novinha.

— Novinha, mas experiente.

Os dois riram.

Maria Lúcia entrou com Eduardo no elevador. Adelaide, que ia logo atrás com Sônia, baixou o tom de voz:

— Ela é atrevida, não? Seu irmão mal chegou... Queremos matar a saudade!

— Maria Lúcia está sendo gentil.

— De onde surgiu essa amiga?

— Da escola.

— Ela vai ficar para o jantar?

— Eu a convidei para um lanche. Seria deselegante dispensá-la, não acha?

— Não gostei de como ela se atirou sobre seu irmão.

— Ela não se atirou para cima dele. — Sônia baixou o tom de voz. — Estamos chegando ao elevador. Ela pode nos ouvir.

Medo de amar • 43

Adelaide calou-se, mas seu semblante demonstrava sua contrariedade.

Essa que não venha jogando as asinhas para cima de meu filho, pensou.

Quando chegaram ao apartamento, Sônia lembrou à amiga que ligasse para casa. Maria Lúcia telefonou, falou rapidamente com os pais e, assim que pousou o fone no gancho, convidou-se:

— Vou ficar para o jantar. Assim poderei conhecer melhor Eduardo.

Osvaldo foi cordial:

— Fique conosco, minha filha. Sua companhia nos fará muito bem.

— Obrigada, seu Osvaldo.

Adelaide puxou Sônia até a cozinha.

— Ela é muito atrevida! Não tem classe.

— Mamãe, o que é isso? Está com ciúme?

— Não. Mas uma estranha em nossa casa? Bem no dia em que meu filho retorna depois de dois anos afastado?

— Vocês o visitaram três vezes nesse período.

— Quero privacidade.

— Maria Lúcia é de boa família.

— Não parece. Está sendo muito oferecida.

— Impressão de sua parte.

— Acha mesmo?

Sônia beijou a mãe na testa.

— Claro que sim. É uma boa moça.

Durante a refeição, Maria Lúcia mostrou-se atenciosa e cordata. Mesmo quando Eduardo discorria sobre assuntos de ordem técnica, ela demonstrava profundo interesse, um fingimento obtido com tremendo esforço.

O jantar correu agradável, e em seguida todos foram para a sala de estar tomar café e licor.

Passava da meia-noite quando o motorista deu a partida para conduzir Maria Lúcia até sua casa. No caminho, ela antegozava o prazer de já fazer parte da família Vidigal: *Não é uma família tradicional, o que me deixa aliviada. Fizeram fortuna há poucos anos. O pai de Eduardo começou com um pequeno negócio e hoje possui um dos maiores laboratórios de análises clínicas do país. Dona Adelaide não liga para sobrenome, casou-se com ele sob uma saraivada de protestos, visto que ela era pobre, e ele, um jovem rico. Notei que ela não gostou de mim, mas vai ter de se acostumar. Vou dobrar essa mulher. E vou fazer seu filho se interessar por mim, custe o que custar.*

Na casa da família Vidigal, todos foram para seus respectivos quartos. Estavam cansados. Adelaide e o marido despediram-se dos filhos e recolheram-se a seus aposentos. Ela bem que tentou conciliar o sono, mas foi em vão. Sentia desagradável sensação no peito. Tentou a custo livrar-se, mas a sensação persistiu. Durante o jantar ela tinha procurado disfarçar, mas a presença de Maria Lúcia a incomodara sobremaneira.

Era quase de manhã quando, vencida pelo cansaço, Adelaide finalmente adormeceu.

Capítulo cinco

Nos dias que se seguiram, Gaspar mergulhou de cabeça no trabalho. Ele herdara do pai pequeno boteco, daqueles típicos de bairro, a poucos quarteirões da casa de Maria Lúcia. Com a ajuda de Celeste, sua mãe, transformou o boteco em lanchonete. Celeste cozinhava muito bem. Além de sanduíches, eles serviam refeições no horário de almoço. A comida era boa e barata, algo raro na região. Logo, o boca a boca alastrou-se e agora entregavam comida em domicílio, fosse em residências, fosse em escritórios. A demanda foi aumentando e Gaspar teve de contratar um rapaz para ajudá-lo na entrega das refeições.

A companhia de Estela ajudava-o a preencher o vazio que Maria Lúcia deixara. Estela era boa moça. Havia se metido em política na época em que namorou Olavinho. Quando ele desapareceu, ela percebeu que os militares não estavam de brincadeira e largou as reuniões clandestinas. Montou um salão de beleza e, muito raramente, quando solicitada por amigos, usava um pequeno quarto nos fundos do salão para mimeografar panfletos e manifestos contra o governo militar.

Era uma moça bonita, de olhos verdes vivos, expressivos. Gostava da companhia de Gaspar. Eles até tentaram engatar um namoro, mas não ia para a frente. Ela não deixava de pensar em Olavinho, e Gaspar não esquecia Maria Lúcia.

Gaspar, na tentativa de esquecer aquela que julgava amar, ajudava a mãe no preparo das refeições, supervisionava os poucos funcionários da lanchonete, as entregas das marmitas. Nos últimos tempos, porém, recusava até mesmo a companhia de Estela. Chegava em casa e trancava-se no quarto. Caiu em tremenda depressão. Não havia nada, ninguém capaz de interessá-lo.

Celeste já estava preocupada, e com razão: aquele estado só poderia terminar em doença. Ela mesma nunca vira o filho daquele jeito. Ela não simpatizava com Maria Lúcia, mas nunca pensou que o filho fosse tão apaixonado por aquela garota.

Se pelo menos ele se acertasse com Estela, suspirava. *Essa, sim, é mulher para meu filho, não aquela mocinha fútil e interesseira.*

Celeste preparou uma canja e levou-a até o quarto. Bateu na porta só por costume e foi entrando.

— Trouxe uma sopa.

— Não estou com fome. Não quero comer. Não quero nada.

— Seu corpo não tem culpa do que aconteceu. Vamos, pelo menos tome um pouco deste caldo. Não o vi comer nada lá no bar hoje. Desse jeito, vai cair doente.

— Seria melhor, mesmo. E não é bar, é lanchonete.

— Ah, bar, lanchonete, é tudo a mesma coisa para mim. — Celeste pousou os dedos delicadamente sobre o rosto de Gaspar. — E eu? Acha que posso dar conta de tudo? Você é

Medo de amar • 47

meu braço direito, filho. Não tenho mais idade para ficar sozinha fazendo tudo. Preciso de você. Somos só nós dois.

Ela terminou de falar e não conseguiu evitar que uma lágrima saltasse no canto dos olhos. Gaspar, naquele momento, ficou penalizado. Por pior que estivesse, por mais confuso e triste que se sentisse, não podia descontar na mãe. Celeste tinha razão: ela só tinha a ele, mais ninguém. E se ele ficasse doente? Não havia pensado nisso. Sua mãe estava certa: eles poderiam até perder o pouco que haviam conquistado naqueles anos de trabalho árduo, caso ele ficasse preso a uma cama, e justamente agora, que ele aplicava na bolsa de valores tudo que sobrava. Era arriscado, mas ele tinha muita fé que iria fazer bastante dinheiro. Olhou para a mãe com comiseração. Levantou-se da cama e abraçou-a.

— Desculpe. Você está certa. Preciso me alimentar. Caso contrário, posso até ficar doente.

— Deus está ouvindo minhas preces! Você precisa reagir. Sei que dói, mas um dia passa. Não pode deixar que sua vida se transforme num inferno por causa de uma sirig...

— Mãe!

— Maria Lúcia não passa de uma sirigaita, mesmo. Que me desculpe Iolanda. Há tantas moças interessantes na cidade!

— Essa é boa. Quem?

— Estela, por exemplo. É uma boa moça. Bem que vocês dois podiam se acertar.

— Estela é uma excelente amiga, nada mais.

— Também, você só tem olhos para aquela uma. Esqueça Maria Lúcia.

— Antes me contentava em vê-la passar pela rua, mas ela sumiu.

— Vai ver... — Celeste calou-se.

— Vai ver o quê? — perguntou Gaspar, voz irritadiça.

— Nada. Sem discussões, pelo menos dentro desta casa. Vamos manter o ambiente em equilíbrio. Sabia que Alzira colocou nosso nome na caixinha de vibrações do centro espírita que ela frequenta? Você não tem se sentido melhor?

Gaspar balançou a cabeça para cima e para baixo. Achava graça quando Celeste pedia esse tipo de auxílio para a vizinha. Mas ele gostava muito de Alzira. Tinha muita consideração por aquela bondosa senhora.

— Tenho me sentido melhor, sim. E esta sopa aqui vai me deixar melhor ainda.

— Bom que pense assim. Quando terminar de se alimentar, vá até a sala. Vamos assistir à televisão juntos. O que acha?

— Não sei.

— Você se distrai, o tempo passa, e, quando se der conta, já vai estar na hora de ir para a cama.

— Pode ser.

A campainha tocou. Celeste deixou Gaspar tomando a sopa e foi atender. Não gostou do que viu. Procurou ser simpática:

— Boa noite, Henrique.

— Boa noite.

— O que deseja?

— Vim visitar seu filho.

— Uma visita? Logo você?

— Por que logo eu? Sou amigo de seu filho desde criança — disse, enquanto engrossava a voz.

Celeste, mesmo contrariada, convidou o moço a entrar.

— Pode subir. Não acredito ser necessário acompanhá-lo.

— Obrigado.

Henrique subiu rapidamente os lances de escada e entrou no quarto.

— E aí, rapaz? Como anda?

Gaspar estava terminando o prato de sopa. Respondeu sem levantar a cabeça:

— Vou bem.

— Não acha que está na hora de deixar essa fossa de lado?

— Pensa que é fácil?

— Fácil não deve ser, mas também não é impossível.

— Não sei. Estou desanimado desta vez. Já era tempo de Maria Lúcia ligar, confessar que estava enganada, com saudade. Mas não. Veja como o tempo tem passado, e nem um sinal de vida dela.

Henrique riu com sarcasmo. Em tom irônico, replicou:

— Claro que ela não é mais vista. Está com outro!

Gaspar sentiu o sangue sumir. Nem se importou com a afetação do amigo. Sorte estar sentado na cama, caso contrário iria ao chão. Não sentia as pernas, tamanha a sensação desagradável. Depois de conseguir concatenar os pensamentos, indagou:

— É verdade?

— Isso mesmo. Vim aqui porque sou seu amigo. Não quero que fique sabendo pela boca de terceiros. É minha obrigação, afinal gosto de você.

Henrique procurava manter tom grave na voz, torcia os músculos faciais, embora por dentro estivesse rindo à beça e xingando Gaspar. Dizia para si, enquanto ia respondendo mecanicamente a algumas perguntas: *Desgraçado! Quero vê-lo sofrer até não aguentar. Sempre foi o gostosinho, o queridinho aqui do bairro. Agora quero ver essa panca toda ir para o chão.*

Gaspar enchia-o de todo tipo de perguntas: Quem? Como? Onde? Por quê?

— A própria Maria Lúcia me contou que está saindo com um tal de Eduardo.

— Que cara é esse? — perguntou Gaspar, fulo da vida.

— Um riquinho lá dos Jardins.

— Conhecido?

— É irmão de Sônia, aquela amiga dela.

— Que Sônia?

— Amiga dos tempos de escola. Andam juntas para cima e para baixo.

— Será que é namoro mesmo?

— É, sim. O rapaz conquistou Maria Lúcia. Se você ainda a quiser, é melhor correr. Se demorar um pouco mais, vai dançar de vez.

Enquanto Henrique se deleitava com o sofrimento de Gaspar, a campainha novamente tocou na casa. Celeste perdeu a vontade de assistir à novela. Desligou o aparelho e foi atender, não sem antes bradar:

— Parece que hoje nos pegaram para Cristo!

Abriu a porta e sentiu-se envergonhada.

— Alzira!

— Boa noite.

— Boa noite. Você aqui a uma hora dessas? O que foi? Algo grave?

— Calma, Celeste, é só uma visita.

— Desculpe. Entre, por favor.

Alzira acomodou-se no sofá. Era uma senhora na faixa dos cinquenta anos de idade, robusta, semblante forte. Possuía modulação de voz agradável, porém firme.

— O que se passa? — indagou Celeste, visivelmente preocupada. — Sei que vem vibrando por nós lá no centro. Sinto que o ambiente aqui está melhor.

— A energia aqui na casa está muito boa. Vim por causa disso. Os amigos do astral rogaram que não deem importância ao comentário dos outros. Não deixem que pensamentos alheios entrem e fiquem parados nesta casa.

— Não entendo o que diz.

— Você e Gaspar formam os pilares deste lar. Tudo que pensam é transformado em energia. Mesmo sendo invisível, essa energia, não importa se positiva ou negativa, impregna a casa toda.

— Melhor se for positiva, certo?

— Sim. Impregnar o lar de bons pensamentos o mantém em harmonia. Estela está ajudando Gaspar a se esquecer de Maria Lúcia. Isso é bom.

Medo de amar • 51

— É uma boa moça. Pena que Gaspar não se interesse mais por mulher alguma.

Alzira franziu o cenho.

— Não sabemos o que o destino nos reserva. Gaspar não deve se envolver com Estela. Eles têm caminhos diferentes a seguir.

— Você diz com tanta propriedade! Isso me assusta.

— A verdade não assusta e não machuca ninguém. O que nos machuca é a ilusão.

— Mas os dois fazem um belo par. Eu teria muito gosto em ter Estela como nora.

— Mas ela tem seus compromissos, e a vida tem suas leis. Não podemos interferir.

— Estou intrigada. O que você faz aqui a uma hora dessas? Recebeu alguma notícia do mundo espiritual?

Alzira riu.

— Sim. Fui alertada há pouco de uma interferência energética.

— Como assim?

— Formas-pensamento ruins, energias desagradáveis estão sendo lançadas aqui.

— Não pode ser, Alzira. Embora eu não frequente o centro e não entenda muito sobre espiritualidade, tenho feito com muita fé o que me foi pedido. Tenho rezado com louvor, colocado os copos com água em minha cabeceira e na de Gaspar todas as noites. Ele também tem melhorado.

— Sei disso, mas há algo estranho no ar. Eu sinto as energias, aprendi a identificá-las. Há energias nocivas nesta casa. Quem está lá em cima com Gaspar?

Celeste arregalou os olhos. Puxou Alzira para perto e baixou o tom de voz.

— Como soube? Faz uns quinze minutos que Henrique chegou. Está lá no quarto.

— Ele não cultiva bons pensamentos.

— Chegou todo preocupado. Veio visitar Gaspar.

— É tudo mentira. Ele não gosta de seu filho.

Celeste colocou a mão no peito, preocupada.

— Como pode dizer uma coisa dessas?

— Enxergo além das aparências. Henrique tem inveja de Gaspar.

— Tem certeza do que diz?

— Tenho. Você não simpatiza com ele também. Aposto que o recebeu a contragosto.

Celeste levou as mãos até a boca. Estava sem palavras. Admirava Alzira por sua firmeza de caráter, por falar sem rodeios.

— É verdade. Toda vez que o vejo, sinto uma repulsa, uma coisa esquisita.

— Você capta com facilidade as energias que as pessoas emanam, Celeste. Já lhe disse para estudar a respeito do mundo das energias. Se soubéssemos um pouco mais sobre o assunto e déssemos mais atenção a nossos pensamentos, viveríamos muito melhor.

— Acredita que Henrique esteja influenciando negativamente meu filho?

— Sim. Henrique tem inveja de Gaspar. Está tentando confundir a cabeça de seu filho, atiçando-o. Isso desequilibra Gaspar emocionalmente e põe a perder todo o nosso trabalho.

— Não diga uma coisa dessas.

— Vamos subir. Darei um passe em Gaspar. Mas prometa que vai selecionar as visitas daqui por diante.

Celeste baixou a cabeça resignada e ambas subiram. Ao entrarem no quarto, Gaspar estava no canto, de cócoras e chorando. Tremia muito. Ambas olharam com estupor para Henrique. Ele procurou defender-se:

— Não olhem para mim dessa maneira. Estávamos falando de Maria Lúcia e ele perdeu o juízo.

— O que disse a ele para perturbá-lo tanto? — perguntou Alzira em tom firme.

— Nada de mais.

— Diga a verdade.

— Sou seu amigo e tenho de mantê-lo informado sobre todos os passos de Maria Lúcia. Amigos são para essas coisas.

— Não acha que está indo longe demais? O namoro acabou faz tempo.

— Mas Gaspar ainda gosta dela, ora.

— Não prefere dar forças, ajudar positivamente seu amigo?

Henrique teve vontade de avançar e arranhar o rosto de Alzira. *Velha intrometida e macumbeira*, pensou. Ela captou o teor energético dos pensamentos de Henrique e foi categórica:

— Pode pensar de mim o que bem entender. Só não tem o direito de atazanar a vida do rapaz.

— Não estou atazanando, estou ajudando.

— Deixe Gaspar em paz.

— Mas eu...

Celeste alterou o tom de voz:

— Deixe meu filho em paz! Por favor, retire-se. Ele não está bem.

Henrique saiu contrafeito, mas sentia-se realizado.

Adorei vê-lo chorar. Ele tem a cabecinha muito fraca, mesmo.

Alzira e Celeste reconduziram Gaspar à cama.

— Vamos, meu filho, controle-se.

Alzira apagou a luz do quarto e deixou somente a do abajur acesa. Fechou a porta.

— Agora, meu filho, feche os olhos. — Virou-se para Celeste e ordenou: — Faça uma prece.

— Uma prece?

— Sim, qualquer uma. Reze um Pai-Nosso.

— Está bem.

— Concentre-se. Coloque sua fé nessa oração, para que juntas possamos dar sustento e os amigos do astral superior possam fazer a limpeza do ambiente e da aura de seu filho.

Celeste concordou com a cabeça. Fechou os olhos, concentrou-se na imagem de Jesus e rezou em voz alta o Pai--Nosso. Enquanto isso, Alzira esfregou as mãos e ergueu os braços para o alto. Proferiu ligeira prece e começou a dar um passe de limpeza em Gaspar. O moço sentiu a princípio um torpor muito forte, como se mãos invisíveis estivessem arrancando algo pesado de sua testa. No momento em que Alzira começou a harmonizar os chacras do rapaz, ele sentiu como se leve brisa lhe tocasse o rosto. A sensação de peso desanuviou-se. Alzira sentenciou:

— Lentamente, abra os olhos.

Gaspar obedeceu e abriu-os.

— Fazia muito tempo que eu não sentia um bem-estar tão grande! Há semanas venho sentindo peso na cabeça, nos ombros. E assim, de uma hora para outra, desapareceu. A senhora é incrível!

Ela riu.

— Não sou incrível. Somente usei os recursos que a natureza nos oferece. Você também pode fazer o mesmo.

— Verdade?

— Claro. Se estiver disposto...

Gaspar levantou-se e procurou ser cordial:

— Desculpe-me, dona Alzira, mas não gosto de frequentar centro espírita.

— Você não é obrigado a nada. Claro que um centro é um espaço onde podemos receber mais diretamente ajuda espiritual e também é uma grande fonte de aprendizado. Se quiser, pode estudar, tirar algumas dúvidas comigo e, se achar necessário, tomar uns passes de vez em quando, para reequilibrar as energias. Se dedicar-se aos estudos da espiritualidade e, consequentemente, do mundo energético, poderá até dar-se passe, o que chamamos de autopasse.

Gaspar admirou-se:

— Tenho condições de chegar a tanto? Não acho isso possível.

— Você pode realizar tudo que quiser. Se considera que está em condições de melhorar, vai melhorar. Você tem sensibilidade, o que chamamos lá no centro de mediunidade.

Celeste interveio:

— Ouvi falar sobre isso quando ele tinha dezessete anos.

— E disseram que eu tinha de estudar, desenvolver a mediunidade, caso contrário minha vida não iria para a frente. Não gosto de obrigações. Sou livre, cultuo Deus a meu modo — completou ele, cabeça baixa.

— Você está com a razão, meu jovem — ajuntou Alzira. — Ninguém é obrigado a fazer nada que não queira. Mas, sobre a mediunidade, cabe dizer que antigamente não dispúnhamos de tantas informações como temos hoje em dia. Tínhamos de aprender tudo às escondidas. As informações sobre espiritualidade eram escassas. Como as pessoas que estudavam esses assuntos eram tratadas com escárnio, muitas se fecharam em grupos, seitas, estudando clandestinamente. Por isso, só podíamos aprender, desenvolver e educar nossa mediunidade nos grupos esotéricos reservados e fechados, ou num centro espírita, mais acessível. Hoje, o mundo mudou, as informações estão ao alcance de todos. É só ir atrás delas. E há inúmeras fontes, trabalhos científicos, que comprovam a reencarnação, a vida após a morte, a influência das energias em nossas vidas.

— Já li a respeito. Há pessoas sérias que comprovam a existência de tudo isso. Por que eu deveria aprender sobre essas coisas?

— Para se defender, meu rapaz. Veja... Se você aprender a tomar conta de sua mente, procurar sempre que possível cultivar bons pensamentos a seu respeito e a respeito dos outros, estará em vantagem. E, se estudar como a nossa

56 • Marcelo Cezar romance pelo espírito Marco Aurélio

mente é capaz de influenciar a nós ou aos outros, positiva ou negativamente, estará encontrando a chave para viver melhor consigo e com os outros ao seu redor.

— Como assim, defender-me?

— Sim. Olhe para Henrique. Ele não é má pessoa, mas é escravo das próprias ilusões. Sente-se menos que os outros e mete-se na vida de todo mundo, trazendo tumulto e desordem. Se você soubesse um pouquinho que fosse sobre o mundo energético, poderia ter bloqueado os pensamentos negativos que ele emitiu e o desequilibraram.

— Ele só quis me ajudar. Não teve culpa.

— Realmente não teve. Ninguém é culpado de nada nesta vida, porém somos responsáveis por tudo que pensamos e emitimos. Consegue imaginar nosso grau de responsabilidade?

— Se for assim que as coisas funcionam, nunca poderei estar bem. Não consigo deixar de pensar em Maria Lúcia.

— Sei que você sempre gostou muito dela. Mas devemos respeitar as escolhas que os outros fazem, mesmo que isso signifique estarem longe de nós. Se Maria Lúcia não quer mais namorá-lo, por qualquer que seja a razão, você deve respeitar essa decisão. Não existe nada mais constrangedor para um ser humano do que rastejar por outro em busca de migalhas de amor.

Gaspar e Celeste arregalaram os olhos. Alzira falava com firmeza, embora sem perder o sorriso nos lábios. Ela continuou:

— Relacionar-se com outra pessoa é muito bom. Aprendemos a doar, a aceitar a pessoa como ela é. Somente nas relações pessoais é que enxergamos nossos limites, nosso grau de paciência, nossa flexibilidade.

— Sempre aceitei Maria Lúcia do jeito dela. Nunca a recriminei.

— Você sempre a aceitou, mas só o fazia porque tinha medo de ficar sem ela. Fez tudo por obrigação e não porque seu coração assim quisesse. Sempre teve medo de lhe dizer "não". E veja só o resultado: está só.

— Serei eterno solteirão. Não há mulher no mundo que me interesse. Nem mesmo Estela.

— Pelo menos fique do seu próprio lado — finalizou Alzira. — Estude, conheça seus pontos fracos, determine onde você se desequilibra com facilidade. Aprenda a lidar com tudo isso, fortaleça seus pensamentos no bem, procure ter uma relação saudável consigo mesmo. Nunca se esqueça de que, quando nós mudamos, as pessoas ao nosso redor mudam ou vão embora, porque tudo na vida é uma questão de sintonia. Experimente. Não custa nada tentar.

Gaspar aproximou-se de Alzira, pegou suas mãos e beijou-as. Depois, pousou delicado beijo em sua testa.

— Não sabe o bem que me fez. De hoje em diante não vou mais rastejar. Quero mudar, sei que tenho qualidades e há outras pessoas interessantes que pensam e dão valor às mesmas coisas que eu. A senhora pode me trazer alguns livros o mais cedo possível?

Celeste não conseguiu segurar e uma lágrima escorreu pelo canto do olho.

— Jesus seja louvado! Filho querido, você está até mais corado. — E, virando-se para Alzira: — Obrigada, minha amiga. Não sei como agradecer-lhe.

— Não tem o que me agradecer. Fico feliz de vê-los bem. Não se esqueçam de que sou vizinha de parede e, se vocês estão bem, fico ainda melhor.

Os três deram sonora risada. Alzira continuou:

— Amanhã trago-lhe alguns livros.

— Obrigado.

Celeste estava tão feliz, que emendou:

— Isso mais nos pareceu um milagre. Quando é que você vai ao centro de novo, Alzira?

— Na próxima terça haverá sessão de estudos e passes.

— Posso ir junto?

Gaspar espantou-se:

— A senhora, mãe? Não acredito!

— Pois pode acreditar. Se esse lugar que Alzira frequenta ensina todas essas coisas boas que ela nos disse e fez, por que eu não deveria ir? Também quero mudar. Quero que nossas vidas caminhem para a frente. Juntos, eu e você, Gaspar, iremos longe.

Alzira animou-se:

— Assim é que se fala!

Capítulo seis

Marinês estava colocando o bolo para assar no forno quando ouviu berros vindo do andar de cima. Jogou a fôrma sobre o fogão e subiu correndo.

— O que está havendo? Por que tanta gritaria?

Iolanda tremia dos pés à cabeça.

— Sua irmã, essa desmiolada! Onde já se viu?

Marinês olhava para a mãe e para a irmã, sem nada entender. Iolanda foi até ela.

— Olhe o que encontrei na bolsa dessa doidivanas.

Iolanda pegou a caixinha e colocou-a nas mãos de Marinês. Maria Lúcia permanecia imperturbável.

— Mamãe está nervosa porque achou uma caixinha de pílulas. Pode?

Marinês mordeu levemente os lábios. Perguntou:

— Você está tomando pílula anticoncepcional desde quando?

— Desde que comecei a sair com Eduardo, ora.

Iolanda espumava de ódio. Estava ao lado de Maria Lúcia e levantou a mão. Maria Lúcia gritou:

— Isso, vamos, mãe, bata! Pode me encher de tapas. Sempre quis fazer isso, não foi?

Marinês procurou contemporizar:

— Calma, gente. Assim não vamos chegar a lugar nenhum. Vocês estão nervosas.

— Não estou nervosa. Mamãe é que é intrometida e mexeu em minhas coisas.

— Desnaturada! Sua bolsa estava jogada no chão, como sempre. Guardei seus pertences sem procurar nada. Mas no momento em que vi essa caixinha...

— Tanto barulho por nada!

— Como pode fazer uma coisa dessas conosco?

— A vida é minha. Você deveria me beijar, me felicitar: sou ajuizada.

— E seu pai? Imagine se ele descobre...

— Eu ia conversar com vocês depois, mas aí...

— Cale a boca, mentirosa! Ia contar era no Dia de São Nunca!

Maria Lúcia retrucou, enérgica:

— Você sempre foi muito nervosinha, estourada. Devia me dar os parabéns, afinal de contas estou me cuidando. Acha que eu iria me entregar a um homem sem me cuidar?

— Esse é o problema: entregar-se. Quer dizer, então, que você não é mais virgem? Se esse tal de Eduardo não quiser mais saber de você, o que vai fazer da vida?

— Sei lá. Nunca pensei nisso.

Iolanda olhava para Marinês como a pedir ajuda.

— Diga-me, Marinês: estou louca ou você está ouvindo o mesmo que eu? Maria Lúcia enlouqueceu.

Marinês nada disse. Maria Lúcia continuava, firme:

— Eduardo nunca vai me deixar.

— Como pode ter certeza disso? Fala com tanta convicção!

— Ora, ele está caidinho por mim. Vou me casar com ele, vocês vão ver.

Marinês interveio, tentando apaziguar os ânimos:

— Por que então você não o traz aqui para jantar qualquer dia desses?

Maria Lúcia riu com desdém.

— Está louca? Trazê-lo aqui neste pardieiro? Eduardo é homem rico, acostumado ao luxo, um Araújo Vidigal. O que viria fazer aqui em casa? Comer macarrão com frango e farofa? Você tem cada ideia, Marinês!

— E qual o problema? — interveio Iolanda. — Se as coisas andam por esse caminho, por que não o traz para o conhecermos? Ou vamos ter de esperar até o dia do casamento?

— Pode ser. Tenho de ficar mais amiga de dona Adelaide, minha futura sogra. Ela não vê essa relação com bons olhos. Mas vai ter de me engolir.

Iolanda estava estupefata:

— Como pode falar assim dela? Se eu fosse a mãe dele, faria a mesma coisa. Você acha que pode manipular os outros como bem entender, Maria Lúcia? Em que mundo vive?

— No mundo dos espertos. Manipulo mesmo. Não meço esforços para conseguir o que quero. Qual o problema nisso? É crime?

— Não quero mais escutar essas besteiras. Assim que seu pai chegar, vamos conversar.

— Não, senhora. Vou sair com Sônia.

— Sair com Sônia não pode ser mais importante do que conversar com seu pai sobre pílula anticoncepcional.

— Hoje, não, já disse. A senhora quer parar de me atormentar?

— Você é minha filha, temos de conversar.

— Sou sua filha, mas não pedi para nascer.

Iolanda nunca vira Maria Lúcia falar daquela maneira. A jovem carregava tanto ódio nas palavras, que Iolanda até se sentiu zonza.

— Não precisa falar com a mamãe nesse tom.

— Cale a boca você também, santinha do pau oco. Você é muito boazinha e tenho raiva de gente assim.

— Por que me odeia tanto?

— Não odeio, mas devo admitir que não gosto de você. Se não fosse por papai, bem que eu teria saído de casa.

— Então por que não sai agora? — disse Iolanda, em tom desafiador. — Se não nos quer bem, pois saia.

— Eu?! E estragar meus planos? Nunca! Engoli muito desaforo, já vivi demais no inferno que é esta casa. Estou prestes a ficar noiva e me casar. Quer que eu saia? Jamais! Vai ter de me suportar. Você me gerou, tem obrigação de cuidar de mim até que eu me case.

Iolanda irrompeu em soluços. Agarrou-se a Marinês, dizendo aos prantos:

— Ela sempre me odiou. Nunca gostou de nós. Floriano a estragou, de tanto mimá-la. Olhe só no que deu. Minha própria filha...

Marinês abraçou a mãe, buscando confortá-la:

— Não chore. Fique calma. Vocês estão nervosas. Discussões são assim mesmo. Logo tudo vai estar bem de novo.

Maria Lúcia começou a cantarolar. Saiu do corredor, entrou no quarto e bateu a porta com força. Iolanda secou as lágrimas com o canto das mãos. Olhou com pesar para Marinês.

— Onde foi que errei? Por que vocês duas são tão diferentes?

— Personalidades diferentes. Maria Lúcia sempre foi assim, desde pequena.

— Mas ela nos agride com esse comportamento. A você, então, nem se conta. Com você, ou ela só grita, ou só fala o necessário. Poderiam ser amigas.

Medo de amar • 63

— Eu bem que tentei, mas ela é assim, mãe. Temos de aprender a respeitar os outros e aceitá-los como são. O que posso fazer? Mudar de casa? Não. Somos irmãs, vivemos sob o mesmo teto, e um dia cada uma vai seguir seu caminho.

— Não sente raiva de sua irmã?

— Não.

— Pois deveria.

— Nunca. Maria Lúcia é estouvada, tem lá seus defeitos.

— Ela é um monstro.

— Também não exagere!

— Tenho pena desse moço que ela está namorando.

— Por quê?

— Não sei, mas sinto que ela vai fazer dele gato e sapato.

Marinês abraçou-se à mãe.

— Ele gosta dela. Maria Lúcia também tem seus encantos.

— Sedutora de araque! Ainda vai se dar mal por agir dessa forma.

— Não fale assim, mãe. É sua filha.

Iolanda assentiu com a cabeça. Esboçou pequeno sorriso.

— Você vale ouro.

Marinês riu.

— Diz isso porque gosta de mim. Sempre se deu bem comigo. Já com Maria Lúcia...

— Procurei fazer o possível, mas não sei... Há alguma coisa que me impede de amá-la como amo você. É por isso que as coisas estão assim agora. Deus deve estar me castigando por fazer diferença entre as duas. Mas é algo mais forte do que eu.

— Sei disso. Não se trata de culpa, mas de afinidade. Procure aceitar Maria Lúcia do jeito que ela é. Deixe-a ser livre para escolher. É mulher-feita, está muito interessada nesse rapaz. Quem sabe logo se casa e vai viver a vida que sempre sonhou? Tenha um pouco mais de paciência.

64 • Marcelo Cezar romance pelo espírito Marco Aurélio

— Você é tão compreensiva! Como pode? Ela a trata mal e você ainda a defende!

— Não estou defendendo, apenas mostrando que cada um é único. As pessoas não têm a capacidade de mudar os outros ou o mundo, mas somente a si mesmas. — Fez breve pausa e propôs: — Vamos fazer o seguinte: desça, ajude-me a terminar o jantar. Bati um bolo, está sobre o fogão. Coloque-o no forno para mim. Papai logo vai chegar do serviço. Não lhe diga nada sobre as pílulas. Vamos procurar manter um clima de harmonia em nosso lar. Enquanto isso, vou dar uma palavrinha com minha irmã, certo?

Iolanda beijou a filha, baixou a cabeça e desceu as escadas. Marinês bateu levemente na porta do quarto.

— Pode entrar. Nesta casa não se tem privacidade nunca.

— Sou eu.

— O quarto também é seu. Entre.

Marinês entrou, fechou a porta e sentou-se na beirada da cama.

— Então é sério?

— O quê?

— Esse seu namoro com o irmão de Sônia.

— Está sendo. Ele ainda não caiu em minhas garras, mas hoje prometo que as coisas vão melhorar para o meu lado.

— Como assim?

Maria Lúcia levantou-se e deu um saltinho. Olhou para a irmã e fez um muxoxo.

— O que foi?

— Nada.

— Não confia em mim, não é?

— Você e mamãe estão sempre grudadas — disse Maria Lúcia, desconfiada.

— Você e papai também.

Maria Lúcia riu. Era verdade: ela vivia agarrada ao pai. Sentia-se protegida quando Floriano se encontrava por perto. Estava tão ansiosa que não conseguiu se segurar.

Medo de amar • 65

— Sônia vai me levar à mulher das cartas.

— O quê?

— Isso mesmo, Marinês, a mulher das cartas. Ela atende só gente da alta. Nada de trambicagens. É uma das melhores da cidade, talvez do país.

— Não acredito!

— Tudo que ela diz acontece.

— O que tanto anseia saber?

— Quero saber se vou me casar logo.

— Mas você tem de estar preparada para ouvir tudo.

Maria Lúcia bateu três vezes na cabeceira da cama.

— Não fique botando uruca. Quer que eu me dê mal?

— Não. Nunca pensei isso. Mas... e se ela lhe revelar algo desagradável?

— Tudo está a meu favor. Só vou lá para confirmar.

— Quanto essa mulher cobra?

— Sei lá.

— Tem dinheiro? Desde que saiu do salão...

— Eu agora namoro Eduardo Araújo Vidigal. Não posso mais trabalhar naquela espelunca — mentiu, afinal sua família não soubera da briga entre ela e Estela.

— Estela foi superlegal com você.

— Ela que se dane! É exploradora, falsa.

— Se quiser, posso lhe emprestar algum.

— Não quero seu dinheiro.

— Por que não?

— Não quero dever favores a você. Se a mulher cobrar, quem vai pagar é Sônia. Vou descobrir um monte de coisas hoje. Dependendo do que ela falar, coloco meus planos em ação.

— Que planos?

— Já disse que não é de sua conta, Marinês!

— E se ela disser que Eduardo não é para seu bico?

Maria Lúcia injetou-lhe olhos de fúria.

— Estraga-prazeres! Imagine se isso vai acontecer... Nunca!

66 • Marcelo Cezar romance pelo espírito Marco Aurélio

— Tem de estar preparada para tudo.

— Não me ponha medo. Está vendo como deseja minha infelicidade?

— Eu?! Nunca! Quero que seja feliz. Só acho jogo de cartas um assunto delicado.

— Qual nada! Nem que eu tenha de fazer macumba para segurar esse homem!

Foi a vez de Marinês bater três vezes na cabeceira.

— Não diga uma coisa dessas. Não se meta com esse tipo de coisa.

— Não tenho medo de nada. Faço o que precisar, embora eu sinta que não vou ter de ir tão fundo. Eduardo está saindo comigo, está gostando de minha companhia.

— Você tem dormido com ele?

— Claro que não, boba.

— Como assim? Mamãe não achou uma caixinha de pílulas em sua bolsa?

— Precaução. Por acaso a caixa está aberta?

Maria Lúcia foi até a cômoda, pegou a caixa que originara a discussão e entregou-a à irmã.

— É mesmo: a caixa está lacrada.

— Fui ao médico no mês passado, fiz exames.

— Com que dinheiro?

— Sempre quer saber com que dinheiro, não? Que saco! Eu sei me virar.

— Quem lhe pagou?

— Sônia me pagou tudo. Médico de primeira, sabe? Só atende gente rica, consultório no Jardim Europa, um luxo. Estou ótima. E, como tenho de conquistar Eduardo a qualquer custo, já estou me precavendo.

— Você não o ama!

— Claro que não! Quem falou em amor?

— Mas pretende se casar com ele.

— E preciso de amor para me casar? De onde tirou uma ideia descabida dessas?

— Não acredito que pense assim. Vai usar o rapaz só para subir na vida?

— Sim.

— Isso é desumano.

— Não, querida. Isso é esperteza.

— E se ele estiver apaixonado?

— Problema dele, não meu. Somos adultos. Cada um que cuide de seus sentimentos.

Maria Lúcia abriu o guarda-roupa e começou a escolher um vestido. Marinês levantou-se perplexa. Sem nada dizer, saiu do quarto, cabisbaixa.

Coitado desse moço! Nas mãos de Maria Lúcia, vai comer o pão que o diabo amassou. Que Deus o proteja!

Capítulo sete

O edifício requintado, localizado na avenida Angélica, era circundado por lindo jardim. Maria Lúcia tremia de ansiedade e emoção.

— Nunca pensei que esse tipo de consulta pudesse ser feito num lugar tão chique!

— Você estava achando que a gente ia lá para a periferia, num buraco qualquer?

— E não é assim, Sônia? Pelo menos, nas duas vezes que fui tirar a sorte, além de ser longe pra chuchu, nunca acertaram nada. Olhe lá o que está aprontando!

— Se você quiser, pode ficar aqui no *hall* de entrada. Não precisa subir.

— Não — rebateu Maria Lúcia, categórica. — De jeito nenhum. Se os famosos vêm até aqui, é porque a mulher deve ser boa mesmo. Quanto ela cobra?

— Nada.

— Nada? Como assim? Vive de quê?

— Dolores vive da pensão do marido, militar graduado. O homem lhe deixou uma fortuna. Ela não precisa de dinheiro.

— Então por que faz isso? Se fosse para aparecer, tudo bem, mas nunca ouvi falar dessa mulher, tampouco li alguma matéria sobre ela em revista ou jornal.

— E, se depender de quem aqui vier e da própria Dolores, o mundo nunca vai saber. Ela odeia publicidade. Começou a fazer isso desde que o falecido lhe apareceu, anos atrás.

Maria Lúcia não acreditava nessas idiotices. Para ela, a morte era o fim e pronto. Contudo, precisava mostrar interesse.

— Verdade? O defunto apareceu para a mulher?

— Apareceu e veio contar como é o lado de lá, o mundo dos espíritos. Dolores sempre foi descrente, nunca acreditou em nada, nem à igreja ela ia. Depois disso, passou a estudar, frequentar centro. É muito amiga de Chico Xavier.

— É mesmo? Mas esse negócio de jogar cartas não é besteira? Atirar um punhado de cartas assim na mesa e começar a falar sobre sua vida? Acho muito fantasioso.

— E por que veio, então?

— Ah, porque mexe com a gente. Tem essa aura de mistério. Eu gosto disso.

Sônia deu uma risadinha.

— Vamos ver qual será sua impressão ao sair daqui.

Tocaram a campainha, e uma simpática empregada atendeu-as.

— Madame Dolores vai recebê-las num instante. Quem vai primeiro?

Sônia apontou para Maria Lúcia.

— Minha amiga. É a primeira vez dela.

— Não, Sônia. Prefiro ir depois de você.

— O que foi? Está com medo?

— Que medo, que nada! Acabei de chegar. Pode ir na frente, fico aguardando.

A empregada interveio sorridente e conduziu Maria Lúcia até confortável poltrona.

— A senhorita pode aguardar aqui.

— Assim é melhor. Pode ir, Sônia. Vá saber o que o futuro lhe reserva.

Ambas riram e Sônia desapareceu no corredor com a empregada. Maria Lúcia ajeitou-se na poltrona. Começou a percorrer a sala com os olhos.

— Que bom gosto! Casa de madame rica, mesmo.

Ela se levantou e começou a andar pelo apartamento. Tudo muito bonito. Os móveis eram finíssimos; a decoração, primorosa. Maria Lúcia ficou admirando o aposento por longo tempo, até que vozes vindas do corredor a arrancaram de seus devaneios. Sônia trazia alegria estampada no rosto.

— Dolores vai lhe atender agora.

— Mas já? Você mal entrou.

— Imagine! Ficamos quase uma hora conversando.

— Puxa, estava aqui encantada com o apartamento. Nem vi o tempo passar.

Maria Lúcia sentiu uma ponta de ansiedade. Respirou fundo.

— Bem, agora é minha vez.

A empregada foi solícita:

— Acompanhe-me, por favor, senhorita.

Ela se deixou conduzir. O corredor do apartamento era comprido. No fim dele e após passarem por várias portas, a empregada bateu levemente em uma porta que estava entreaberta. Do outro lado ouviu-se um "Pode entrar".

Dolores estava sentada numa mesa de frente para a porta. O quarto era iluminado por tênue luz azul, vinda de um abajur sobre a mesa. Havia duas cadeiras, uma poltrona e, na parede atrás da médium, um quadro de Jesus e Maria abraçados, mais nada. Maria Lúcia decepcionou-se com o ambiente, simples demais, segundo sua opinião. A empregada fez a moça sentar-se e saiu, fechando a porta com delicadeza. Dolores encarou-a com um sorriso nos lábios.

— Este aposento é simples, mas aqui tenho o necessário para as consultas. Não há necessidade de luxo.

— O que disse?

— Muitos se decepcionam quando aqui entram.

— Eu não disse nada.

— Mas pensou.

Maria Lúcia sentiu um arrepio. Dolores prosseguiu:

— Eu capto os pensamentos das pessoas com facilidade. Neste quarto, onde pratico meus dons sensitivos, fico ainda mais sensível aos pensamentos das pessoas.

Maria Lúcia estremeceu de tal forma, que deixou a bolsa cair. Desconcertada, abaixou-se, pegou a bolsa e voltou a sentar-se, sem graça.

— O que a trouxe até mim?

— Sônia fala tanto da senhora, que resolvi arriscar.

— Veremos.

Dolores exalou profundo suspiro. Concentrou-se, fez uma prece e, após embaralhar as cartas com maestria, colocou-as à frente de Maria Lúcia.

— Vamos, tire dez cartas.

— Assim ao acaso?

— Isso mesmo. Escolha dez cartas e coloque-as no centro da mesa, as figuras voltadas para baixo.

Maria Lúcia obedeceu. Mecanicamente, foi escolhendo as cartas e colocando-as no centro da mesa. Dolores pegou-as e foi virando uma a uma, fazendo um desenho com elas sobre a mesa. Em seguida, pegou mais algumas cartas e colocou-as uma a uma sobre as cartas escolhidas por Maria Lúcia.

Dolores exalou novo suspiro. Perguntou, sem desviar os olhos das cartas:

— Quem é Gaspar?

Maria Lúcia remexeu-se nervosamente na cadeira. Sentiu as pernas bambas.

— É meu... quer dizer... foi meu namorado.

— Ele a amou de verdade.

— Sei disso.

— Você está tendo a oportunidade de se acertar com ele. O destino está em suas mãos.

— Não quero me casar com ele.

— Eu não disse isso. Você está tendo a oportunidade de se acertar. Podem ser amigos.

— Não creio.

— Ele não vai aceitar sua proposta.

— Que proposta?

— As cartas não mentem. Você quer que ele seja seu amante.

Maria Lúcia arregalou os olhos. Como aquela mulher sabia disso?

— Deixe-o em paz, pelo menos.

— Veremos.

— Você não terá permissão de perturbá-lo.

Maria Lúcia enervou-se.

— Não vim aqui para falar de Gaspar. É coisa do passado.

— Mas ele ainda está em sua linha de destino. Estranho...

Dolores tirou outra carta, mais outra.

— Impressionante! Ele não sai de seu caminho. Algo vai uni-los. Você tem algum parente próximo a ele? Uma irmã?

Ela riu.

— Minha irmã e Gaspar são amigos. Um não tem nada a ver com o outro. Jamais se apaixonariam.

— Muito estranho. Não consigo determinar o vínculo.

— Então embaralhe de novo. Está vendo? Nem as cartas querem falar de Gaspar.

— Vocês dois estão atrelados pelos fios do destino.

— Impossível! O destino não pode ser mais forte do que meu desejo.

— Você o ama?

— Não.

— Tem certeza? Ele aparece aqui em sua vida, em sua linha de destino.

Dolores achou tudo aquilo muito esquisito. Percebia que Maria Lúcia não estava ligada afetivamente ao moço, mas suas cartas estavam dizendo o contrário, e elas nunca a enganavam. Gaspar continuava presente na vida dela, de alguma forma. A médium não estava conseguindo entender. Procurou concentrar-se. Tirou mais algumas cartas.

Maria Lúcia estava visivelmente perturbada. Interpelou:

— Escute aqui: não quero saber sobre destino, o que vai acontecer daqui a um, cinco, vinte anos, ou quando eu estiver velha e sem jeito de melhorar minha vida. Gaspar faz parte de meu passado. Suas cartas estão dizendo que ele não vai sair de minha vida. E não vai mesmo! Ele vai ser meu amante, mais nada. Nunca poderá me dar luxo, festas, dinheiro, viagens internacionais. Não poderá me fazer circular pela alta sociedade. Eu vim aqui por causa de outro e...

Antes de terminar, Dolores interrompeu-a. Virando uma carta do baralho, foi incisiva:

— Você quer Eduardo.

— Agora estamos começando a nos entender.

— Por que o quer tanto?

— Porque ele pode me dar tudo isso, além de ser atraente.

— Você não o ama e nunca o amou.

— O amor não existe.

— Vai se machucar.

— Dane-se. Ele apareceu aí em meu jogo. Então vai ser meu marido.

Dolores retirou outras cartas. A modulação de sua voz alterou-se sutilmente.

— Não vai ficar muito tempo com ele.

— Não quero. Desde que me dê sobrenome e dinheiro, já está ótimo.

Dolores não tirava os olhos das cartas.

— Há outra na vida dele.

Maria Lúcia deu de ombros.

— Pouco me importa. Vamos nos casar?

— Tudo indica que sim.

— Ótimo.

— Você o manipula com facilidade. Mas pode se dar mal. Tudo tem limite.

— Como, me dar mal? Ele não aparece aí nas cartas? Então? É com ele que vou me casar.

— Sua vida poderá se tornar um inferno.

— Desde que fique milionária, topo qualquer negócio. E filhos? Aparecem?

Dolores manuseou as cartas, tirou mais algumas e colocou-as sobre a mesa. Nesse momento, a médium sentiu uma tontura sem igual. Respirou fundo. O que as cartas lhe mostravam era desolador. Ela fitou Maria Lúcia com pesar.

— Só tenho a lhe dizer que somos responsáveis por nosso destino. Toda e qualquer atitude que tomamos no presente se reflete naquilo que colheremos amanhã. Sua consciência a chama para o acerto, o equilíbrio emocional. Precisa parar de manipular as pessoas com sua graça e seu charme. Precisa reaprender a amar.

— Tolice. O amor nos cega.

— Você tem uma visão errada acerca do amor. No entanto, a vida vai lhe ensinar a amar.

— Eu?! Suas cartas estão débeis, bêbadas.

— Não estou brincando.

Maria Lúcia encarou-a com desdém.

— Dane-se a vida. Pago o preço que for para me tornar e me manter rica. Faço o que quiser. Ninguém manda em mim. E não tenho medo de ser cobrada no futuro. Sou dona de mim.

Medo de amar • 75

Dolores fechou o baralho. Não adiantava continuar. O que viu naquelas cartas impressionara-a sobremaneira. Nunca havia visto projetadas em suas cartas imagens tão desconcertantes.

— Vá com Deus, minha filha, e reze bastante por sua alma conspurcada. Você precisa de muita oração para não cair em tentação.

Maria Lúcia levantou-se impaciente.

— Vim até aqui para ouvir só besteira?

— Veio ouvir o que tinha de ouvir.

— Ridículo! Foi por isso que Sônia veio primeiro, não? Passou-lhe todas as informações a meu respeito, falou de Gaspar e de Eduardo, não foi?

— Eu jamais faria isso. Confio em meus guias.

— Sei!

— A verdade é poderoso instrumento de destruição das ilusões.

— Danem-se você e a verdade. Você e suas cartas sebosas não me enganam, não. Vá para o inferno!

— Lamento que pense assim. Faço isso para ajudar, orientar as pessoas a tomar decisões mais firmes e condizentes com o que se propuseram antes de reencarnar.

Maria Lúcia deu uma gargalhada.

— Você é uma velha louca! Uma rica excêntrica que não tem nada de melhor para fazer na vida e tenta se passar por sensitiva, quer ser boazinha. Juro que nunca mais ponho os pés aqui.

— Só mais um aviso de meus amigos espirituais.

— Certo, macumbeira de luxo. Desembuche logo!

— Toda intenção que você tiver, a partir de agora, será respondida na mesma proporção, seja boa ou não. Você não está mais protegida, porque tem consciência de fazer o melhor. Você sabe o que é o melhor e se nega a fazê-lo. É lúcida e completamente consciente de seus atos. Há pessoas que

76 • Marcelo Cezar romance pelo espírito Marco Aurélio

gostam de você, amigos do astral que estão prontos a ajudá-la. Há até um que é capaz de reencarnar a seu lado só para amenizar seu sofrimento.

— E eu preciso de alguém para me amparar? Vou ter Eduardo e todo o dinheiro dele. Não preciso de mais nada. Agora chega, porque ouvi besteiras demais.

Maria Lúcia rodou nos calcanhares e saiu, batendo a porta com força. Dolores olhou para o lado e viu um amigo espiritual de Maria Lúcia. Ele se aproximou e disse, em tom amoroso:

— Fizemos o possível, Dolores. Agradecemos sua ajuda. Maria Lúcia é livre para fazer o que quiser. Vamos orar e vibrar.

— Fiquei um pouco perturbada. Acabei sendo indelicada e rude. Não gosto de discussões.

O espírito riu.

— A energia de manipulação que circunda a aura de Maria Lúcia é muito forte e nos perturba. Você sentiu essas energias.

— Mas eu poderia ter somente registrado as energias e depois tê-las mandado de volta. Deveria ter ficado quieta.

— Ora, Dolores, só porque foi sincera? Os mais esclarecidos sabem que tudo que pensamos se materializa, seja no mundo que for. No mundo de vocês, o pensamento leva mais tempo para se materializar, aqui do nosso lado é instantâneo. Aqui se cria e disso se vive. Nada mais.

— Não gostei do que vi nas cartas. Se ela continuar com esta cisma de se tornar amante de Gaspar...

O espírito fez sinal de boca fechada, levando o indicador aos lábios.

— Isso não é problema seu. Não se deixe impressionar por um punhado de imagens. Maria Lúcia tem o poder em suas mãos. Tudo que foi mostrado pode ser alterado, a qualquer momento.

— Vou vibrar por ela.

— Sua leitura foi de grande valia, Dolores. Muito obrigado. Continue atendendo, orientando. E não se esqueça: cada um é responsável por si. Maria Lúcia ainda tem chances de mudar, perder o medo de amar e alterar seu destino.

— Deus nos ouça.

O espírito deu um passe reconfortante em Dolores e se foi. A médium ficou em prece por alguns instantes e logo estava novamente em perfeito equilíbrio.

Maria Lúcia, após bater a porta, estugou o passo até a sala.

— Vamos.

— Como demorou! — reclamou Sônia.

— É mesmo? Nem vi o tempo passar. Vamos embora.

Saíram do prédio e entraram no carro. O motorista perguntou:

— Para casa, dona Sônia?

— Não. Leve-nos para aquele restaurante perto de casa. Vamos jantar.

— Sim, senhora.

No trajeto, as jovens não trocaram palavras. Chegaram ao restaurante, e o *maître* conduziu-as até a mesa preferida de Sônia. Após fazerem os pedidos, esta perguntou à queima-roupa:

— O que Dolores lhe disse que a deixou tão furiosa?

— Nada.

— Como nada, Maria Lúcia?

— Nada.

— Vai me enganar?

— Ela não disse nada de mais.

— Ouvi seus gritos. Você saiu perturbada.

Maria Lúcia remexeu-se na cadeira. Procurava não encarar a amiga.

— Fiquei preocupada, sim. Mas não acha que é tudo loucura de nossa cabeça? Mal sentei e a mulher leu meu pensamento.

Sônia deu uma risada gostosa.

— Eu falei que Dolores é fera.

— Mas quem garante que ela não fez uma pesquisa sobre mim?

— Ela é séria.

— Você mesma pode ter falado alguma coisa.

— Já sei. Dolores lhe disse algo de que não gostou, por isso está inventando um monte de besteiras, para não enxergar a verdade. Se ela falasse maravilhas, você bem que estaria marcando consulta para a semana que vem.

— Não sei, não. Fiquei intrigada.

— Você ama meu irmão?

A pergunta pegou Maria Lúcia de surpresa. Precisava ser excelente atriz. Aturava Sônia e aquelas conversas chatas sobre as injustiças sociais. Estava farta. Se a futura cunhada tinha uma queda pelos mais necessitados, por que não pegava um avião e ia para a África? Por que não se tornava samaritana? Quanto desperdício! A vida era injusta. Aquela sonsa era rica e queria ajudar os feridos de guerra. E ela, que saberia muito bem usar o dinheiro, tinha nascido sem um tostão.

Maria Lúcia respirou fundo e encarou a amiga. Lágrimas forçadas começaram a escorrer pelo canto dos olhos. Ela segurou as mãos de Sônia e falou em tom desesperador:

— Amo Eduardo mais que tudo neste mundo. Deus fez a fôrma de seu irmão e depois jogou fora. Não existe outro igual. Sou louca por ele.

Sônia comoveu-se. Também chorou.

— Eduardo vai ser muito feliz. Que sorte você aparecer em nossa vida. Isso tem dedo de Deus.

— Tem, sim, um dedão!

— Prezo muito sua amizade.

— Obrigada. — Maria Lúcia fez cara de coitada. — Pena que sua mãe não pense assim...

Sônia concordou:

Medo de amar • 79

— É verdade. Não posso mentir. Mamãe não engole o namoro dos dois.

— Ela tem ciúme. É natural.

— Ela acha que...

— Vamos, fale. Estou preparada para ouvir.

— Ela acha que você não ama Eduardo.

— Defesa de mãe. A minha diz coisa semelhante. Acha que Eduardo não me ama.

— Verdade?

— Sim. Pode esperar, Sônia, que infelizmente o mesmo vai acontecer a você. Quero ver a reação de dona Adelaide quando seu príncipe encantado aparecer.

— As mães são apegadas.

— O que mais posso fazer para mostrar à sua mãe que amo Eduardo?

— Case-se com ele e seja feliz. E encha sua casa de filhos.

Maria Lúcia segurou o riso. Imagine que iria deformar o corpo tendo um filho atrás do outro! Não era coelho! Se seus planos dessem certo, ela teria um. Só um filho.

Ela disfarçou o mal-estar, levantou-se e beijou a face de Sônia. Tentando dissimular para ganhar mais confiança e apoio da amiga, foi incisiva:

— Vou encher você de sobrinhos. Aguarde.

Maria Lúcia suspirou profundamente. Aquela representação a deixara tonta. Fizera tremendo esforço, e a idiota da Sônia havia acreditado, como sempre. Mas descobrira que Adelaide pressionava o filho. Ela nunca engolira aquele namoro. No entanto, jamais poderia desconfiar de suas reais intenções. Maria Lúcia mentia tão bem! A velha era ciumenta mesmo. A jovem iria se aproximar e fazer novo sacrifício, mover céus e terra para agradar aquela velha jararaca. Ah, Adelaide iria gostar dela tal como uma filha legítima.

Maria Lúcia esboçou um sorriso diabólico. Nem mais prestava atenção às baboseiras que Sônia lhe falava. Olhava

80 • Marcelo Cezar romance pelo espírito Marco Aurélio

ao redor, as pessoas elegantemente vestidas, o requinte do restaurante. Pensou, entre ranger de dentes: *Logo, logo, farei parte deste mundo. Serei rica, respeitada. E tanto Gaspar quanto Eduardo vão comer em minha mão.*

Capítulo oito

No quarto, Adelaide andava de um lado para o outro, nervosa e impaciente. Osvaldo, colocando as abotoaduras no punho da camisa, tentava acalmá-la.

— De que adianta ficar assim?
— Não posso acreditar!
— Nosso filho é adulto.
— Jantar de noivado é praticamente um passo para o casamento.
— Calma, querida! Os jovens de hoje são mais rápidos do que éramos — disse ele, em tom de brincadeira.
— Mas só um ano de namoro? Muito pouco para um passo tão sério.
— Hoje, um ano é muito.

— Eduardo parece enfeitiçado por essa moça.

— Ela é encantadora.

Adelaide deu um tapinha no braço do marido em tom de reprovação.

— Conversou com ele? Porque comigo ele nem quer saber de conversa.

— Dou razão a ele. Afinal, você só faz comentários maledicentes sobre Maria Lúcia.

— Quero abrir os olhos de meu filho.

— Por que tanta birra, Adelaide?

— Não se trata de birra.

— E trata-se de quê?

— Ela não ama Eduardo.

— Coisas de mãe...

— Ele vai ser infeliz. Sinto uma dor no peito só de pensar.

Osvaldo preocupou-se:

— É sério? Está com dor? Quer um comprimido?

— Não é dor física.

— Como assim, não é física?

— Não sei explicar. É uma sensação ruim, um aperto no peito. Nem tenho dormido direito ultimamente.

Osvaldo abraçou a mulher.

— Controle-se. Sei que é difícil para uma mãe deixar que o filho siga sua vida, que se case. Lembra como sua mãe ficou apática quando pedi sua mão em casamento?

— Outros tempos. Eu estava apaixonada; você, também. Eu era filha única. Mamãe ficou viúva muito cedo. Compreendi que a apatia dela era o medo de ficar só, e também houve a confusão que sua família aprontou para nos afastar.

Osvaldo pegou a mulher pelo braço e conduziu-a carinhosamente até a cama. Sentaram-se.

— Não estará fazendo o mesmo?

— Como assim?

— Não estará fazendo a Maria Lúcia o que minha mãe fez com você?

Medo de amar • 83

— É diferente.

— Não estará sendo injusta com essa menina?

— Não me importo com níveis sociais diferentes.

— Eduardo gosta dela. Sônia também gosta dela. Não podemos fazer nada.

— Sabe que não sou possessiva, tampouco retrógrada. Amo meus filhos; criei-os para o mundo, para a vida. Contudo, sinto que essa moça não vai fazer bem a nosso filho. É como se ela fosse trazer sofrimento à nossa família.

— Só o tempo vai nos mostrar isso, Adelaide.

— Está tudo errado. Por que ela nos impediu de conhecer sua família?

— Os jovens hoje são muito diferentes.

— Mas você não acha estranho? Vamos ao jantar de noivado de nosso filho e somente esta noite iremos conhecer a família dela?

— Exato. E nesta noite vamos tirar nossas conclusões. Eles parecem ser gente boa, segundo comentários de Sônia.

— Que pelo menos a família dela seja de pessoas de bem. Quem sabe eu não possa conversar com os pais dela e...

Osvaldo repreendeu-a.

— Não vamos nos meter. Se quiser, posso conversar com Eduardo. Mas intrometer-me em sua vida, jamais. Você mesma não disse que criamos nossos filhos para o mundo? Pois bem, Adelaide, vamos deixá-los seguir o caminho que quiserem. A nós, pais, cabe o apoio incondicional, mais nada.

— Está certo. Então faça um favor para mim.

— Claro que faço.

— Vá até o quarto de Eduardo e converse com ele. Vocês dois sempre foram muito amigos.

— Vou, sim. Temos tempo de sobra.

Osvaldo foi até a penteadeira, abaixou-se e ajeitou o nó da gravata. Passou as mãos pelos cabelos embebidos em pasta e foi até o quarto do filho. Bateu na porta e em seguida entrou.

— Já arrumado, papai? Temos tempo.

— Sei, mas gosto de ser pontual.

— Vou me vestir.

— Importa-se se eu ficar aqui enquanto se arruma?

— Fique à vontade.

— E então, meu filho, está feliz?

— Estou. Maria Lúcia é bonita, educada, inteligente. Gosto de sua companhia.

— Você a ama?

— Ela é uma boa moça.

— Não me respondeu. Você a ama?

— À minha maneira, papai, sim. Não sou tão romântico. Sabe que sou prático nessas questões.

— Tem razão: sempre foi reservado, nunca gostou muito de abraços e beijos.

— Não mesmo. E Maria Lúcia entende isso. Foi a primeira garota que conheci que não me cobrou uma postura diferente. Geralmente as meninas querem que eu seja carinhoso, que as trate como são tratadas nas histórias de fotonovelas. Eu tenho este jeito de ser. Talvez mude com o tempo.

— Você vai mudar se tiver filhos. Principalmente uma filha. Parece que os opostos se atraem, de verdade. Adelaide é louca por você e eu sou louco por Sônia. O pai sempre paparica a filha, protege-a. Espero que você tenha uma filha. Aí quero ver se esse muro de frieza não virá abaixo!

Eduardo riu.

— Não sou frio, sou diferente. Maria Lúcia também é prática, sem dengos. Nós nos damos muito bem.

Osvaldo mexeu a cabeça para os lados.

— E por que o noivado? Não acha que...

— Não acho nada, pai. Estou com trinta e um anos. Maria Lúcia é uma mulher que acabou de completar vinte anos. Somos adultos, sabemos o que queremos. Por que esperar mais?

— Vai conhecer a família dela só hoje. Não acha estranho?
— Por quê? Os pais dela trabalham, a irmã faz faculdade, são todos muito ocupados. Na verdade, eu vou me casar com ela, não com a família dela.
— É que sua mãe acha tudo muito rápido.
— Não penso que seja isso. Sabe, mamãe sempre me quis grudado ao lado dela. Quando surgiu a oportunidade de estudar fora do Brasil, para mim foi como se eu tivesse ganhado um prêmio de loteria. Senti-me livre, e só não fiquei em definitivo no exterior porque eu tinha a responsabilidade de dirigir nossas empresas.
— Fico feliz que tenha se interessado por nossos negócios.
— Mamãe pensou que eu voltaria a ficar sob suas asas, e o que aconteceu? Conheci Maria Lúcia, começamos a namorar e agora vamos nos casar. Dona Adelaide não aceita isso. Eu sou homem-feito, pai.
— Concordo, mas sabe como é sua mãe: sente que você vai ser infeliz.
— Isso é problema meu. Ela sempre fez chantagem. Quando fui para a França, ela quase precisou ser hospitalizada, lembra-se?
— Naquela época sua mãe andava deprimida; sua avó havia falecido fazia pouco tempo.
— Não vou dar ouvidos a ela. Gosto de Maria Lúcia e vamos ficar noivos. Vou aproveitar e pedir a mão dela em casamento.
— Você é quem sabe. Não estou em sua pele para decidir o melhor para sua vida.
— Obrigado pela compreensão, pai.

Na casa de Maria Lúcia, Iolanda também andava impaciente pelo quarto. Floriano procurava contemporizar:

— Não adianta ficar de cara amarrada. Se ouviu por detrás das portas, não tem o direito de exigir nada.

— Como não?

— Maria Lúcia sempre foi temperamental, muito impulsiva. Não podemos dar crédito a tudo que ela fala.

— Você sempre interferiu na criação dessa menina. Só podia dar no que deu.

— Eu?!

— Tentei criar as meninas de maneira disciplinada, com responsabilidade. Você sempre foi apegado a Maria Lúcia. Sempre encobriu suas mentiras, não deixou que eu lhe desse uns tapas quando ela precisou, e olhe só...

Floriano sentou-se na cama. Segurou a cabeça com as mãos e pousou os cotovelos nos joelhos, pensativo.

— Amo minhas filhas. Marinês parece que veio pronta, sem defeitos. É uma criatura independente, sabe o que quer. Maria Lúcia sempre foi dependente, mais frágil. Eu me senti na obrigação de estar mais próximo.

— E estragou a menina com tantos mimos. Hoje ela não me respeita, faz birra com Marinês. Você contribuiu para que ela ficasse assim.

— Pode ser. Mas o que fazer? Ela é uma mulher adulta, vai se casar.

— Esse é o meu medo. Casar, ora essa!

— Qual o problema?

— Floriano, acorde! Vamos conhecer o noivo e a família dele só hoje. Tem cabimento uma coisa dessas?

— São tempos modernos.

— Tempos modernos, que nada! Sabe o que ela disse outro dia ao telefone, conversando com Henrique?

— Não sou de escutar conversa das minhas filhas.

Iolanda sentiu o sangue subir nas faces. Respirou fundo.

— Ela não ama Eduardo. Vai se casar é com a conta bancária dele. E ainda quer que o pobre Gaspar seja seu amante.

Eu não criei uma filha para se tornar tão lasciva. Recuso-me a acreditar no que ouvi. Isso é atitude de rameira.

Floriano levantou-se indignado.

— Você está sendo dura demais. Onde já se viu, xingar nossa filha?

— A partir de hoje, lavo minhas mãos. Fiz o melhor que pude, e daqui para a frente vou me preocupar comigo e com Marinês. Chega!

Iolanda saiu do quarto com a respiração alterada e desceu as escadas correndo. Encontrou Maria Lúcia na sala de jantar. Disfarçou o nervosismo:

— Como vão os preparativos, Maria Lúcia? Está tudo em ordem?

— Sim. O jantar está pronto. Os petiscos também. Não se preocupe: está tudo sob controle.

— Você acha justo o que faz? — perguntou Iolanda, à queima-roupa.

— Como? Não entendi.

— Ouvi uma conversa sua com Henrique ao telefone, dia desses.

— Ah, anda escutando conversa dos outros? Que modos mais feios!

— Deixe de ser hipócrita.

— O que a deixou irritada?

— Você não o ama.

— Isso não é novidade. Nunca menti para você. Dê graças a Deus que Eduardo me quer e vou logo sair daqui. Vamos ficar livres uma da outra.

— Torço por isso. Mas e Gaspar?

— O que tem ele?

— Você disse que iria torná-lo seu amante.

Maria Lúcia riu alto.

— Além de ficar escutando conversa dos outros, deturpa tudo.

— Foi o que ouvi.

— Não vou brigar com seu ouvido.

Iolanda balançou a cabeça para os lados e foi para a cozinha verificar os pratos. Não havia jeito de se acertar com a filha. Falavam línguas diferentes.

A campainha tocou e Maria Lúcia foi atender.

— Oi, queridinha!

— O que deseja, Henrique?

— Preciso de um grande favor.

— Por favor! Agora, não. Esqueceu meu jantar de noivado?

— Claro que não! Mas é algo urgente.

— O que quer?

— Preciso de uma blusa de Marinês e também da carteira de identidade dela.

— Para quê?

— Preciso, ora.

— Vai fazer um "trabalho" de amarração para ela se apaixonar por você? Quer uma calcinha também?

— Estou falando sério.

— Outra hora eu pego, está bem?

Henrique bateu o pé no chão, voz manhosa:

— Não! Tem de ser hoje!

— Qualquer blusa?

— Qualquer uma. E não se esqueça da identidade. Ah, e uma foto recente.

— Espere aqui fora. Se alguém de casa o vir, é encrenca na certa.

Maria Lúcia subiu correndo as escadas. Marinês estava tomando banho. Ela correu até o quarto, abriu as gavetas. Pegou uma blusa qualquer. Correu até a bolsa da irmã, vasculhou-a e pegou a identidade.

— A foto... Só no quarto de papai.

Ela estugou o passo e bateu.

— Entre.

— Oi, papai.

— O que deseja?

— Nada. Estou procurando um brinco.

— Procure aí na caixinha de joias de sua mãe.

— Deixe-me ver. — Ela fuçou o armário e achou a caixa de fotografias da família. Abriu, vasculhou e escolheu duas fotos recentes de Marinês.

— Aonde vai?

— Já volto, pai. Um instante.

Maria Lúcia voltou a seu quarto e pegou uma sacola de plástico. Colocou tudo dentro. Desceu as escadas arfante. Foi ao jardim.

— Pronto! Aqui está a encomenda.

— Obrigado. Você é um anjo em minha vida.

— O que vai aprontar com Marinês?

— Nada de mais. Só um susto.

— Bem, boa sorte.

Henrique tinha a língua solta. Precisava falar:

— Gaspar vai viajar com uma "amiga" esta noite. Bem, queridinha, bom jantar de noivado.

Henrique mal cabia em si de tanta alegria. Beijou a amiga e partiu feliz, enquanto dizia baixinho:

— Nunca pensei que fosse tão fácil. Passei noites em claro planejando um jeito de dar um susto naquela intrometida. Vou ligar para o delegado Medeiros. Marinês precisa de uma lição. Vai pagar caro por ter me ameaçado.

Dobrou a esquina e foi cantarolando até o ponto de ônibus. Naquele instante, uma massa escurecida pairou sobre sua cabeça, e ele começou a imaginar Marinês sofrendo todos os tipos de crueldade, das mais perversas de que um ser humano pudesse ser vítima.

Capítulo nove

Maria Lúcia encostou a porta, irritada.

Então Gaspar vai viajar justo hoje?, pensou. Quem será a tal amiga?

Ela sabia que precisava agir rápido.

Tenho de colocar meus planos em ação hoje mesmo. Mas como? Eduardo está para chegar com a família. O que faço?

Entrou no banheiro, pensativa. Ligou o chuveiro e começou a pensar no ex-namorado.

Ele era ótimo amante. Tão diferente do insosso do Eduardo! Ultimamente não pude dar minhas escapadas, nem com Gaspar nem com ninguém. Adelaide está com marcação cerrada. Tenho de me controlar.

Ela começou a se ensaboar. De repente, teve um lampejo: *E se eu for agora? Danem-se Eduardo e sua família. Eles que me esperem!*

Livrou-se da espuma com incrível rapidez. Enxugou-se e colocou as mesmas roupas. Entrou novamente no quarto dos pais.

— Papai?

— Sim, querida.

— Preciso ir ao salão de Estela.

— Mas a esta hora? Ela já deve ter baixado as portas.

— Esqueci de pegar o laquê. Sem ele meu cabelo não vai ficar armado.

— Não pode usar outro produto?

— Não. Só o laquê de Estela é que funciona.

— Deixe que eu vou até lá. Já estou pronto.

— Não, pai.

— Como não?

— Quero as chaves do carro.

Ele coçou a cabeça.

— Sua mãe não gosta que eu lhe empreste o carro.

— Mas o salão é tão perto! Só hoje.

— Eduardo e a família estão quase chegando.

Maria Lúcia fez beicinho:

— Ai, paizinho, deixa, vai.

— Sua mãe não vai gostar nada disso. Na verdade, o carro é mais dela do que meu.

— E quem disse que ela precisa saber?

— Não sei...

— Ah, pai — disse ela, com voz melosa.

— Está certo. As chaves estão na estante.

Maria Lúcia abraçou-o e beijou-o várias vezes na face.

— Paizão, isso sim! Não há outro como você.

Floriano riu satisfeito. Quando Maria Lúcia o chamava de paizão, ele ia às nuvens. Ela era seu encanto, e ele achava que Iolanda era rígida demais com a menina.

Maria Lúcia desceu as escadas na ponta dos pés, fazendo o mínimo de barulho. Olhou em volta e ouviu a mãe conversando com Marinês na cozinha. Correu até a estante da sala, pegou as chaves e saiu. O carro estava estacionado na porta. Entrou rápido, deu partida e engatou a marcha. Ao dobrar a esquina, avistou Henrique. Diminuiu a marcha e desceu a janela do lado do passageiro.

— O que faz parado no ponto de ônibus?

— Vou dar umas voltas.

— Entre, que lhe dou uma carona.

Henrique entrou e, enquanto se ajeitava no banco, disparou:

— O que eu lhe disse há pouco a preocupou?

— Sim. Gaspar não pode viajar hoje. Volta quando?

— Daqui a uns dias.

— Preciso encontrá-lo.

— Ei, e o jantar de noivado?

— O jantar vai esperar. Preciso agir rápido.

— O que está aprontando, Maria Lúcia?

— Nada de mais. Uma pequena represália, digamos.

— Adoro isso!

— Tenho de falar com Gaspar antes que ele viaje.

— Pode esquecer. Eu disse que ele ia viajar porque fiquei sabendo agora de tarde.

— Por que esquecer? — perguntou ela, irritada.

— Ele está de malas prontas para viajar com Estela.

Maria Lúcia pisou no freio com força. Por pouco o motorista de trás não atingiu seu carro. Ela tremia e suava. O outro motorista desviou-se e xingou-a. Ela fez um sinal obsceno com o dedo e voltou a atenção para Henrique.

— Gaspar? Viajando com aquela cadela comunista?

— Com a cadela comunista.

— Estela é uma pedra em meu caminho.

Henrique, envolvido por sombras escuras, foi categórico:

— Se quiser, posso ajudá-la a se livrar dessa pedra.

Os olhos de Maria Lúcia brilharam.

— Como?

— Quer ajuda ou não?

— Quero.

— Há jeito para tudo.

— Isso não pode estar acontecendo.

— Mas você... Não entendo... — ele riu. — Aquela história ao telefone era verdade?

— Que história?

— Quer se casar com Eduardo e quer que Gaspar seja seu amante? Você quer os dois caras, é isso?

Maria Lúcia chorava e batia com os braços na direção do carro. Henrique tentou acalmá-la:

— Você está nervosa. Passe para o banco do passageiro. Eu conduzo o veículo.

Henrique abriu a porta do carro, deu meia-volta e sentou-se no banco do motorista. Maria Lúcia pulou para o banco do passageiro e abraçou-se às pernas.

— Você é mais doida do que eu.

— Não quero nada de mais. Só um marido rico e um homem que me faça mulher. Qual o problema?

— Nenhum. Mas Gaspar é um homem íntegro, difícil de ser corrompido.

— Todos são passíveis de ser corrompidos.

— Ele, não. E parece que a amizade dele com Estela está cada vez mais forte.

Maria Lúcia rangia de ódio.

— Então a vagabunda conseguiu...

— Você sumiu, queridinha, e ela tomou conta.

— Preciso ver Gaspar.

Henrique revirou os olhos nas órbitas, excitado. Em sua mente desfilavam planos os mais sórdidos e diabólicos.

— Vai unir a fome com a vontade de comer.

Maria Lúcia esmurrou o painel do carro.

94 • Marcelo Cezar romance pelo espírito Marco Aurélio

— Desgraçada! Ele poderia se envolver com qualquer uma, mas com a rameira da Estela? Isso não fica assim, não.

— Quer dar um susto em Estela igual ao que pretendo dar em Marinês? — Os olhos de Henrique brilhavam, rancorosos.

— Adoraria.

— Então deixe comigo.

— Afinal, o que está tramando contra minha irmã?

— Sua irmã merece um susto. Coisa boba.

— O que vai fazer com aqueles pertences dela?

— São elementos de acusação.

— Vai acusá-la de quê?

— Isso é segredo.

— Marinês merece mesmo uma lição — disse rancorosa. — Toda boazinha, muito certinha. Agora que faz faculdade, está insuportável. É a rainha daquela casa. Faça com ela o que bem entender.

— Obrigado pela compreensão.

— Mas estou curiosa. O que ela viu?

— Marinês trabalha no centro da cidade, perto do Autorama.

— Perto de onde?

— Um lugar onde se paquera de carro, por entre as ruas Sete de Abril, Marconi, 24 de Maio...

— Como é isso? Caça motorizada? — perguntou ela, em tom de deboche.

— Depois que as lojas fecham, perto das oito da noite, começa o agito. É a hora do *footing*. Rapazes ficam andando pela calçada, e outros, motorizados, ficam dando voltas pelos quarteirões, flertando.

— Não é perigoso?

— Não. É o único lugar a céu aberto desta cidade onde podemos paquerar.

— Em tempos como este, é difícil. Os militares estão no poder e têm aversão aos homossexuais.

Medo de amar • 95

Henrique deu sonora risada, jogando a cabeça para trás, bem afetado.

— Bobinha! Que tempos duros, que nada! Claro que há alguns militares, alguns policiais que torram o saco da gente. De vez em quando aparecem umas viaturas e a gente se dispersa. Mas eu tenho amigos na polícia.

— Amigos?

— É. Mais que amigos, você entende?

— Entendo. Você não toma jeito. E Marinês?

— Sua irmã me flagrou em posições comprometedoras com um cara tempos atrás. Você sabe que no bairro eu tenho fama de bruto, de estúpido. E devo muito disso a você. Salvou minha pele, espalhando que eu era garanhão.

— Foi divertido.

— Ajudou pacas! Ninguém mais mexeu comigo na rua.

— Isso já passou. Mas Marinês não é do tipo que daria com a língua nos dentes.

— Preciso me precaver. Não quero mais ser motivo de escárnio.

— Bom, como eu disse, faça o que bem entender.

— Posso pedir mais um favorzinho? — inquiriu ele, de maneira afetada.

— Vai, pede.

— Poderia usar o carro do seu pai para dar umas voltinhas? Juro que eu o entregarei sem um risco sequer.

— Prometi a meu pai que voltaria logo.

— Seu Floriano faz tudo o que você pede. A hora que ele a vir, vai pensar que o carro está paradinho na porta de casa. Além do mais, a noite será especial. Vão receber a família do noivo. Acha que seu pai vai ter cabeça para pensar no carro?

— Tem razão. Mas precisarei do carro. Não dá para ir a pé daqui até minha casa. Façamos assim: eu lhe dou uma hora.

Henrique a beijou e começou a dar gritinhos de alegria. Em seguida, deu partida e logo alcançaram uma avenida movimentada. Não perceberam, mas companhias do astral inferior abraçavam-se a eles, projetando em suas mentes ideias disparatadas e sórdidas. Minutos depois, o rapaz encostou o carro na guia para Maria Lúcia saltar. Antes que ela saísse, Henrique deu-lhe um beijinho no rosto e disse:

— Vou torcer para dar certo. Enquanto isso, aproveito que estou motorizado e dou um pulo no Autorama. Quem sabe ainda dá tempo de uma brincadeira?

Maria Lúcia soltou uma risadinha e balançou a cabeça para os lados.

— Você não vale o prato em que come, Henrique! Mas não se esqueça — ela consultou o relógio —, daqui a uma hora você deverá estar aqui. Nem um minuto a mais, nem um minuto a menos.

— Pode deixar, queridinha. Daqui a uma hora estarei de volta.

Despediram-se. Assim que ele arrancou com o carro, ela tocou a campainha. Celeste abriu a porta, surpresa.

— Você aqui?

— Boa noite, dona Celeste. Há quanto tempo!

— É. Há quanto tempo!

— Gaspar se encontra em casa?

— Está arrumando as malas. Vai viajar com a namorada.

Maria Lúcia engoliu em seco. Viu o brilho de satisfação nos olhos de Celeste. Mas precisava manter o equilíbrio. Não iria pôr seu plano água abaixo por causa daquela velha idiota.

— Preciso muito falar com ele. É urgente.

— Vou chamá-lo.

— Não será necessário. Sei onde fica o quarto. Pode deixar que eu subo.

Celeste não teve tempo de detê-la. Maria Lúcia subiu as escadas rapidamente. Abriu a porta do quarto e seu coração disparou ao ver Gaspar nu, recém-saído do banho. Ela quase o agarrou.

Medo de amar • 97

— Gaspar... — suspirou.

Ele se assustou. Mecanicamente, colocou as mãos à frente dos genitais.

— O que faz aqui? Como entrou?

— Sua mãe me mandou subir.

— Minha mãe não faria isso.

— Bobagem. Vai ficar aí todo tímido? Eu o conheço até do avesso.

— Não estamos mais juntos.

Gaspar vestiu a cueca e colocou um calção. Maria Lúcia correu até seus braços.

— Não posso ficar sem você, Gaspar.

— Por favor, não. Sei que vai ficar noiva.

— Como soube?

— Sua irmã me contou.

Ela segurou sua ira.

— Anda falando com Marinês?

— De vez em quando. A amizade permaneceu.

— Você anda sumido.

— Estou saindo com Estela. Vamos viajar logo mais.

— Não vá — tornou ela, em tom de súplica.

Gaspar estava visivelmente transtornado. Era duro admitir, mas a presença de Maria Lúcia ainda mexia com ele.

— O que quer de mim? — indagou, receoso.

— Quero você.

— Não brinque com meus sentimentos.

— É verdade. Tive de ficar longe todo esse tempo para perceber quanto o amo.

— Então largue o cara. Eu ainda a amo.

— E Estela?

— Somos bons amigos. Ela é mais companheira do que namorada.

Aquele era o momento de dar o bote. Maria Lúcia tinha certeza de que ainda era desejada. Sabia como acariciá-lo e excitá-lo. Abraçou-se a seu corpo ainda morno do banho.

98 • Marcelo Cezar romance pelo espírito Marco Aurélio

— Você larga aquela ram... moça para ficar comigo?

— Estela é uma boa garota.

— Você a ama?

Gaspar hesitou.

— Você sabe que não. Mas gosto muito dela.

— Você a ama? — insistiu.

— Não. Você é a única que amei.

— Gaspar, preciso de seu amor, de seu corpo, de sua virilidade.

— Não posso.

— Por favor...

— Não.

— Vamos, abrace-me, faça-me mulher.

Maria Lúcia ousava nas carícias, apalpando todo o corpo do rapaz.

— Você está excitado. Ainda sente atração por mim.

Gaspar não conseguiu mais concatenar as ideias. Seus lábios se cruzaram e ele beijou-a com volúpia e arrastou-a até a cama.

— Isso! Assim é que se faz.

Gaspar estava louco, ardendo de desejo. Maria Lúcia ainda tinha força sobre ele, conseguia desnorteá-lo. Ele não hesitou: arrancou o vestido dela e possuiu-a loucamente. Pareciam dois bichos no cio.

Capítulo dez

Iolanda não conseguia conter sua irritação:
— Eduardo e a família logo vão chegar, e onde foi que Maria Lúcia se meteu?
— Ela foi buscar alguma coisa — tornou Floriano.
— Eu o proibi de emprestar o carro para aquela desmiolada.
— Hoje é um dia especial para ela. Não pude recusar.
— Será que aconteceu alguma coisa? — perguntou Iolanda, nervosa.
Marinês desceu as escadas e procurou tranquilizar a mãe:
— Ela não deve demorar.
— Ah, já me lembrei — disse Floriano. — Ela foi ao salão de Estela buscar um laquê.
— Ao salão de Estela? — indagou Iolanda, fora de si.

— Sim. Por quê?

— Meu Deus! Mais uma das mentiras de sua filha.

— Não acredito!

— Floriano, o bairro inteiro sabe que Maria Lúcia e Estela se pegaram a tapa e não se falam.

— Isso faz mais de um ano. Maria Lúcia não é rancorosa.

— Marinês, ligue para o salão. Não acredito que sua irmã esteja lá, mas em todo caso...

Marinês discou o número. O telefone tocou, tocou, até a linha cair.

— Ninguém atende.

— Calma, Iolanda! Sente-se — tornou Floriano.

— Como calma? Numa hora dessas? Sua filha, na noite de noivado, sai por aí sem lenço nem documento, e você me pede para ficar calma?

Do lado de fora da casa, ouviu-se o barulho de carro estacionando. Marinês afastou as cortinas com as mãos e espiou pelo canto da janela.

— Pelo carro, devem ser os convidados.

Iolanda torcia as mãos, completamente nervosa.

— Meu Deus, e agora?

Floriano veio com um copo de água.

— Tome. Vamos manter a calma. Receberemos Eduardo e sua família e diremos que Maria Lúcia está a caminho.

— Vai encobrir os erros de sua filha de novo?

— O que quer que eu faça?

— Não sei.

— Que diga a verdade? Que nossa filha sumiu? Ora, Iolanda, contenha-se. Maria Lúcia tem a cabeça no lugar. Logo vai chegar.

Marinês olhou-se no espelho e lembrou:

— O colar! Deixei sobre a cama. — Correu em direção à escada, dizendo apressada: — Volto num instante.

A campainha tocou e Floriano abriu a porta.

Medo de amar • 101

— Boa noite. Sou Floriano, o pai da noiva. Queiram entrar, por gentileza.

Adelaide e Osvaldo cumprimentaram-no e entraram. Eduardo veio logo atrás, com um buquê de rosas, e Sônia carregava um pacote enfeitado com um laço bem bonito.

Iolanda apresentou-se a Adelaide e Osvaldo. Era uma sensação estranha. Estavam vendo-se pela primeira vez no jantar de noivado de seus filhos. As mães dos nubentes não escondiam o constrangimento. Osvaldo e Floriano estavam mais à vontade. Sônia quebrou o gelo:

— Dona Iolanda, este é seu futuro genro.

Antes que ela respondesse, Eduardo entregou-lhe o buquê de rosas.

— É uma honra estar em sua casa.

Iolanda emocionou-se.

— O prazer é todo meu.

Ele a beijou na mão.

— Encantado.

Sônia entregou-lhe seu pacote, uma lembrancinha, e acomodou-se no sofá ao lado dos pais. Eduardo acompanhou Iolanda até a outra poltrona. Dobrando o corredor, deu de cara com Marinês. Ambos sentiram estranha sensação. Eduardo não parava de fitá-la, e Iolanda, sem perceber a troca de olhares, disse:

— Aproveite e conheça minha filha, sua futura cunhada. Esta é Marinês. — E, virando-se para a filha: — Marinês, este é Eduardo, namorado e futuro noivo de sua irmã.

Marinês custou a levantar a mão. Sentia o coração bater descompassado. Eduardo sentia a garganta seca. Ambos deram-se as mãos. O arrepio, e consequentemente o choque, foi inevitável.

— Prazer — disse ela, em tom baixo.

— O prazer é todo meu — tornou ele. — Maria Lúcia nunca havia falado de você. Não sabia que era tão bonita.

— Obrigada.

Marinês procurou disfarçar o turbilhão que ia em seu peito. Foi até a cozinha e procurou arrumar as bandejas dos petiscos.

Na sala, era visível a apreensão de todos. Floriano teve de ser criativo:

— Maria Lúcia vem logo.

— Vem logo? — perguntou Adelaide.

— Está presa no cabeleireiro — interveio Iolanda, buscando esconder o constrangimento.

Adelaide estava possessa: a noiva não estava em casa! Tinha cabimento um negócio desses? Foi preciso muita compostura para não sair dali correndo e acabar com aquele jantar funesto.

— Ela sempre apronta das dela — considerou Floriano.

— Você sempre encobriu as falhas de Maria Lúcia, e olhe no que deu.

— Calma, dona Iolanda — interveio Sônia —, conheço sua filha. Ela gosta de se arrumar. Quer ficar bonita para o noivo.

— Está vendo? — tornou Floriano. — Todos sabem do bom comportamento de nossa filha.

Adelaide olhou para o marido com um gesto peculiar, levantando a sobrancelha do olho esquerdo e franzindo o cenho. Eduardo não conseguia parar de pensar em Marinês. A imagem dela parecia fixa em seu pensamento.

O que está se passando comigo? Estou ficando noivo da irmã dela, pensou aflito.

Marinês, na cozinha, mordiscava os lábios nervosa.

Meu Deus! Nunca senti nada parecido. O que está havendo comigo? Preciso manter o equilíbrio.

Ela respirou fundo e foi ter com os outros na sala, procurando, a todo custo, desviar seus olhos dos de Eduardo.

Gaspar apagou o cigarro, colocou o cinzeiro sobre a mesinha de cabeceira e levantou-se. Vestiu-se rapidamente.

— Calma, querido.

— Calma, nada. Agora que o desejo abrandou, sinto-me culpado.

— Culpado de quê? Não foi nossa primeira vez.

— Eu sei, Maria Lúcia, mas não é disso que estou falando.

Ela se levantou da cama, alterada.

— Está falando do quê? Não entendo sua postura. Até cinco minutos atrás estava se deleitando com meu corpo, e agora fica aí, com essa cara sisuda?

— Não devíamos ter feito isso. Você vai ficar noiva. Decidiu sua vida, fez sua escolha. Não devemos mais nos ver. O prazer me dominou. Fui fraco.

Maria Lúcia aproximou-se dele. Abraçou-o por trás e sussurrou em seu ouvido, provocando-lhe arrepios:

— Não me ama?

Ele tentou afastar-se. Ela repetiu a pergunta:

— Não me ama?

— Você sabe que sim, mas o que quer que eu faça? Que implore? Que lhe peça para largar seu noivo e ficar comigo?

Ela riu. Afastou seu corpo do dele. Pegou um cigarro e, após acendê-lo e dar baforadas para o alto, considerou:

— Bem que eu gostaria de ficar com você. Mas não posso.

— Você não me ama, essa é a verdade.

— Sou louca por você.

— Nisso está certa: você é louca por mim, é tudo paixão. Mas você não me ama.

— Dane-se se é paixão ou amor. Não consigo viver sem você, querido.

Gaspar exalou profundo suspiro.

— Sinceramente, não sei o que fazer. Eu a amo. Minha situação financeira vem melhorando consideravelmente. Tenho aplicado na bolsa de valores, ganhei muito dinheiro.

Maria Lúcia deu uma gargalhada.

— Muito dinheiro? O que é muito dinheiro para você?

— Depende. Tenho comprado alguns dólares.

— Puxa, é mesmo? E quantos dólares você já comprou?

Gaspar ficou pensativo por instantes.

— Acho que uns dois mil dólares.

— E o que pode oferecer a mim com dois mil dólares? Uma casa nos Jardins? Um carro último tipo? Roupas de grife? Viagens ao redor do mundo?

— Continua pensando nisso? Só nisso? Não acha que juntos poderemos ter um bom padrão de vida daqui a alguns anos?

— Não.

— Se gosta mesmo de mim, poderá esperar.

— Não me interessa lá na frente.

Gaspar não sabia mais o que dizer. Estava no seu limite.

— O que quer, então?

— Tenho uma proposta para lhe fazer.

— Proposta?

— É.

— Vá em frente.

Maria Lúcia remexeu-se.

— Em primeiro lugar, devo dizer que vou me casar com Eduardo, chova ou faça sol.

— Então está decidida. Não há mais o que fazer.

— Espere um pouco.

Gaspar respondeu, irritado:

— Eu não devia ter cedido a seus encantos.

— Não foi bom?

— Fui um tolo. Jamais deveria ter me deitado com você. Acreditei em suas palavras.

— Você sabe o que é bom. Não se faça de besta.

— Não estou gostando dessa conversa. Se vai mesmo se casar com Eduardo, o que quer?

Medo de amar • 105

— Não adivinha?

— Não sou vidente. Qual é sua proposta?

— Simples: você se torna meu amante.

Um soco na boca do estômago não causaria tamanho mal-estar em Gaspar. Ele teve de se apoiar numa cadeira próxima. Sua vista ficou turva. Custou a encontrar palavras.

— Não... não pode ser...

— É perfeito — continuou Maria Lúcia, em sua frieza habitual. — Eu me caso e me torno uma Vidigal. Vou ter muito dinheiro e vou poder bancá-lo. Você vai ter condições de melhorar de vida, poderá até ter o restaurante com que tanto sonha. E viveremos felizes.

Gaspar respirou fundo e encarou-a. Seus olhos brilharam rancorosos.

— Você não passa de uma mulher vulgar, sem moral, sem escrúpulos.

— Mas você não tem muita escolha.

— Você é doente.

— É pegar ou largar, querido.

— Você está alucinando, Maria Lúcia.

— Falo sério.

— Não pode ser...

— Você vai ter dinheiro suficiente para mudar de vida, e ainda vai ter a mim. Pode descartar Estela. Agora você vai ser só meu, de novo.

Gaspar não teve tempo de raciocinar. Num impulso, deu sonoro tapa no rosto de Maria Lúcia. Ela cambaleou e apoiou-se no pé da cama. Sentiu a face arder.

— Cretino! Cachorro! Nunca homem nenhum levantou a mão para mim, nem mesmo meu pai.

— Saia daqui, vadia, saia!

— Patife! Vejo que Estela fez sua cabeça.

— Ela não tem nada a ver com isso.

— Você me amava. Como pôde me bater?

— Você não presta! Não sou de violência, mas o que me propõe é indecente.

— Vai se arrepender — revidou Maria Lúcia, colérica.

— Ainda por cima vai me ameaçar?

Cheio de raiva, Gaspar levantou a mão. Um grito desesperado o fez ficar com a mão suspensa no ar:

— Não faça isso, meu filho! Por favor!

Ele olhou para a porta do quarto, aturdido.

— Mãe?!

— Deixe-a ir — disse Celeste, de maneira firme.

— Você ouviu, mãe?

— Ouvi. Foi bom o que aconteceu.

Maria Lúcia puxou o lençol e cobriu-se. Celeste continuou:

— Agora você pode tirar essa mulher de sua cabeça, definitivamente.

Maria Lúcia nada disse. Foi catando as roupas espalhadas pelo chão e vestiu-se num minuto. Queria sair de lá o mais rápido possível. Cutucou os brios de Celeste:

— Não sabia que a senhora ouvia atrás das portas.

— Estou em minha casa — disse Celeste em alto tom. — Ouço e faço o que quero.

— Sei, sei...

— Você é a intrusa. Não quero saber de conversa. Saia daqui antes que eu mesma lhe dê uns safanões.

Maria Lúcia colocou o vestido do avesso, pegou a bolsa e saiu pulando os degraus. Abriu a porta e correu, ganhando a rua.

Gaspar estava imóvel a um canto do quarto, olhos marejados. Celeste abraçou-se ao filho.

— Não chore mais, Gaspar. Ela não merece suas lágrimas.

— Eu sei disso, mãe, mas é difícil. Eu a amo de verdade.

— Será?

— Por que pergunta?

— Não está sendo como ela? Afinal de contas, quem ama liberta, deixa o outro seguir seu rumo. Será que o que sente não é uma paixão doentia, que cega o coração e atiça a mente?

Medo de amar • 107

Gaspar sentou-se na cama, inquieto.

— Não sei o que pensar. Fiquei desestruturado. Você sabe, mãe, que nunca levantei a mão nem para uma mosca. Mas o que Maria Lúcia disse, a proposta indecorosa que me fez...

Lágrimas insopitáveis caíam pelo seu rosto. Celeste estava desolada, mas, de certo modo, sentia-se aliviada.

— Graças a Deus você pôde enxergar e ver como Maria Lúcia é de verdade. Azar do moço que vai se casar com ela, porque, se ela fez a você uma proposta como essa, não acha que vai procurar outro amante?

— Não sei e não quero saber. A partir de hoje não desejo mais ouvir falar de Maria Lúcia. Não quero mais pensar nela. É passado. Acabou. Você vai ver, mãe, agora vou me recompor. Vou trabalhar bastante, vamos ter nosso restaurante. Vou me casar com Estela e vou ser muito feliz.

— Fico contente com todo o seu vigor. Mas você ama Estela de verdade? Ou vai se casar por puro orgulho?

— Gosto dela, mãe. Não é o suficiente?

— Você é dono de seu coração.

— É uma moça de princípios, correta, bonita. E você gosta muito dela.

— Isso é verdade. É uma boa moça. Ah, que alívio! Pensei ser impossível você esquecer Maria Lúcia. Sinto que a partir de agora tudo vai ser diferente.

— Pode ter certeza. Por pior que pareça ter sido, no fim foi bom. Todas as ilusões que construí em torno de Maria Lúcia foram por água abaixo. As aparências enganam, mãe.

— Bem, vá tomar outro banho. Vou terminar o jantar.

Gaspar beijou Celeste na testa.

— Você é mãe e amiga. Obrigado pela força.

— Sou de outra geração, meu filho. Cresci sob conceitos rígidos de comportamento, ideias fixas, cristalizadas por gerações. Você é livre. Quando seu pai morreu, passei a questionar o mundo, os conceitos sociais, minha própria vida.

Por que eu agia como todo mundo, quando na verdade tinha vontade de agir de outra maneira?

— Quando papai morreu, a família dele se afastou de nós por julgar você fria e indiferente.

— E o que eu podia fazer? Não casei por amor, mas por necessidade. Fui infeliz. Por sorte, tive você, e jurei que jamais educaria um filho do modo como fui educada. Criei você para o mundo e não para mim. Seu pai foi um bom homem, mas nunca nos amamos.

— Você ainda pode se ajeitar, dona Celeste — revidou Gaspar, com um sorriso maroto nos lábios.

— Não quero. Sou consciente da escolha que fiz. Pretendo melhorar meu espírito.

— A convivência com dona Alzira despertou-a para novos valores.

— Quero cuidar de mim, filho. Abrir minha mente, mudar minhas atitudes, melhorar meu padrão de pensamento. No momento, é isso. Se aparecer um homem que pense como eu, ótimo. Caso contrário, ficarei somente comigo.

Gaspar abraçou a mãe com amor.

— Você não existe!

Maria Lúcia avistou o carro do pai do outro lado da rua. Correu e entrou.

— Faz mais de vinte minutos que cheguei. Pensei que fosse dormir aí — Henrique apontou para a casa de Gaspar.

Ela se agitava no carro. Desvirava o vestido enraivecida.

— Gaspar ainda vai se ver comigo. Desgraçado!

— Não adianta ficar assim, queridinha.

— Cale a boca, Henrique. Você não sabe a humilhação pela qual passei agora há pouco.

— Vocês transaram? — Ela fez que sim e ele prosseguiu: — Então, qual o problema? Por que tanta raiva?

— Eu fiz a proposta e ele me bateu. Acredita nisso, Henrique? Ele me deu um tapa na cara! Maldito!

Henrique deu de ombros.

— Acontece. Contudo, já sabe que essa irritação toda não vai dar em nada. Deixe Gaspar de lado. Ele pode ser gostoso, bonito, avantajado, mas não é o único no mundo. Nunca parou para pensar nos homens que poderá ter a partir de agora?

— Não.

Henrique deu um gritinho e tirou as mãos do volante, fazendo gestos tresloucados.

— Queridinha, acorde! Você vai se tornar uma Vidigal. Não há igual — gargalhou. — Deu até rima: com Vidigal, não há igual. Você vai arrasar na *high society*, Maria Lúcia. Enquanto Eduardo vai para lá e para cá cuidar dos laboratórios, eu mesmo vou lhe arrumando os bofes mais maravilhosos da cidade, do país.

Maria Lúcia esboçou um sorriso.

— Nunca havia pensado assim.

— Pois está na hora de pensar. Deixe de ser boba, mulher. Há coisa muito melhor do que Gaspar no mundo. Você tem uma visão muito limitada. Coisa de gente apegada e pobre.

— Tem razão. Mas eu só quis fazer uma proposta a ele. Qual o problema?

— Eu lhe disse que ele era íntegro, que jamais aceitaria.

— Veremos. Se tudo der certo, quero ver essa aura de integridade ir por água abaixo.

— O que você pretende?

— Dar o troco, só isso.

— Não engoliu o tapa na cara, né?

— Não. Nem meu pai levantou a mão para mim. Homem nenhum fez isso comigo durante toda a vida.

Henrique riu malicioso.

— Mas mulher já encostou o dedo na sua cara...

Ela se irritou:

— Aquela vagabunda da Estela! Outra que ousou levantar a mão para mim.

— Você pode dar um tapa, um tiro de misericórdia em Gaspar.

— Não estou entendendo.

— Não gostaria de vê-lo no fundo do poço?

— Sim, mas o que posso fazer? Roubar as migalhas de dólares que ele arduamente acumulou? Isso ele recupera em pouco tempo.

— Ele está gostando de Estela. Pode ser que agora ele se case com ela só para esquecer você em definitivo.

— Não consegui entender sua linha de raciocínio.

— Gaspar vai apostar todas as fichas nessa moça.

— Você é amigo dela?

— Superficialmente, mas o suficiente para saber que ela é muito tonta.

— E o que você pretende?

— Afastá-la do caminho de Gaspar.

— Como assim, Henrique?

— Sumir com ela.

— Isso é impossível.

— Nada é impossível, principalmente em nosso país.

— Como pretende fazer isso?

— Do mesmo modo que vou dar um susto em sua irmã.

— Explique melhor, Henrique.

— Estela é muito tonta mesmo. Lembra-se de Olavinho?

— Aquele namorado dela que desapareceu?

— Esse mesmo.

— E daí? Você poderia ser mais claro?

Henrique coçou a cabeça.

— Ainda não tenho certeza de que posso confiar em você — comentou, indeciso.

— Claro que pode! E não temos ajudado um ao outro? Por que justo agora eu daria com a língua nos dentes? E, de mais a mais, você sabe que, assim que eu me casar, você vai estar a meu lado constantemente.

— Fala sério?

Ela cruzou os indicadores e os beijou.

— Juro.

— Hum, então tá. Bem... Lembra-se da Operação Bandeirante, a Oban?

— Embora a censura não nos deixe saber das coisas, ouvi algo a respeito, mas nunca me interessei por política ou por militantes de esquerda, repressão, essas coisas.

— A Oban foi uma estrutura informal criada para combater esta guerra revolucionária. Muitos empresários aqui de São Paulo financiaram os policiais que faziam parte dessa estrutura. E o doutor Osvaldo Vidigal foi um dos que participaram.

— Não posso crer! Eduardo está metido com essa gente?

— Ele nem sonha que o pai tenha participado. Muitos empresários paulistas ajudaram no combate à luta armada. Alguns empresários foram coagidos, caso do doutor Osvaldo.

— Aonde quer chegar?

— A estrutura da Oban e o início da guerrilha urbana deram condições ao surgimento dos Doi-Codis[1], que, com o abominável Departamento de Ordem Política e Social, o Dops, têm total autonomia na transgressão dos direitos do cidadão, bem como na produção de desaparecidos; tornaram-se as estruturas mais truculentas no combate aos opositores da ditadura.

— Você sabe demais. Os jornais e as emissoras de rádio e TV estão sob censura. Não sabemos de nada que acontece nos bastidores da ditadura. De onde tira tantas informações?

Henrique deu um sorriso cínico.

---

1 Destacamento de Operações de Informações – Centro de Operações de Defesa Interna.

— Conheço gente importante.

— Como assim?

— Às vezes eu saio com um delegado do Dops, da Divisão de Ordem Política.

— Mentira! Não posso acreditar!

— É, meu bem. Um delegado! Acha que todo policial é cabra-macho?

— Henrique, você não tem medo? E se esse homem desconfia de você e resolve matá-lo? Essa gente não pensa duas vezes.

— Nem sonho com isso. Muitas coisas ele me conta na cama. O delegado Medeiros gosta muito de mim.

— Ei, espere um pouco, eu já ouvi falar nesse tal de Medeiros. Ele sempre aparece nos jornais.

— É o próprio. Lá no Dops sabem que ele é homossexual e não o recriminam por isso. O homem tem as costas quentes.

— E o que têm o delegado Medeiros e Olavinho a ver com nossa história?

— Olavinho foi pego pelos militares e já virou defunto, tenho certeza. Estela foi namorada dele. Ele trocou de nome quando caiu na clandestinidade, tornou-se guerrilheiro. Posso ter uma conversinha com Medeiros e dizer que Estela é simpatizante da esquerda. Você mesma disse que ela guarda um mimeógrafo nos fundos do salão.

— Uma vez fui atrás dela e a vi no quartinho, rodando uns panfletos. Fiquei escondida embaixo de uma escada e, quando ela saiu, entrei e vi. Estela é uma cadela comunista.

— Qualquer suspeita, qualquer coisinha que se fale de alguém, a polícia cai em cima.

— O que pode acontecer?

— Primeiro, eles interrogam e torturam. Depois, vão checar se a pessoa tinha ou não ligação com alguma entidade de esquerda. E para pegar gente assim normal, sem costas quentes, como Estela, é fácil. Se descobrirem que ela namorou

Medeiros de amar • 113

Olavinho, e encontrarem o mimeógrafo e alguns panfletos, ela está perdida. Entendeu meu raciocínio?

— Henrique, você é brilhante!

— Com isso, Estela leva um belo susto. Quer dizer... se a pobrezinha suportar as torturas.

Maria Lúcia sentiu um torpor forte. Embora um pouco tonta, adorou o plano traçado por Henrique.

— Não me interessa o que possa acontecer a Estela. Quero que ela se dane. O que importa mesmo é dar um bom susto nela.

— Confie em mim.

— Posso mesmo acalentar esse sonho?

— Medeiros e eu somos íntimos. Por intermédio dele conheci até o doutor Fleury, o Papa. Eles são amicíssimos.

Maria Lúcia arregalou os olhos.

— Conheceu o doutor Fleury? Não acredito!

— Pura verdade. Tenho uma boa rede de influências.

— Se conseguir aprontar essa com Estela, juro que vai se tornar meu secretário particular, camareiro...

— Prefiro dama de companhia, mesmo.

— Dê o nome que quiser — ela respondeu, rindo.

Henrique beijou-a na testa.

— Obrigado, queridinha. Pode ter certeza de que vou cumprir o prometido. Mas bico fechado! Medeiros nem pode sonhar que eu tenha lhe contado essas coisas. São assuntos que só eu e ele podemos discutir na cama, depois de muito exercício.

Ambos caíram na gargalhada. Henrique deu partida no carro e foram para a casa de Maria Lúcia. Não notaram que sombras escuras se abraçavam a eles e se nutriam de seus pensamentos negativos.

Capítulo onze

Passava das dez da noite quando Maria Lúcia entrou pelos fundos da casa.

— Corra! Os convidados chegaram faz tempo — disse Marinês, aflita. — Não sabemos mais o que fazer para disfarçar o constrangimento. Onde esteve, que demorou tanto?

— Não encha meu saco. Passou aquele vestido azul?

— Está sobre sua cama. Faz horas.

Maria Lúcia tirou os sapatos.

— Vou subir bem devagar. Vá até a sala e diga que em dez minutos eu desço.

— Pode deixar. Corra.

Maria Lúcia usou uma maquiagem forte para minimizar o vergão que o tapa de Gaspar produzira em seu rosto. Olhando-se no espelho, disse entredentes:

— Esse vergão vai lhe custar caro, Gaspar. Você não vai ter ninguém. Nem Estela nem ninguém. Enquanto eu viver, você vai ficar só.

Passou a escova nos cabelos sedosos e volumosos, ao estilo pigmaleão. Piscou para sua imagem refletida no espelho e desceu.

Entre desculpas as mais esfarrapadas de Maria Lúcia, todos se sentaram à mesa. Era visível a irritação no semblante de Iolanda e de Adelaide. Floriano e Osvaldo tentavam a custo manter uma conversação agradável. Maria Lúcia fingia ser amável e carinhosa com Adelaide.

Ninguém percebeu o jogo de olhares entre Marinês e Eduardo, nem mesmo a esperta Maria Lúcia.

Após o jantar, Marinês pediu licença e foi até a varanda. Eduardo, aproveitando que seus pais conversavam com Maria Lúcia, pediu licença e, disfarçadamente, foi atrás de Marinês.

— Então você é a caçula? — perguntou ele.

— Um ano e meio mais nova.

— Parece tão madura, tão diferente de Maria Lúcia.

— Somos bem diferentes.

Eduardo ia fazer outra pergunta banal, quando Marinês disparou à queima-roupa:

— Você ama minha irmã?

Eduardo estremeceu. Sentiu as pernas falsearem. Nunca havia sentido aquilo antes.

— Gosto muito dela.

— Perguntei se a ama.

Eduardo andou de um lado para o outro da varanda. Nervoso, acendeu um cigarro. Após longas baforadas, tornou:

— Não sei explicar. Pensei até que estivesse apaixonado por Maria Lúcia. Mas, desde que vi você, confesso estar confuso. Não sei o que me deu. Minha cabeça está a mil. E, o mais estranho, tenho certeza de que a conheço há muito tempo.

Marinês riu.

— Vai ver nós nos conhecemos de outras vidas.

— Não brinque com isso. Não acredito nessas crendices.

— Mas eu senti o mesmo.

— O mesmo?

— É. Quando desci a escada e nossos olhos se cruzaram, tive a nítida sensação de conhecê-lo.

— Pode ser que nos vimos em algum outro lugar. São Paulo é uma cidade grande, mas as pessoas estão sempre se cruzando.

— É verdade, mas não me lembro de tê-lo visto na rua.

— Então foi mesmo em outras vidas — brincou ele.

Marinês ficou séria.

— Maria Lúcia sempre evitou que nossas famílias se encontrassem. A próxima vez que ela vai permitir que eu e você nos encontremos talvez seja no casamento, lá na igreja. E, depois, acabou.

— Por que diz isso?

— Por nada. Maria Lúcia não tem afinidades comigo.

— Mas é sua irmã.

— O sangue não conta. Os verdadeiros laços que unem as pessoas no mundo são os espirituais, não os de sangue.

— Acredita mesmo nisso?

— E por que não? Como explicar as diferenças sociais, financeiras, entre as pessoas?

— Isso é fácil. Há muita gente vagabunda no mundo, que não quer saber de nada.

— Você acredita em Deus?

— Sim.

— Se Ele é poderoso e ama Seus filhos, por que deixaria uns nascerem no conforto e outros na mais triste pobreza? Por que permitiria crimes bárbaros, ou mesmo o nascimento de crianças deficientes? Não seria uma injustiça?

— Nunca pensei nisso. E, se eu parar para pensar, acho que vou enlouquecer.

— Procurar entender a vida, seus mecanismos, não enlouquece ninguém. Pelo contrário: alarga nossa mente, expande nossa consciência, torna-nos mais inteligentes.

— Muito interessante sua maneira peculiar de encarar a vida.

— Podemos conversar melhor em outro momento. Em todo caso, por favor, pense antes de fazer uma besteira. Casamento é coisa séria. Torço pela felicidade de Maria Lúcia, mas, agora que o conheci, também torço muito por sua felicidade.

Eduardo apagou o cigarro e delicadamente pousou suas mãos nas de Marinês. Ambos sentiram novo arrepio.

— Será que sempre vamos ter choquinhos? — brincou ela.

— Você tem as mãos tão suaves, tão...

— Ora, ora! Os cunhados estão se entrosando? Estão se conhecendo melhor?

Eduardo e Marinês largaram as mãos. Eduardo considerou:

— Por que nunca me apresentou sua irmã, Maria Lúcia? Ela é tão simpática!

— Simpática demais para o meu gosto. O que estavam conversando?

Eduardo pigarreou.

— Marinês estava me falando sobre as diferenças sociais e financeiras das pessoas.

— Não perde a oportunidade de fazer seu discurso espiritualista, não é mesmo, querida?

— Estava mostrando a ele os meus pontos de vista, só isso.

— Venha, Eduardo. Estamos servindo a sobremesa. Entre.

Ele baixou a cabeça e seguiu a noiva. Marinês sentiu um estremecimento de emoção. Nunca havia sentido aquilo por homem nenhum antes. Estava aturdida. Não podia ser possível: estaria ela apaixonada pelo futuro cunhado? Mal haviam se conhecido. Como explicar o arrepio, os choques, o coração descompassado?

Marinês suspirou. Estava nervosa. Tinha de ocultar esse sentimento a todo custo. Não podia dar largas ao coração. A passos lentos, voltou para a sala. Só de pensar em Eduardo, sentiu um calor fora do comum, um friozinho na boca do estômago.

Ele também sentiu o mesmo. Mas vai se casar com Maria Lúcia. Como pode ser possível? Meu Deus, preciso afastar esse sentimento, custe o que custar.

Naquele momento, Marinês havia tomado uma decisão que não saberia se conseguiria cumprir: não iria mais se aproximar de Eduardo, em hipótese alguma. Não iria ao casamento, arrumaria uma desculpa, uma viagem de urgência com a turma da faculdade. Faria o possível para não ir.

Eduardo andava impacientemente de um lado para o outro do quarto. Adelaide bateu na porta e entrou em seguida.

— O que o aflige?

— Nada.

— Como nada? Eu o conheço, filho. Faz algum tempo que não se alimenta direito. Está fumando bastante. O que está acontecendo? Muito trabalho?

— Não. Trabalhar com papai é prazeroso.

— Então não entendo.

— Não estou gostando de ficar aqui no Brasil. O clima anda tenso, colegas do tempo de faculdade desapareceram. Às vezes tenho vontade de largar tudo.

— E de que adiantaria? Vai deixar seu pai sozinho?

— É por isso que não tomei nenhuma decisão. Poderia controlar nossos laboratórios de lá de Paris, visto que fizemos boa parceria com o laboratório francês.

Adelaide meneou a cabeça.

— Seu desespero não tem a ver com trabalho.

— Mãe, não comece.

— Intuição de mãe não falha. Algum problema com Maria Lúcia?

— Problema, problema, não. Mas estou confuso.

— Confuso? — Adelaide sentiu um clarão de esperança.

— É, desde a noite do jantar, não sei.

— Não sabe...

— Sinto que não amo Maria Lúcia.

Adelaide levantou as mãos para o alto.

— Deus seja louvado! Até que enfim ouviu minhas preces. Eu sabia que você não amava aquela mulher.

— Não sei o que fazer.

— Desmanche o noivado.

— Não posso macular o nome de nossa família. O que os outros vão dizer? E suas amigas? Como suportaremos as chacotas? Não, mãe, isso não é justo. Agora tenho de ir até o fim.

— Filho, sou macaca velha de sociedade. Rompimentos de noivado causam burburinho e mexericos no momento em que são anunciados, mas em pouco tempo todo mundo esquece. É melhor tomar essa decisão hoje do que depois de casados, com fi... — Adelaide parou repentinamente. Um pensamento sombrio assaltou sua cabeça: — Vocês tiveram intimidade?

— Que pergunta, mãe!

— Não quero invadir sua privacidade. Sei que é um assunto delicado e você deveria conversar tal assunto com seu pai. Mas estou aflita. Diga-me. Quero saber.

— Sim... sim — balbuciou ele. — Algumas vezes. Mas, para tranquilizar você, afirmo que nós nos precavemos. Maria Lúcia toma pílula.

— Assim espero. Ela é bem capaz de agarrá-lo com uma barriga inchada.

— Mãe!

— Deixe de frescuras comigo. Você não ama essa moça, e tenho certeza de que ela também não o ama.

— Ultimamente tenho pensado muito em tudo isso.

— Acho que há mulher metida nessa história.

— Não.

— Não minta para sua mãe. Você pode até ocultar o nome da moça, mas isso é sintoma de paixão.

— Como sabe?

— Eu fui e sou apaixonada pelo seu pai. Nós nos amamos. O brilho em seus olhos o delata.

Eduardo riu. Abraçou-se à mãe.

— Tem razão, não posso mentir. Estou apaixonado. Prefiro não falar sobre ela. Preciso conversar com Maria Lúcia.

— Precisa mesmo. Ela não para de ligar. Já deixou vários recados.

A empregada bateu à porta.

— Dona Adelaide, a senhorita Maria Lúcia está na sala.

— Falando no diabo, ele aparece.

— Não diga isso, mãe.

— Ela é impertinente. Sabe que não gosto dela. Se você pelo menos estivesse noivo da irmã dela...

— O que disse?

— É. Eu me encantei com Marinês. Que doçura de menina! Se me dissessem que ela e Maria Lúcia eram irmãs, eu não acreditaria.

— Verdade? Gostou mesmo dela?

— Sim, embora ela não pertença a nosso círculo social... Bem, isso eu já senti na pele e não me incomoda. Eu também não fazia parte deste meio, e olhe como sou tratada hoje em dia. — Voltou-se em direção à porta. — Vamos, apronte-se. Vou fazer sala para a moça.

Sem muita pressa, Eduardo pôs-se a escolher o que vestir. Enquanto se arrumava, relembrava-se de Marinês. Os olhos do rapaz brilhavam. Ele abriu um sorriso largo.

— Ah, não consigo tirá-la de meu pensamento.

— Não consegue tirar quem? Eu?

Eduardo voltou a si.

— O que está fazendo aqui, Maria Lúcia?

— Sua mãe mandou que eu viesse. Por que você não atende aos meus recados?

— Muito trabalho.

— Você anda esquisito, Eduardo. O que está acontecendo?

— Nada. Estou bem.

— Eu o conheço. O que foi?

Custou a Eduardo manter a respiração em seu estado natural. Ele se sentou na cama. Segurou o rosto com as mãos e apoiou os cotovelos sobre as pernas.

— Estou cansado.

— Faltam quinze dias para o casamento. Aí vamos viajar e tudo vai ficar bem. Vamos curtir bastante. Fiquei sabendo que a Disneyworld é um encanto.

— Eu preferia a Europa. Tinha alguns compromissos agendados com o pessoal de Paris. Precisei desmarcar tudo. Não gosto disso.

Maria Lúcia aproximou-se e abraçou-o por trás.

— O que custa? Uma viagem sem negócios, sem laboratórios, só passeio.

— Invenção de Henrique. Por que acata tudo que ele diz?

— Porque ele é culto, fino, sabe o que é melhor para nós.

— Afetado demais e presunçoso demais.

— Não sabia que você é preconceituoso.

— Não sou. Mas ele não desgruda de você, parece chiclete. As pessoas comentam. Afinal de contas, íamos nos casar.

Maria Lúcia desvencilhou-se dele.

— O que disse? *Íamos* nos casar? Como assim?! — reagiu estupefata.

— É que... — Ele estava perturbado.

— Que história é essa, Eduardo? — bramiu ela.

— Precisamos conversar.

— A quinze dias do casamento quer conversar?

— Temos de ter uma conversa séria.

Ela, de boba, não tinha nada. Desde o jantar em sua casa, quase três meses atrás, tinha notado como Eduardo mudara seu comportamento. Não atendia suas ligações, evitava sair, pretextando cansaço e trabalho, só trabalho. Maria Lúcia tinha certeza de que Eduardo se enrabichara por uma *zinha* qualquer. Precisava correr contra o tempo. Faltavam duas semanas para o enlace. Não ia deixar que as coisas desmoronassem depois de tanto sacrifício ao lado daquele otário. Ela respirou fundo. Procurou disfarçar a raiva e disse em tom que procurou tornar amável:

— Antes de conversar, tenho uma surpresa para você.

— Surpresa?

— É. Feche os olhos.

Eduardo obedeceu, a contragosto. Maria Lúcia pegou a mão dele e levou-a até sua barriga.

— Sente alguma coisa?

— Não.

— Abra os olhos.

— O que foi? Está passando mal?

Maria Lúcia riu.

— Bobo!

— Não entendi. O que foi?

— Não percebe? Estou grávida!

Eduardo não entendeu de pronto.

— O que foi que disse?

— Estou grávida! Trouxe os resultados. Ainda bem que vamos nos casar logo. O médico disse que estou grávida há dez ou doze semanas. Ninguém vai suspeitar.

Eduardo levantou-se de um salto. Demorou para entender a situação. Após longo silêncio, indagou:

— Você não estava tomando pílula?

Medo de amar • 123

— Eu me atrapalhei com o período menstrual. Foi uma falha, Eduardo.

O rapaz sentiu o suor frio escorrer-lhe pela testa. E agora? O que fazer? Aquela gravidez atrapalhava sua decisão. Não podia, em hipótese alguma, desfazer o noivado. Era sua responsabilidade. Isso era contra seus princípios. Ele bem que havia tentado evitar ter relações com ela, mas Maria Lúcia fora incisiva e afirmara com veemência que tomava pílula, que ele não se preocupasse.

— Vamos ter um filho?

— Isso mesmo, um filho. Não é maravilhoso?

Eduardo emocionou-se. Saber que dentro daquela barriga vibrava um ser que era parte dele deixou-o comovido. Ele se abaixou e beijou o ventre de Maria Lúcia. Naquele momento mágico, esqueceu-se de Marinês, do rompimento, de tudo o mais. Uma lágrima escorreu pelo canto de seu olho. Enquanto ele acariciava a barriga de Maria Lúcia, ela rangia os dentes e falava para si, cheia de ira: *Idiota! Ainda bem que engravidei, senão você ia me chutar. Mas agora não há outro jeito: vai ter de se casar. Essa gravidez veio em boa hora. A vida está a meu favor.*

Eduardo continuava acariciando a barriga dela. E, a cada toque dele em sua barriga, Maria Lúcia sentia um ódio surdo dentro de si.

Cafajeste! Ia me largar. Mais um que vai pagar caro! Um dia vai saber que esse filho não é seu. Gaspar pode nunca mais me ver, mas estarei sempre com um pedaço dele. Nosso filho. Nosso filho...

124 • Marcelo Cezar romance pelo espírito Marco Aurélio

Capítulo doze

O casamento de Maria Lúcia e Eduardo foi bonito e com toda a pompa, refletindo o bom gosto que Adelaide adquirira em anos de convívio na alta sociedade. Maria Lúcia vestia um modelo criado por Dener Pamplona, o costureiro mais famoso do país, amigo da família Vidigal. Pessoas do meio artístico, do meio político e outras figuras importantes compareceram à cerimônia, realizada na Igreja Nossa Senhora do Brasil. Estava tudo impecável. Após a cerimônia, os noivos deram recepção no Clube Paulistano, onde se realizou jantar dançante, com orquestra e muito luxo.

Marinês tentou arrumar todas as desculpas para se livrar do enlace de sua irmã, mas Iolanda e Floriano foram categóricos. Por fim ela cedeu. Não quis contrariar os pais e ficou o tempo todo sentada à mesa, ao lado de Sônia.

— Nunca vi tanto luxo.

— Mamãe tem muito bom gosto.

— Fico feliz de estar aqui, apesar de Maria Lúcia ter torcido o nariz.

— Ela torce o nariz para qualquer coisa — tornou Sônia, rindo.

— Você é tão sensível! — retrucou Marinês.

— E você parece estar incomodada. O que foi?

Marinês procurou disfarçar.

— Sinto-me deslocada.

Ambas ficaram conversando e observando os trajes dos convidados, fazendo comentários discretos. Marinês procurou evitar contato com Eduardo. Fez tremendo esforço para dissimular o que ia em seu íntimo. Na igreja, achou que não conseguiria cumprimentá-lo após as bênçãos do padre.

Sônia levantou-se para cumprimentar um casal de amigos que acabara de chegar e Marinês permaneceu sentada à mesa sozinha, procurando ocultar o que ia em seu coração. Não percebeu a chegada de Henrique.

— Oi, queridinha.

A jovem teve um sobressalto.

— Olá... Como vai?

— Bem. E você? Quando vai me dar a honra de namorá-la?

Ela sentiu as faces arderem.

— Como se atreve? Por que essa insistência infundada?

— Calma!

Marinês fez ar de mofa.

— O que quer? Não está feliz ao lado de minha irmã? Não conseguiu sair do bairro e ter a vida que queria?

— Não mude o teor de nossa conversa. Por que sempre me destrata?

— Não quero ser indelicada, mas você me obriga.

— Marinês, sempre educada! — Henrique falou e colocou suas mãos sobre as dela. A moça sentiu repulsa e retirou-as num impulso.

— Deixe-me em paz.

— Ora, ora...

Marinês perdeu a compostura:

— Eu sei que quer me namorar para provar que é homem.

Henrique sentiu o sangue subir. A jovem continuou:

— Eu não tenho nada a ver com sua vida. O que eu vi naquela noite vai ficar só entre nós.

— Sempre vai me acusar, não?

— Eu? Imagine! Não sou preconceituosa; nunca fui. Não tolero nenhum tipo de preconceito, seja racial, social, sexual. Discriminação, para mim, é o cúmulo do absurdo. Você é adulto, Henrique, e pode fazer de sua vida o que bem entender. Acha que vai fazer comigo o que fez com outras meninas lá no bairro?

— Como?

— Namorou as meninas só para manter sua fachada de machão. Nunca se importou com os sentimentos delas.

— Problema das coitadinhas.

— E quer fazer isso comigo por quê?

Ele não tinha o que responder.

— Pode ficar tranquilo, Henrique. Não vou contar nada a ninguém. Assunto encerrado.

Ele procurou contemporizar:

— Desculpe. É que é muito difícil para mim aceitar uma coisa dessas. Não é fácil ser homossexual.

— Aprenda. Se veio ao mundo assim, nessa condição, é porque tem algo a aprender. Tem de experienciar outras situações, ser obrigado a encarar o preconceito com outros olhos. Cada um vem ao mundo em determinada condição, sempre para crescer. E, claro, para ser feliz.

— Não sei se você está certa, mas isso me alivia um pouco. A maioria das pessoas tem cabeça fechada, não tolera nada que não faça parte dos ditames sociais. Tudo aquilo que não se enquadre nos padrões socialmente aceitos é visto como anomalia.

Medo de amar • 127

— Sociedade? É só nisso que você pensa? Por isso quer fazer de otária a mim e a tantas outras mulheres que por infelicidade cruzarem seu caminho?

— É uma maneira de resguardar minha imagem. Um homem vive disso.

— Por que não assume sua condição e vai ajudar outros iguais a você? Pelo que sei, temos milhares de homossexuais espalhados pela cidade, pelo país. Organizem-se, criem grupos, imponham respeito, lutem pelos seus direitos, ora. Faça como os americanos fizeram recentemente[1].

— Acredita que aqui vamos conseguir o mesmo? Com essa ditadura? — Ele baixou o tom de voz. — Não chegamos a esse nível de civilização. Aqui não há nem bares para tais encontros. Só conheço o Autorama e...

— Está vendo? Você conhece e frequenta, Henrique. Por que tanta resistência em assumir quem é de verdade? — Marinês falava com firmeza, mas sem ser rude.

— Está sendo estúpida comigo.

— E você está sendo impertinente.

— Mas, Marinês...

— Sem mas. Chega, Henrique. Estou farta de você e de seu discurso irritante. Se vier de novo com conversinhas bobas, não sei do que sou capaz. Agora, deixe-me em paz.

Marinês levantou-se de um salto e saiu rapidamente, misturando-se com os convidados. Henrique mordeu os lábios de ódio com tanta força, que logo sentiu o gosto amargo de sangue.

---

1 Marinês se refere aos acontecimentos ocorridos no Stonewall Inn, bar situado no Village, um dos bairros de Manhattan, em Nova York, cuja clientela era gay. Na madrugada de 28 de junho de 1969, a polícia invadiu o bar, algo costumeiro à época. Em vez de permanecerem acuados e calados, os clientes lutaram e ofereceram resistência à prisão. Por isso, o dia 28 de junho passou a ser o Dia do Orgulho Gay e o exemplo foi seguido em diversos países. Nesse dia, a comunidade LGBTQIA+ afirma sua história de resistência e combate à homofobia.

— Ela pensa que é superior. Cheia de conselhos, toda espiritualizada. Quero ver, quando a corda romper do seu lado, como vai reagir, se esse discurso espiritualista vai funcionar.

— Falando sozinho?

— Olá, Maria Lúcia. Estava pensando alto.

— E então? Está gostando da festa?

— Divina! Não poderia ser melhor, vindo dos Vidigal.

— Estou tão feliz! Entrei para a alta sociedade na crista da onda. Viu como me paparicam, me rodeiam? Tudo por causa de um sobrenome.

Henrique estava irritado com Marinês. Mal deu ouvidos a Maria Lúcia. Cortando a amiga, perguntou:

— Quem é aquele grandalhão de óculos e terno listrado?

— É Túlio. Faz parte do clã dos Mendes Azevedo.

— Eu sei. Meus olhos já cruzaram com os dele e já sorrimos um para o outro.

— Vai se dar muito bem em nosso meio, hein?

— E como! Só não me aproximo dele porque a esposa não larga do pé.

— Quer que eu faça algo?

— Não. Vou arrumar um jeito de dar meu cartão a ele. E, mais uma vez, obrigado pelo apartamento. Sempre quis morar na avenida São Luís.

— Foi só um mimo. Deixe-me voltar de lua de mel e vamos fazer muitos planos.

Henrique acariciou a barriga de Maria Lúcia.

— Oi, o padrinho está aqui. Tudo bem?

— Deixe de ser bobo, Henrique. Olhe os convidados!

Ele deu uma viradinha afetada e cruzou as pernas.

— Posso ser madrinha, se quiser.

— Acho que meu filho vai ter duas madrinhas. Você e Adelaide.

Eles riram. Maria Lúcia baixou o tom de voz, séria:

— Tem alguma notícia lá dos lados de Gaspar?

— Ele está inconsolável. Estela sumiu, assim, de repente, e ninguém sabe o paradeiro dela.

Os dois gargalharam.

— Você promete o que cumpre. Só quero ver o susto que vai dar na tonta da Marinês.

— Logo, logo. Sua irmã não perde por esperar. O delegado Medeiros vai saber o que fazer com sua irmã.

— Isso não é problema meu. Já não nos dávamos bem. Depois que soube que ela falava de minha vida para Gaspar, ah, agora quero que ela se dane.

— Gosto de você porque me compreende.

— Quer dar susto em Marinês? Fique à vontade.

— Obrigado, amiga.

— E quanto a Estela? Será que está largada em algum porão?

Henrique fitou o infinito. Com um brilho sinistro nos olhos, sentenciou:

— Do jeito que ela é tonta, a esta hora deve estar a sete palmos do chão, ou no fundo do mar.

Uma lágrima rolou pelo canto do olho de Gaspar. Celeste entrou no quarto com uma bandeja.

— Tome este chá. Vai lhe fazer bem.

— Não quero nada.

— Não adianta ficar assim.

— Como não? Voltei daquela viagem com Estela, deixei-a na porta de casa e ela desapareceu, sem deixar pistas. Já reviramos a cidade do avesso. Dois meses, mãe.

— Tenho rezado muito, sabe?

— Eu e seu Antônio fomos a hospitais, delegacias, até ao Instituto Médico Legal, e nada.

— Calma, Gaspar. Ela vai aparecer.

— Não sei, mãe. Sinto um aperto no peito. Tive pesadelos. Acordei com Estela gritando, toda machucada, cheia de ódio, pedindo justiça.

— Você está abalado emocionalmente.

— Não. Isso está me cheirando a envolvimento com a polícia. Estela namorava Olavinho; ele era militante. Ela nunca se envolveu, mas sempre demonstrou simpatia pela esquerda. Isso é mais do que motivo para ser interrogada, sabemos disso.

— Calma, filho. Acha mesmo que ela foi pega?

— Tenho quase certeza, mãe. Qual outra explicação? Ela desapareceu. Só pode ter sido isso.

Celeste passou com carinho as mãos nos cabelos do filho.

— Vamos aguardar.

— Eu estava animado com o namoro. Desliguei-me de Maria Lúcia. Estela pelo menos me ajudou a esquecer aquela mulher. Agora ela sumiu. Será que nunca terei sorte no amor?

Celeste pousou a cabeça do filho em seu colo. Acariciou seus cabelos negros sedosos.

— Você é um homem honesto, íntegro, de valores nobres. Vivenciou a paixão, que num primeiro momento pode ser até interessante, mas com o tempo nos esgota porque o amor é pleno, tranquilo, seguro.

— Você nunca amou papai. Como pode saber a diferença entre amor e paixão?

— Já tive sua idade e sei o que é paixão. A gente sente nó na barriga, transpira, fica trêmula, perde a compostura. A paixão nos tira do eixo, do equilíbrio. Quando você nasceu, descobri o que é amar de verdade. É algo gostoso, quentinho aqui no peito. Não há posse nem ciúme. Eu o amo porque gosto de você, e ponto final. Não há cobranças. Consegue perceber a diferença?

Gaspar beijou a mão de Celeste.

— Você é tão inteligente, tão madura! Tem me ajudado muito nestes tempos.

— Porque você sabe o que quer. Tem objetivos, metas traçadas. Uma pessoa sem metas na vida vive feito barata tonta. Juntos, vamos conseguir prosperar cada vez mais.

— Tenho pensado muito nisso. Os negócios estão indo bem. Teremos condições, em breve, de abrir outro restaurante. Pequeno, mas com lucro certo.

— Vou me matricular num curso técnico de Contabilidade. Tem uma escola perto de casa. Poderei ir a pé. Quero participar mais de nossos negócios. Estou cansada de ficar na cozinha do restaurante.

Gaspar riu.

— Não sabia que tinha interesse em estudar. Ainda mais nessa idade.

— Estou viva e lúcida. Para mim, a idade não é fator limitante.

— E pelo jeito vai ter de me aturar para sempre. — O semblante de Gaspar ficou triste. — Acho que nunca vou me apaixonar de novo. Sempre meto os pés pelas mãos.

— Aguarde, filho. Só o tempo poderá dizer. Você é muito novo.

— Mas muito machucado. E, enquanto Estela não aparecer, não vou sossegar.

— O que acha de conversarmos com Alzira? Pedir orientação, uma palavrinha que seja.

— Pensei nela estes dias. Ela sempre nos ajuda nos momentos difíceis.

— Podemos ir, falar de suas suspeitas sobre a polícia. Quem sabe ela nos traz alguma palavra dos amigos invisíveis?

— Tem razão.

— Então vista-se. Vamos até a casa dela.

Capítulo treze

Mãe e filho foram recebidos por Alzira com um largo sorriso.
— Vocês dois têm trabalhado tanto, que mal temos tempo para um cafezinho.

Gaspar cumprimentou a vizinha e ajeitou-se no sofá. Celeste fez o mesmo.

— Estamos preocupados. Você sabe que Estela está desaparecida há dois meses.

— Sim. A vizinhança não tem falado de outro assunto. E o mais triste é que fazem comentários maledicentes, que nada ajudam. Poderiam vibrar positivamente, orar para que Estela fique bem.

Gaspar levantou-se agitado.

— A senhora sabe onde ela está, dona Alzira? Vamos, não me deixe na dúvida. Confio muito na senhora e, principalmente, em seus dons mediúnicos. O que os espíritos lhe têm dito?

Alzira remexeu-se na poltrona. Procurou manter o equilíbrio enquanto falou:

— Tive contato com os amigos espirituais e eles afirmaram que Estela não está bem. E suas suspeitas não são infundadas.

— Minhas suspeitas? Então ela foi pega pelos repressores?

— Foi.

Gaspar deixou-se cair na poltrona, arrasado. Seus olhos marejaram. Já tinha ouvido falar da truculência dos órgãos repressores. Mesmo que fosse um simples interrogatório, quem entrasse no Dops, principalmente na Divisão de Ordem Política, estava frito. Alzira afirmou:

— Não sei ao certo onde ela está. Vejo-a triste, rancorosa, machucada, num local com pouca luz.

— Então é isso! Sonhei com ela assim, toda machucada e clamando por justiça.

— Você teve um encontro astral com ela, Gaspar. Foi até onde ela se encontra. As energias ao redor de Estela não permitem que possamos fazer nada por ora. Sua aura carrega muito ódio, e isso a afasta dos amigos do bem.

— Mas, pelo que me diz, ela está viva. Isso é um consolo.

— Pode ser. O espírito é eterno. A morte do corpo físico não é o fim.

Celeste arriscou:

— Acha que ela está morta, Alzira?

— Não posso afirmar. Tudo depende de como Estela vai reagir. Isso não está em nossas mãos. Ela é responsável pelo seu destino. Vamos orar e aguardar.

Gaspar mordia os lábios, demonstrando seu nervosismo.

— Não entendo de espiritualidade tanto quanto a senhora.

— Como não? Tem lido tantos livros, às vezes toma um passe.

— Ainda me sinto inseguro. Mas confio na senhora. Se o melhor a fazer é rezar, então vamos lá.

Celeste e Alzira levantaram-se e os três deram-se as mãos. Fecharam os olhos e Alzira foi conduzindo uma linda prece, para conforto de todos e, principalmente, para o bem-estar de Estela.

Os três permaneceram de olhos cerrados e rezaram com fé. Alzira sentiu um arrepio e abriu um dos olhos. Ela viu o espírito de Estela, semiconsciente, sendo amparado e carregado por dois espíritos enfermeiros. Um deles olhou para Alzira e sorriu. Aproximou-se e sussurrou:

— Obrigado pela ajuda. Era isso que faltava para resgatarmos o espírito de Estela.

Alzira fez uma pergunta mental:

— Ela sabe que desencarnou?

— Ainda não. Mas isso não importa no momento. Vamos levá-la a uma colônia onde são atendidos só espíritos cujo desencarne se deu por conta da luta armada. Todos merecem auxílio. Agora precisamos ir. Peça a Celeste e a Gaspar que continuem vibrando por Estela.

— Devo dizer que ela está morta?

— Não. No momento certo, anos à frente, Gaspar vai descobrir. Peça por oração. Toda vez que pensarem em Estela, imaginem-na sorrindo, alegre, feliz.

— Gaspar não vai sossegar enquanto não souber onde ela se encontra.

— Confie, Alzira. Os dois nem estavam programados para se encontrar. Foi pura afinidade, num momento da vida de ambos. Gaspar vai esquecer e, quando estiver mais maduro, vai encontrar o grande amor de sua vida. Agora precisamos ir. Até logo.

Alzira despediu-se mentalmente e uma lágrima escorreu-lhe pelo canto do olho. Ela pigarreou e falou em voz alta:

Medo de amar • 135

— Bem, Estela, que Deus a acompanhe, onde estiver. — E, virando-se para Celeste e Gaspar: — Nossas vibrações chegaram até ela.

Gaspar continuava visivelmente perturbado.

— E então? A senhora viu Estela?

— Ela está bem.

— Onde está? Por favor...

— Mantenha a calma, Gaspar. Não importa onde ela esteja, toda vez que pensar nela, imagine que ela está sorrindo, feliz, de bem com a vida.

— Acho difícil. É duro lidar com uma pessoa desaparecida. E o que vou fazer daqui para a frente? Esperar? Quanto tempo? Quantos anos?

— Vocês nem estavam namorando! Não creio que estivesse com intenções de se casar com Estela.

— Não é verdade.

Alzira pousou delicadamente seu braço no de Gaspar.

— Não precisa mentir para mim. Você e Estela não tinham compromissos juntos. Por afinidade, sintonia, a vida os uniu temporariamente. Agora está mais do que claro que cada um deve seguir seu caminho. No momento em que esquecer Maria Lúcia por completo, a vida vai lhe trazer alguém que o fará muito feliz.

— Estou confuso, mas tem razão. Na verdade, não sentia vontade de me casar. Estela era uma boa amiga. Ficamos juntos por conta da carência. Eu queria esquecer Maria Lúcia, e ela, Olavinho.

— Então estavam juntos para se darem força, uma pitada de carinho, mais nada.

— Mas nesse tempo todo me afeiçoei a ela. É natural que me preocupe com seu paradeiro.

— Então reze, vibre. É o melhor que tem a fazer. Confia em mim?

— Totalmente.

— Então acredite. Estela está bem. Os espíritos me garantiram.

Celeste contemporizou:

— Quem sabe ela não conseguiu fugir? Muita gente tem feito isso sob as garras do governo.

Alzira ajuntou:

— É verdade, por que só pensa no pior? Não acha que Estela possa ter fugido do país?

Gaspar sentiu-se mais calmo.

— Nunca havia pensado nisso. É mesmo. Pode ser verdade.

— Então, meu filho, não se preocupe. Estela, onde estiver, vai captar, receber essas vibrações suas. Não gostaria de lhe mandar energias salutares, de reequilíbrio, de força e ânimo?

Gaspar sentiu uma leve brisa no rosto. Imediatamente ele se sentiu reconfortado. As palavras de Alzira sempre lhe tocavam fundo, faziam-lhe bem. Com voz marota, inquiriu à médium:

— A vida vai me trazer alguém e seremos felizes?

— Vai, sim.

— Quando?

— Isso, meu filho, só Deus sabe.

Gaspar caiu na gargalhada e abraçou Alzira.

— A senhora é uma bruxa! Uma bruxa boa, mas uma bruxa.

Maria Lúcia não gostou do passeio de lua de mel. Achava que ir até a recém-inaugurada Disneyworld, em Orlando, na Flórida, seria uma viagem inesquecível. E até, de certo modo, foi. Mas ela mal podia ir até um brinquedo que logo enjoava, ficava tonta, vomitava. Era grávida de primeira viagem, e os sintomas irritavam-na sobremaneira.

Eduardo procurava ser compreensivo, atencioso ao extremo. Sabia do estado da mulher e procurava não se alterar quando Maria Lúcia tinha seus chiliques.

Quando desembarcaram no aeroporto de Congonhas, ela teve outro enjoo. Dessa vez não conseguiu chegar ao banheiro. Irritada, abriu a valise de mão no meio do saguão.

— Não aguento mais tanta ânsia! Se soubesse que seria assim, nunca ficaria grávida.

— Não fale assim. Agora que chegamos à nossa cidade, tudo vai melhorar.

Ela pegou uma toalha e limpou-se. Eduardo tentou ajudá-la, mas Maria Lúcia empurrou-o bruscamente.

— Não chegue perto! Estou me sentindo envergonhada, humilhada. Olhe as pessoas à nossa volta. Estão rindo de mim. Sou uma ridícula mesmo.

— Não é ridícula. É linda.

— Linda, eu? Com essa barriga? Meu corpo está se deformando a olhos vistos, e você vem me dizer que estou linda?

Maria Lúcia não registrava as amabilidades do marido. Encarou Eduardo com olhos injetados de fúria e correu até o banheiro, não sem antes ordenar:

— Vá pegar as malas. Encontro você na saída.

Eduardo apanhou os documentos e dirigiu-se ao setor de retirada de malas. Estava desapontado. A viagem teria sido maravilhosa, não fosse o mau humor constante da mulher. Ela mantinha uma postura autodestrutiva, achava-se gorda e feia. Eduardo tentava convencê-la do contrário, contudo Maria Lúcia reagia com fúria e chegou até a dirigir-lhe alguns palavrões. Eduardo sentia-se agoniado. Pensou consigo: *Será que fiz o certo? Casei-me porque ela estava grávida. No entanto, esta viagem me mostrou que efetivamente não a amo. Não tenho mais um pingo de dúvida: não combinamos em nada.*

Triste e abatido, o rapaz pegou mecanicamente as malas e colocou-as no carrinho. Afastou os pensamentos com as mãos e ficou à espera da mulher. Aguardou Maria Lúcia por quarenta minutos. Olhou mais uma vez no relógio e preocupou-se.

— Será que ela está tão mal assim?

Na dúvida e um tanto preocupado, dirigiu-se até o banheiro feminino. Esperou, esperou, e nada. Começou a suar frio. Uma senhora saiu do banheiro e ele encarecidamente rogou-lhe que procurasse pela mulher. Falou da gravidez, do terninho que ela estava usando, o cabelo preso em coque. A senhora pacientemente retornou ao banheiro. Voltou meneando a cabeça para os lados. Eduardo agradeceu e imediatamente correu até o balcão de informações. Quando estava quase desesperado, ele a viu pela porta de vidro da saída do aeroporto, conversando animadamente na calçada. O sangue subiu-lhe às faces. Deixou o balcão, saiu a passos largos e logo chegou até ela.

— Nunca mais faça isso, Maria Lúcia! Quase uma hora! Quer me matar de susto?

Ela deu de ombros.

— Eu o procurei e vi que estava demorando com as malas. Aí liguei para Henrique e pedi-lhe que nos buscasse.

Naquele momento Eduardo percebeu a presença do rapaz.

— Não precisava ter vindo. Ficamos de pegar um táxi.

— Mas para quê? Amigos são para essas coisas — retrucou Henrique, com falsa amabilidade.

— E eu estou imunda — bradou Maria Lúcia. — Você não pensa em meu estado? E se eu passar mal no táxi? Quer me ver numa situação embaraçosa de novo?

Henrique procurou acalmar os ânimos:

— Ambos estão cansados. Não vamos começar uma briga no portão de desembarque. Olhem as pessoas ao redor, gente. Por favor! Meu carro está aqui.

Eduardo ficou intrigado.

— Carro? Você tem carro?

Medo de amar • 139

— É que...

Eduardo não se conteve:

— Você não tinha carro!

Henrique esboçou um sorriso amarelo. Ficou sem graça.

— Comprei. Estou pagando as prestações, mas é meu.

Maria Lúcia percebeu o constrangimento de Henrique e interveio:

— Eu o ajudei. Ele é meu camareiro, esqueceu?

— Não me esqueci dessa sua esquisitice. Mas precisava dar a ele um Corcel?

— Turquesa. Gostou?

— Está maluca?

— Comprei mesmo! Zero-quilômetro, novinho em folha. Afinal de contas, Henrique vai estar me assessorando. Preciso de um carro, ora.

— Temos motorista.

— Você tem um.

— Somos casados. O que é meu é seu. Você não precisa de carro, tampouco de camareiro, assistente. Por que a ideia absurda de um secretário particular?

Maria Lúcia fingiu novo enjoo. Estava cansada de discutir. Tinham brigado a viagem toda.

— Está vendo? Olhe o que você fez. Sabe que, quando me irrito, fico assim. Vamos parar com essa conversa fiada e ir para casa? Chega de tanta pergunta, de tanta cobrança.

Eduardo bufou e pegou as malas. Henrique abriu o porta-malas e ajudou-o a guardar a bagagem. Eduardo olhou de soslaio para o rapaz. Não gostava dele. Havia algo em Henrique que ele não tolerava.

Acho que nossos anjos da guarda não se bicam, pensou, procurando acalmar-se.

Entraram no carro e foram para o novo apartamento, próximo ao dos pais de Eduardo, na região dos Jardins.

Ao chegarem ao apartamento, não acreditaram no que viram. Todas as dependências estavam cheias de vasos repletos de rosas vermelhas. Maria Lúcia emocionou-se.

— Henrique, como foi capaz disso? Ninguém sabia de nossa chegada.

— Fui rápido. Assim que desliguei sua chamada, pedi a um "amigo" dono de uma floricultura que fizesse a entrega, em caráter de urgência.

Maria Lúcia beijou-o nas faces, amorosa.

— Você e seus amigos! Você é demais! Que coisa mais linda! — Cutucou Eduardo, fazendo careta. — Você não seria capaz disso.

Ela pegou Henrique pelos braços e foi lhe contando os poucos momentos divertidos da viagem. Eduardo deixou-se cair numa poltrona, desolado.

Ela não me ama. Por que se casou comigo? Será por causa de meu dinheiro? Será que ela seria capaz disso? Não posso crer!

Envolvido num turbilhão de dúvidas, Eduardo deixou-se conduzir pelos pensamentos. Estava cansado, a viagem tinha sido ruim, e agora a única coisa que queria fazer era jogar-se de cabeça no trabalho. Levantou-se de pronto, correu até o telefone e discou:

— Papai, tudo bem?

— Filho, quanta saudade! Não sabe a falta que me faz. Quando voltam?

— Já voltamos.

— Como assim?

— Acabamos de chegar em casa.

— E por que não nos avisaram? Poderíamos pegá-los. Sua mãe vai ficar uma fera.

— Ela vai compreender. Ligue para ela e diga que vamos jantar juntos esta noite. Temos muitas novidades para contar.

Osvaldo baixou o tom de voz no telefone:

— Como anda a gravidez?

— Péssima. Maria Lúcia tem sentido muito enjoo, muita ânsia.

— Logo você se acostuma.

— Pai, estou indo para o escritório.

— Já? Descanse. Acabou de chegar. Foram horas de voo.

— Não, quero trabalhar. Preciso me enterrar no trabalho. Até logo.

Osvaldo pousou o fone no gancho e passou as mãos pelos cabelos grisalhos, pensando: *Esse casamento começou errado e pelo jeito vai terminar errado.*

Eduardo pousou o fone no gancho, sentindo-se sufocado.

Esta casa me oprime. Henrique me oprime. A gravidez de Maria Lúcia me oprime.

Capítulo catorze

Henrique não cabia em si, tamanha a felicidade. Sua avó finalmente teve um derrame mortal.
— Deus existe! Consegui me livrar da velha inútil justamente quando Maria Lúcia me dá um apartamento e um carro. Isso é formidável!
Ele estava muito ocupado com a decoração do novo apartamento para cuidar da papelada e do enterro. Ligou para uma prima distante no interior e pediu-lhe, de maneira afetada e dramática, que cuidasse da parte burocrática, visto que ele estava muito abalado com o ocorrido.
Sem vínculos familiares, ele se sentia livre para fazer o que quisesse. O convívio com Maria Lúcia mudou sua vida. Ganhava um excelente salário e não precisava fazer quase

nada. Quase, porque tinha de aturar todas as vontades e os caprichos dela. No começo, irritava-se com muita facilidade, mas com o tempo, e vendo sua conta bancária engordar, ele foi deixando a irritação de lado ao pensar na transformação positiva que o dinheiro causava em sua vida.

Maria Lúcia comprou um apartamento registrado no nome dela, com usufruto de Henrique, enquanto ele vivesse. O imóvel tinha três quartos, era bem espaçoso, localizado num elegante edifício da avenida São Luís, região central da cidade. Ela mobiliou o apartamento com gosto e estilo. Henrique não gastou um tostão. Depois veio o carro, modelo último tipo, também no nome dela.

— Que fique tudo no nome dela — dizia ele para si. — Eu quero mais é usufruir!

Henrique logo percebeu que Maria Lúcia não brincava em serviço e tratou de buscar o refinamento que ela tanto queria para impressionar a sogra e a sociedade. Ele se matriculou na Aliança Francesa e, por meio de amigos, conheceu Clóvis, um rapaz formado em História, com especialização em História da Arte pela Sorbonne, de Paris. Era preciso mostrar que estava envolvido com gente erudita para dar mais credibilidade a Maria Lúcia.

Henrique tinha altura mediana, mas possuía um belo corpo, torneado, cabelos castanhos compridos e bem cuidados; a pele sempre bronzeada ressaltava os olhos verdes; as costeletas e o bigode eram mantidos bem aparados. Sempre perfumado e bem-vestido, tinha seu charme, e ia usar dele e de tudo o mais para ficar íntimo de Clóvis.

Amanhã vou pensar em como ficar mais amiguinho dele. Essa bicha vai me dar de bandeja tudo que quero. Vou me tornar um rapaz refinado. Mas antes preciso me livrar de Túlio. Estou enjoado do grandalhão.

Nesse meio-tempo, Henrique conhecera Túlio na festa de casamento de Maria Lúcia. Fizera o possível para colocar seu cartão no bolso do rapaz. Túlio encantara-se com as gentilezas de Henrique. Depois daquele dia, encontraram-se uma, duas vezes. Agora se viam três vezes por semana. Túlio era casado; sua mulher pertencia a família abastada, dona de muitas terras no sul de Minas Gerais. Ele trabalhava duro num banco estatal e sustentava a família. Não queria ser mantido pela mulher. Matilde era compreensiva e admirava o marido por isso. Tinham dois filhos.

Túlio era um sujeito do tipo brutamontes. Parecia um armário de quase dois metros de altura. Tinha voz grave, usava barba espessa, que lhe conferia um ar sisudo. Apaixonou-se por um amigo anos antes, mas a relação terminou drasticamente. Ele jurou a si mesmo que nunca mais ia se envolver com outro homem.

Acreditava que aquilo tinha sido um aviso, mostrando a ele que a relação entre dois homens é uma aberração, contrária às leis de Deus. Após a trágica relação, Túlio reprimiu seus desejos, lutou contra sua natureza e iniciou o namoro com Matilde. Ela era amiga, companheira; casaram-se, tiveram filhos. Ele bem que conseguiu manter os desejos represados, ocultos. Mas o que fazer? A atração pelo mesmo sexo era forte demais, parecia dominá-lo. Túlio fez de tudo: foi a curandeiros, frequentou terreiros, igrejas evangélicas, confessou-se com padres, mas em vão. Tinha medo de psicólogos ou psiquiatras. Ele era conhecido em sociedade e tinha pavor de ter sua homossexualidade revelada.

Certa vez, desesperado, procurou um famoso curandeiro. Este disse que Túlio tinha um espírito homossexual desencarnado grudado nele. O curandeiro disse-lhe que precisava de muito dinheiro para comprar material, a fim de afastar a entidade. Túlio pagou, e nada aconteceu.

Depois foi a vez dos padres. Mandavam-no rezar todo tipo de oração para não cair em tentação. Um padre contribuiu para que sua culpa aumentasse sobremaneira. Disse-lhe

Medo de amar • 145

que, se continuasse assim, Deus iria castigá-lo e um de seus filhos carregaria esse mal. Túlio ficou dias rezando sem parar, mas o desejo continuou.

Os evangélicos diziam que era encosto, que o capeta o havia dominado por ter pensamentos contrários à natureza humana. Fizeram sessão de descarrego, e nada: Túlio continuava sentindo atração por homens.

Ele chegou a pensar em suicídio, mas, quando olhava seus filhos, mudava de ideia. Ele não sabia mais o que fazer.

A salvação veio no dia do casamento de Maria Lúcia. Henrique foi-lhe o passaporte para o mundo dos prazeres represados havia tantos anos.

Henrique estava acostumado a envolver-se com homens casados, no intuito de posteriormente chantageá-los, fazendo ameaças de todos os tipos. Assim, ganhava um dinheiro extra. Mais recentemente, porém, com o suporte financeiro recebido de Maria Lúcia, deixou de se envolver com os casados.

Ao conhecer Túlio, ficou fascinado no início. Pegar um homem praticamente virgem, cheio de desejos, era um prêmio de loteria. E Túlio era insaciável. Entretanto, o tempo foi passando e Henrique foi se desinteressando. Estava na hora de chutar o pobre coitado. Afinal de contas, Túlio já lhe servira o bastante.

Túlio cumprimentou o porteiro do edifício em que Henrique morava, tomou o elevador e subiu. Tocou a campainha.

— Não o esperava tão cedo — resmungou Henrique.

— Hoje é aniversário de meu filho. Haverá festinha logo mais à noite. Não posso vacilar.

Henrique não disse mais uma palavra. Fechou a porta e, antes de falar qualquer coisa, Túlio jogou-se sobre ele. Henrique não teve como escapar do brutamontes e, a contragosto, entregou-se; amaram-se ali mesmo na sala. Túlio não imaginava, nem sequer percebia, que aquele apartamento estava

146 • Marcelo Cezar romance pelo espírito Marco Aurélio

repleto de espíritos sedentos por sexo. As entidades abraçavam-se e grudavam-se em seu corpo, sentindo o prazer do sexo como se estivessem encarnadas. Ele acreditava que Henrique lhe fosse fiel; chegou até a pensar em separar-se da mulher. Não compactuava com uma vida dupla, como outros homens casados. Era íntegro em seus valores.

Desde a mudança, Henrique levava ao apartamento um rapaz diferente a cada noite, às vezes dois ou mais, chegando a promover orgias fenomenais. Os espíritos perdidos e ainda presos aos prazeres do corpo perceberam a movimentação e a energia que era emanada no apartamento. Logo, espíritos de toda parte estavam *morando* ali, refestelando-se com as energias sexuais emanadas por Henrique e seus companheiros eventuais.

Henrique pensava mais em sexo do que seria o normal, e as entidades aproximavam-se dele e sussurravam-lhe frases eróticas ou mesmo impregnavam sua mente com cenas picantes. Isso aumentava sua libido. Ele, sem perceber, corria à cata de alguém disponível e na mesma sintonia, na rua mesmo, o que era fácil e comum na região em que morava. Em pouco tempo, Henrique ficou famoso nas redondezas, pois conhecia praticamente todos os garotos de programa, também conhecidos como *call boys*, prostitutos masculinos que ganhavam a vida em troca de um punhado de dinheiro.

Terminada a relação, Túlio levantou-se e foi para o banheiro. Sentou-se no vaso sanitário, apoiou os cotovelos no joelho e segurou o rosto com as mãos. Não conteve o pranto. Ele gostava de se relacionar com Henrique, mas não conseguia deixar de pensar nos filhos e na mulher. Essa culpa o consumia.

Estou errado, estou completamente errado. Sou um pecador. Nenhuma religião aceita a homossexualidade. Estou perdido.

Ele recostou a cabeça na parede e desatou a chorar para valer. Henrique ouviu os soluços, mas não interferiu. Sabia que aquilo sempre acontecia com Túlio, principalmente depois das relações sexuais.

Túlio tomou um banho demorado. Ficou bastante tempo deixando a água quente escorrer por suas costas, como a tirar o peso da culpa que sentia por levar aquela vida dupla. Terminado o banho, enxugou-se e, despido mesmo, foi para a sala. Ajeitou-se num sofá, abraçou-se a uma almofada e acendeu um cigarro.

— Crise de consciência de novo? — cutucou Henrique.

Túlio exalou profundo suspiro.

— É. Você sabe quanto isso me consome.

— Sempre foi assim?

— Sim, desde moleque.

— Sempre gostou de meninos e meninas?

Túlio fitou um ponto indefinido da sala. Sua memória voltou aos tempos de adolescência, das brincadeiras entre os coleguinhas.

— Nunca fiz distinção. Sempre senti prazer com meninos e meninas, depois com homem e mulher. Mas ultimamente...

— O quê?

Túlio tragou profundamente seu cigarro. Após exalar a fumaça para o alto, declarou:

— Sabe, Henrique, eu só me relacionei de verdade com um homem. Faz muitos anos.

— E cadê ele?

— Não quero falar sobre isso — retrucou, visivelmente perturbado.

— Desculpe. Não está mais aqui quem falou.

— Depois que me casei, procurei me conter. Você é o primeiro com quem tenho me relacionado desde aquela época. Isso tem mexido comigo.

— Mexido como?

— Não sei, é diferente...

— Está apaixonado?

— Não é isso. — Túlio apagou o cigarro e foi até o outro sofá. Sentou-se perto de Henrique. Colocou suas mãos sobre as dele. — Estamos nos vendo há tempos.

— Isso é verdade. Bastante tempo. Por acaso está enjoado? — brincou.

— Não, não é isso. Pelo contrário: o que mexe comigo é o fato de eu estar gostando desses encontros. Ultimamente perdi o interesse sexual por minha mulher.

— Acontece. Não misture as coisas. Você é casado há muitos anos. É natural que a cama fique morna, ou até esfrie.

— Não, não. Perdi a vontade mesmo. Eu olho para Matilde e a vejo como uma amiga, uma irmã. O tesão foi embora, o desejo sumiu...

— Pode ser que não tenha mais volta. Agora que tem se relacionado mais com homens...

— Com homens, não! Só com você.

— Obrigado pela fidelidade.

Túlio sentia o peito oprimido. Esclareceu:

— Acabei de completar trinta e cinco anos. Não sou mais um garoto. Preciso definir minha vida, entende?

— Você é crescidinho.

— Para que lado eu vou? Estou perdido.

— Pode continuar levando essa vida dupla.

— Isso é errado. Não quero magoar minha mulher, meus filhos. Preciso tomar um rumo. Você me ajuda? Fica do meu lado?

Henrique sentiu um arrepio. Não gostava de se envolver afetivamente com as pessoas. Tinha um comportamento autodestrutivo, não se aceitava, não gostava de si mesmo. Como podia sentir afeição, gostar de alguém? Maria Lúcia fora a única na vida por quem ele sentiu algum carinho, mesmo assim misturado a muito, muito interesse. Nunca se dera bem com a avó.

Medo de amar • 149

Assim era Henrique. Uma pessoa desprovida de qualquer sentimento nobre. O amor, para ele, só existia em filmes ou novelas. Sentimento de amizade e fraternidade era pura utopia. O que valia a pena na vida, segundo ele, era tirar vantagem das pessoas, tal qual Maria Lúcia fazia. Mal começara a planejar um modo de conquistar Clóvis, e agora Túlio queria compromisso sério? Aquilo era o cúmulo! Estava fora de cogitação.

A história de "amar e ser amado" era uma grande balela e, entre homossexuais, então, era pior. Para começar, eram homens que transavam com homens, bicho que transava com bicho. Não havia a sensibilidade feminina equilibrando esse jogo de sedução. Eram dois iguais procurando se saciar. Essa era a visão de Henrique.

Ele abriu um sorriso. Não deixava de ser engraçado. Ali à sua frente estava aquele homenzarrão de quase dois metros, bem-apessoado. Túlio era do tipo que nunca despertaria suspeitas. No entanto, ele estava ali, cabisbaixo, impotente, implorando-lhe ajuda. Aquilo cheirava a romance. E romance Henrique não queria com ninguém. Mas precisava ser cauteloso. Túlio era bonachão, mas às vezes revelava um temperamento estouvado. Era melhor não arriscar enfurecê-lo. Procurando dissimular a contrariedade, Henrique passou delicadamente sua mão no queixo do brutamontes.

— Compreendo sua aflição. Conheço homens que deram cabo da própria vida por causa da sexualidade. Isso é bobagem. Se eu fosse você, continuava assim, levando a vida do mesmo jeito.

— E minha consciência?

— Que consciência, Túlio? Bobagem! Vá levando sua mulher na lábia e, quando pintar a vontade, é só ir à caça. Nesta cidade há muito homem disponível e com as mesmas vontades que nós.

— Eu sei. Sexo encontra-se em qualquer lugar. Mas não é disso que estou falando. A convivência com você me mostrou que é possível dois homens viverem juntos.

Henrique sentiu o ar faltar-lhe. Túlio estava mais envolvido do que podia imaginar. Precisava agir com bastante cautela.

— A gente vai acertar isso mais cedo ou mais tarde.

Túlio abraçou-o, mas Henrique sentiu repulsa. Estava achando enfadonha toda aquela cena.

Repentinamente, Túlio ajeitou-se rápido no sofá e disse, com olhos brilhantes:

— Ei, quer viajar comigo?

— Viajar? Para onde?

— Não sei. Vamos para uma praia qualquer. O que acha de Ilhabela?

Henrique fez um muxoxo.

— Muito mosquito. Não dá para ser um lugar mais badalado? Poderíamos ir ao Rio de Janeiro.

— Não posso. É que conheço uma pousada em Ilhabela, afastada do burburinho. Podemos ficar lá uns dias.

— Assim, sem mais nem menos?

— Consegui uns dias de licença, por conta das horas extras. Inventei para Matilde que tenho trabalho fora da cidade. Temos uma semana. Só não quis ir hoje por causa do aniversário de meu filho. Henrique, preciso viajar, tirar uns dias a seu lado. Tenho certeza de que essa viagem vai ser decisiva para o que planejo.

— O que planeja?

— Se tudo correr bem, se nos dermos bem, longe de tudo e de todos, gostaria de viver a seu lado.

Henrique torceu o nariz. Passar uma semana ao lado daquele bolha? Nunca! Viver com um chiclete como aquele? Jamais! Precisava agir rápido, inventar algo em questão de segundos.

— Maria Lúcia está para dar à luz. Não posso me ausentar.

— Ela tem marido, tem família.

Medo de amar • 151

— Está louco, Túlio? Sou assistente dela. Não posso sair assim, sem mais nem menos. Quem mandou inventar moda de viajar sem me consultar?

— Queria lhe fazer uma surpresa — disse, abaixando a cabeça, tristonho.

— Você e essa mania de surpresas. Não posso. Não dá.

— E o que faço? Gostaria que você fosse viajar comigo.

— Sinto muito. Viaje só. Acho que é até melhor. Espaireça, reflita, veja o que é bom para você. Está muito dividido, não sabe direito o que quer da vida. Quando voltar de viagem, conversaremos. Agora, por favor, estou atrasado. Maria Lúcia me espera.

— A esta hora?

Henrique irritou-se.

— A hora que ela quiser. Que foi? Vai ficar me vigiando? Pensa que sou a boba da Matilde? Vá, saia logo!

— Como pode ser tão grosso? Estávamos bem até agora.

— Você me tira do sério.

Túlio sentiu-se constrangido. Estava alimentando esperanças de ser compreendido, talvez até amado. Havia feito planos enquanto ia para o apartamento de Henrique. Pensara com carinho na pousada, nos caminhos à beira da praia, nos momentos de prazer que poderiam desfrutar juntos. E agora estava nítido que Henrique não seria a pessoa certa para lhe ajudar com seus problemas. Mostrava-se um indivíduo egoísta, mesquinho, sem escrúpulos.

Túlio vestiu-se rapidamente.

— Estou desorientado... Vou para casa. Depois nos falamos.

— Está bem. Boa festinha.

Túlio virou-se, abriu a porta e partiu. Henrique serviu-se de um uísque.

Preciso impedir a entrada de Túlio aqui no prédio. Ainda bem que o enrustido desorientado vai viajar uns dias. Tenho tempo de sobra para arquitetar e pôr em prática meus planos, sem interferências. Ele não me serve mais. Está apaixonado. Imbecil! Fraco! Não gosto desses tipos.

Perambulou pelo apartamento. Precisava sair. A conversa de Túlio irritara-o.

Quer saber de uma coisa? Vou até o Dops conversar com Medeiros. Preciso esquecer as besteiras que ouvi de Túlio. Está na hora de pregar um susto em Marinês.

Ele gargalhou. Procurou lembrar-se de como estava vestido no dia em que Medeiros não conseguia tirar os olhos de cima dele.

— Ah, já sei!

Tomou um banho caprichado. Vestiu um elegante *blazer*, perfumou-se, pegou uma sacolinha e saiu. Dentro do carro, dizia para si: *Vamos até o Largo General Osório. Faz tempo que não apareço no Café Mocambo. Estou com saudade do delegado Medeiros. Preciso de um grande favor.*

Capítulo quinze

Henrique estacionou o carro defronte ao prédio do Dops, na região da Luz, pegou a sacola e indagou a um sentinela:
— Olá. O doutor Medeiros se encontra?
— Segundo andar, terceira sala à esquerda.
Henrique subiu as escadas e rumou até o local indicado. Ajeitou os cabelos, respirou fundo, pigarreou. Bateu levemente na porta.
— Pode entrar.
— Doutor Medeiros?
O delegado fitou-o de cima a baixo.
— Ora, ora, Henrique. Que surpresa agradável!
Medeiros aproximou-se e abraçou-o.
— Quanto tempo! Por acaso está namorando?

— Não, doutor. Estive ocupado com muito trabalho.

— Não precisa me chamar de doutor. Sou Medeiros, mais nada.

Henrique sorriu.

— Está certo, Medeiros.

Era evidente a cobiça estampada nos olhos do delegado. Não poderia receber visita mais agradável àquela hora da noite.

— Posso prender um minuto de sua atenção?

— Claro! Por favor, feche a porta, sim?

Henrique fechou a porta e ficou parado em frente ao delegado.

— Sente-se. Quer um café?

— Não, obrigado.

— O que o traz por estas bandas?

O rapaz pigarreou. Torceu as mãos e por fim disparou:

— Sabe, doutor, sou um cidadão brasileiro acima de qualquer suspeita. Nunca me envolvi com manifestações estudantis, com política. Sempre me dediquei à família, ao trabalho, ao meu país.

Medeiros gostou da maneira como Henrique falava. O jovem continuou:

— Tenho pavor à guerrilha urbana. Essas pessoas merecem ser torturadas e mortas. Onde já se viu? Assalto a banco, sequestro de embaixador... Que imagem estão fazendo do Brasil lá fora? Sou contra comunismo, amo a pátria, sou verde-amarelo.

— Gostei. Se todos os jovens pensassem como você, teríamos menos problemas. Mas o que podemos fazer? Combater, combater...

— Já que tocamos nesse assunto... O que aconteceu àquela comunista de araque?

— Aquela que você nos entregou de bandeja? A que fingia ser cabeleireira?

— Ela mesma.

Medo de amar • 155

Henrique era diabólico. Sabia que Medeiros metera as mãos na moça. Estremeceu de prazer no dia em que a polícia invadiu o salão e achou as provas incriminatórias no quartinho dos fundos. Os vizinhos ficaram aterrorizados. Estela havia viajado com Gaspar. Dois delegados e três policiais ficaram à paisana, esperando. Obviamente, Henrique avisara o dia e horário próximos de chegada, pois sondara Gaspar. Assim que chegaram de viagem e Gaspar a deixou na porta de casa, eles a pegaram. Não satisfeito, Henrique queria saber mais, queria ouvir, com crueza de detalhes, o triste fim da pobre moça.

O combate à guerrilha urbana e a seus simpatizantes era feito à custa de caça de informações, e aí se abriu caminho para a tortura. Realizada em larga escala no período de 1969 a 1975, transformou siglas como Dops e Doi-Codi em sinônimos de violência contra o indivíduo desarmado. Tudo em prol da "segurança nacional", por isso, a tortura era justificada. Estela tornou-se mais uma simpatizante que mereceu ser interrogada e torturada até morrer. Cada vez mais a máquina montada pelos militares e policiais atuava sem piedade, prendendo, interrogando, torturando e, como no caso de Estela, matando.

Medeiros riu alto.

— A polícia estava de olho em Estela, mas, quando ela começou a sair com aquele seu amigo, logo desistiram de continuar investigando a moça, concluíram que ela não oferecia perigo. Então eu e você nos encontramos naquele bar, você me contou tudo que sabia, que o salão de cabeleireiro era pura fachada... Foi um deus nos acuda aqui na delegacia. Aquela vigarista nos deu trabalho. Demorou para morrer. O corpo dela está no fundo do mar, amarrado com pedras. Jamais a encontrarão.

— Teve o que mereceu.

— Sem dúvida.

— Eu gostaria de colaborar mais uma vez. Sinto-me no dever de ajudar o país a banir esse bando de comunistas inconsequentes.

— Outra colaboração? Depois daqueles elementos de acusação contra a comunista, você é tido em alta conta aqui dentro.

— Obrigado, Medeiros. Foi meu dever de cidadão, nada mais. Tenho aqui em mãos provas irrefutáveis de que uma conhecida está ligada à guerrilha urbana. Anda solta e mal desperta suspeitas.

Medeiros remexeu-se na cadeira, nervoso. Tinha ódio daquela gente, daqueles comunistas. Henrique percebeu o brilho odioso no olhar do delegado e ajuntou:

— É só uma suspeita.

Medeiros arregalou os olhos de prazer.

— Mas você tem o nome? Alguma prova?

— Sim.

— O que tem aí?

Henrique pegou a blusa, uma cópia da identidade de Marinês, as fotos. O documento original foi parar na bolsa dela no dia seguinte, com a ajuda de Maria Lúcia, que deu um jeito de recolocar o documento na bolsa da irmã. Marinês nada percebeu, como também não se dera conta da blusa que sumira.

Henrique era muito bem informado. Lia jornais e revistas. O governo, quando derrubava um *aparelho*, local onde os guerrilheiros se escondiam, fazia questão de que os jornais publicassem a matéria, com fotos dos presos, do esconderijo. Faziam grande alarde, justificando à população os métodos truculentos de combate aos opositores à ditadura. Sabendo que um esconderijo havia sido recentemente descoberto, Henrique arriscou:

— Soube, pelos jornais, que um *aparelho* foi desarmado recentemente na Lapa.

Medeiros entrou na conversa. Foi categórico:

— Isso é verdade. Mas não encontramos nada. Reviramos a casa toda: nem uma pista.

— Aí você se engana. Olhe o que estava atrás da grade de proteção da geladeira.

Medeiros pegou a blusa, a identidade, as fotos. Por seus olhos passou um brilho sinistro. Mesmo assim, inquiriu:

— Tem certeza?

Henrique não sabia o que dizer. Medeiros estava fazendo perguntas demais, e isso não estava em seus planos. Achava que era fácil plantar provas contra qualquer pessoa. Afinal, eles não estavam loucos atrás dos combatentes? Precisava mudar o rumo da conversa e usar seu charme. Aquilo tudo era só para dar um sustinho em Marinês, nada mais. Pensou rápido e soltou:

— Acha que trouxe esses elementos sem fundamento algum?

— Tentaram fazer isso algumas vezes. Alguns policiais plantaram provas contra desafetos. Isso é perigoso. Dessa forma perdemos o controle, e isso não pode acontecer.

Henrique engoliu em seco. Mudou o tom de voz.

— Confie em mim. Estou fazendo minha parte como cidadão. Minha consciência está tranquila.

— Bem, se tudo isso estava na casa arrombada na Lapa, essa moça está encrencada.

— Confie em mim, doutor.

— Se for engano, posso perder meu posto. E, se isso vier a acontecer, você pode se meter numa grande encrenca.

Henrique encarou Medeiros nos olhos. O delegado excitou-se com tamanha carga de sedução. Subitamente esqueceu-se daquelas provas, porque denúncias desse tipo chegavam todos os dias. Passou a língua pelos lábios.

— O que vai fazer agora? Tem compromisso?

— Tenho.

— Que pena!

158 • Marcelo Cezar romance pelo espírito Marco Aurélio

— Vou sair com um delegado e fazer com que ele tenha uma das noites mais prazerosas e inesquecíveis de sua vida.

Medeiros balançou a cabeça para os lados. Adorava aqueles garotões atrevidos, que iam direto ao assunto. Gostava particularmente de Henrique, que conhecia intimamente.

— Agora não posso sair. Saio às duas da manhã. Muito tarde?

— De jeito algum. — Henrique tirou um cartão do bolso do paletó. — Este é meu endereço. Às duas e meia está bom para você?

— Está.

Henrique levantou-se e apertou a mão do delegado. Encostou deliberadamente seu rosto no dele e sussurrou:

— Aguardo você logo mais lá em casa. Prometo que não vai se arrepender.

— Você nunca me decepcionou.

Medeiros sentiu uma onda percorrer seu corpo. Aquele rapaz tinha um forte magnetismo, pensou, excitado. Henrique despediu-se e saiu. Ganhou a rua e entrou no carro, sorridente.

Pronto. Só quero ver o susto que Marinês vai levar. Ela me paga. Agora estamos quites. Só um susto...

Ele deu partida no carro e saiu cantarolando, contente. Sombras escuras abraçavam-se a ele, sugando sua energia, alimentando-se de seus pensamentos sórdidos.

Henrique consultou o relógio.

A esta hora, Clóvis já está na Galeria Metrópole. Ótimo. Preciso atender dois caras esta noite. Tenho de cronometrar o tempo com precisão. Preciso arrastar a bichinha do Clóvis até em casa e dispensá-lo até as duas da manhã. A casa precisa estar bem arrumadinha para receber o delegado todo-poderoso.

Ele estacionou o carro na garagem e correu até a galeria, lá perto. No caminho foi flertando com rapazes, em sua maioria prostitutos, conhecidos como garotos de programa ou michês, que frequentavam a região buscando uns trocados por sexo rápido. Ele gostava de pagar os rapazes para ter sexo com

Medo de amar • 159

ele. Henrique sentia-se poderoso. Algumas vezes subjugava os meninos, porque ele pagava e eles tinham de fazer o que ele bem entendesse.

Um michê veterano e conhecido por dar safanões em alguns clientes aproximou-se. Marcos tinha dado uma grande surra num cliente tempos atrás, e isso afetara sua reputação. Muitos tinham medo de fazer sexo com ele, temendo que algo pior pudesse acontecer. Henrique gostava de Marcos de uma maneira especial. Aquele jeito bruto, de dar tapas e ser nervosinho, excitava-o.

Marcos abordou-o:

— E aí, vamos fazer um programa?

— Hoje não vai dar, Marcos. Tenho compromisso.

— Se o problema for preço, a gente discute depois. Você é freguês antigo. Dou desconto.

Henrique consultou novamente o relógio.

— Outra hora. Tenho compromisso e estou atrasado.

— Até a próxima, então. Vou ficar no aguardo. Você é especial para mim.

Henrique deu uma risadinha. Adorava fazer sexo com Marcos. Ele o dominava, era do tipo fortão. Valia a pena. Ele correu e adentrou a galeria. Não demorou muito e encontrou um grupo de conhecidos. Cumprimentou as pessoas e dirigiu-se a Clóvis.

— Como vai? — cumprimentou Henrique.

— Tudo bem. E você?

— Tudo também, Clóvis. Como andam as coisas?

— Não estou escutando você direito. Muita bagunça aqui.

— Também não o escuto.

— Só vim porque era festinha de Dalton. Não gosto de frequentar esses lugares.

— Entendo. Eu também não gosto.

— Não estou ouvindo.

Henrique convidou:

— Quer ir até em casa? Acho lá mais tranquilo. Comprei um disco de Julie London, fora de catálogo, que estava procurando fazia muito tempo.

Clóvis animou-se:

— Você gosta de Julie London?

— E por que o espanto?

— Por nada... É que... É tão difícil gostarem dela. Fez muito sucesso nos anos cinquenta.

— Uma das cantoras americanas de voz mais aveludada...

Henrique fez-se de bobo. Havia colado em Dalton para arrancar informações acerca de Clóvis. Fizera um questionário, querendo saber gostos, preferências, o que gostava de ouvir, de comer, lugares que frequentava. Feito o interrogatório, começou a bolar como conquistar o moço. Durante os dois encontros anteriores, ficou estudando o comportamento do jovem. Conforme se encontravam, mais Clóvis lhe parecia bobinho, romântico, bem fácil de ser enganado.

— Moro aqui do lado. Vamos, eu lhe sirvo um *dry martini* e conversamos ao som de Julie.

— Você também gosta de *dry martini?* Não acredito! Que coincidência!

— É, vai saber o que o destino nos reserva... — Henrique continuava com as tiradas certeiras.

— Qual é o seu signo?

— Câncer. Mas não me diga o seu.

— Por quê?

Henrique fez ar misterioso.

— Adoro descobrir signos. Deixe-me ver... — Por fim disparou: — Você só pode ser de Sagitário.

Clóvis sobressaltou-se:

— Não é possível! Você entende de astrologia?

— Um pouco.

— Como adivinhou meu signo?

— Porque você parece querer alargar a visão, conhecer outros lugares, outras culturas. É necessidade sua conhecer países e

Medo de amar • 161

pessoas diferentes de onde nasceu. É justiceiro, luta pelos fracos e oprimidos...

— Nossa, como pode saber tanto a meu respeito? Esse é nosso terceiro encontro, e nos outros dois você mal falou comigo.

— A vida é cheia de surpresas.

Clóvis sorriu. Despediram-se do grupo, que não deixou de fazer comentários e brincadeirinhas com ele e Henrique.

Ganharam a calçada. Henrique continuou:

— Sei que você é especialista em História da Arte.

— Fiz especialização na Sorbonne, em Paris.

— Eu queria aprender tanto algumas coisas. Será que esse sagitariano lindo poderia me ensinar?

Clóvis passou seu braço pela cintura de Henrique.

— Posso lhe ensinar tudo que quiser.

Henrique abraçou-o, sorriu e pensou: *Meu Deus, que bicha mais tonta! Caiu feito um patinho. Nunca pensei que fosse tão fácil. Em todo caso, preciso ser rápido. Consultou o relógio. É, preciso fazer trabalho de Hércules esta noite. Vou tratar deste aqui primeiro. Antes das duas já o faço descer e aguardo o delegado. Vou conseguir tudo que quero dessas bichas. Tudinho...*

Capítulo dezesseis

Na noite seguinte, passava das onze e nada de Marinês chegar em casa. Iolanda andava de um lado para o outro da sala, torcendo as mãos, demonstrando nervosismo. Floriano tentava acalmá-la:

— Logo teremos notícias.

— Não é possível. Marinês nunca foi de se atrasar, e, quando o fez, sempre nos ligou. Tem certeza de que ela não está na casa de Gaspar?

— Celeste ficou de nos avisar caso Marinês aparecesse.

— Estou sentindo um aperto no peito sem igual, Floriano. Tenho um pressentimento de que nossa filha não está bem.

Floriano fez com que a mulher se sentasse e abraçou-a. Procurou acalmá-la mais uma vez:

— Vai dar tudo certo. Nossa filha logo vai estar em casa.

— Por favor, faça-me uma gentileza.

— O que é?

— Poderia chamar Alzira?

— Está tarde. Não devemos perturbá-la.

— Trata-se de nossa filha, Floriano. Estou aflita. Meu coração de mãe não se engana: Marinês está correndo perigo. Não estou louca, acredite em mim.

Floriano ia replicar, mas o som da campainha desviou sua concentração. Ele e Iolanda tiveram um sobressalto. Seria alguém trazendo notícias? Iolanda não conseguiu levantar-se. Floriano correu até a porta.

— Deixe que eu atendo.

Girou a chave e abriu a porta ansioso.

— Boa noite, Floriano.

— Que susto! Pensei que fosse alguém trazendo notícia desagradável.

— Sei o que se passa.

— Estávamos relutando em ligar para você. Está tarde.

Alzira cumprimentou-o e foi entrando.

— Recebi um comunicado de espíritos amigos. Vim por causa de Marinês.

Iolanda quase desfaleceu. Indagou aflita:

— Não minta para mim, Alzira, por favor. Você tem alguma notícia dela? Os espíritos disseram algo?

— Calma! — Alzira virou-se para Floriano. — Traga um copo de água com açúcar, por favor.

Imediatamente Floriano foi até a cozinha. Voltou em seguida, e Alzira fez Iolanda tomar a água vagarosamente.

— Sente-se mais calma?

— Um pouco. Essa dor no peito me mata.

— Coisa de mãe.

— Eu sinto, não sei explicar... Sabe, é como se minha filha corresse risco de morte.

— Os amigos espirituais pediram para que tenhamos fé, que oremos e vibremos em favor de Marinês. Algo desagradável lhe ocorreu, e vamos precisar de muito equilíbrio para que ela volte logo para casa.

— O que mais eles disseram? Onde está minha filha?

Iolanda não suportava tamanha aflição. O pranto corria solto pelas faces. Marinês era sua filha adorada, amiga de todas as horas, tão diferente de Maria Lúcia, que os abandonara assim que tinha se casado. Marinês era diferente: possuía boa índole, tinha carisma, era simpática e adorada pelas pessoas. Nunca havia feito nada de ruim; então por que estaria passando por maus bocados?

— Alzira, minha filha é uma pedra preciosa, um anjo que sempre esteve a meu lado, trazendo somente alegrias.

— Marinês é forte, vai superar isso.

— Mas onde ela está?

— Não importa onde esteja. Vim lhe dar conforto, dizer que logo ela vai estar entre nós.

— Como Deus pôde ser tão injusto?

— Deus não é injusto, Iolanda. A vida tem suas leis e sabe o que faz. As forças universais sempre trabalham em nosso favor, mesmo que a situação que estejamos experienciando seja interpretada como ruim ou desagradável.

— Mas e minha filha? Será que foi assaltada, currada? O que pode ter acontecido a Marinês? Isso me aflige muito mais. Floriano ligou para hospitais, prontos-socorros, delegacias, e nada. Só faltou... — Ela fez uma pausa, respirou fundo e por fim disse emocionada: — Só faltou o Instituto Médico Legal.

Alzira passou a mão por seus cabelos.

— Marinês não morreu.

— Como pode dizer com tamanha certeza?

— Não confia em mim?

Iolanda fez sinal positivo com a cabeça.

Medo de amar • 165

— Preciso de concentração.

— Para quê?

— Você e Floriano poderiam me ajudar?

— Claro! O que devemos fazer?

— Fiquem a meu lado e deem-se as mãos. Firmem o pensamento em Marinês, fazendo o tempo todo uma imagem positiva dela.

— Desculpe, Alzira — interrompeu Floriano. — Eu não sei fazer essas coisas. Não sei se vou poder ajudar.

— É simples. Feche os olhos e imagine Marinês rindo, alegre, falando sobre as aulas interessantes da faculdade, sobre seus projetos. É difícil?

— Não, de maneira alguma. Imaginar minha menina rindo é fácil. Ela só ri.

— Então, sente-se a meu lado. Iolanda, chegue mais perto.

Eles prontamente se acercaram da vizinha. A médium solicitou que o casal esticasse os braços e se desse as mãos, de forma que ela ficasse entre os dois. Feita a corrente, Alzira ordenou que ambos fechassem os olhos e pensassem em Marinês bem-disposta, feliz, alegre. Alzira fechou os olhos e logo depois sentiu um arrepio percorrer-lhe o corpo.

— Continuem vibrando. Imaginem-na bem. Os espíritos vão me mostrar o local onde ela se encontra.

O casal permaneceu de olhos fechados fazendo o que fora solicitado. Após alguns instantes, os espíritos mostraram a Alzira onde Marinês se encontrava. A médium assentiu com a cabeça e agradeceu aos amigos espirituais. Respirou fundo e tornou:

— Pronto. Podem desfazer a corrente e abrir os olhos.

Iolanda continuava aflita:

— E então? O que você viu ou ouviu?

Floriano e Iolanda não desgrudavam os olhos de Alzira, tamanha a aflição.

— Marinês encontra-se numa delegacia.

— Numa delegacia? — perguntaram os dois ao mesmo tempo.

— Não pode ser! O que Marinês estaria fazendo numa delegacia? Foi assaltada? — perguntou Floriano.

— Está prestando depoimentos.

— Impossível. Floriano ligou para várias delegacias, e nada.

— Ela está num outro tipo de delegacia. Marinês está no Dops.

Iolanda sentiu o ar faltar-lhe. Permaneceu imóvel, sem reação, tamanho o choque. Floriano respirou fundo e levantou-se, nervoso:

— O que nossa filha estaria fazendo no Dops? Ela nunca se meteu com política ou com grupos de esquerda. Tem certeza, Alzira?

— Foi o que pude ver. Os espíritos me mostraram a placa na porta da delegacia e Marinês sendo interrogada numa sala, mais nada. Rogaram que procuremos o doutor Osvaldo Vidigal.

— O pai de Eduardo?

— Ele mesmo.

— Por quê?

— Foi a informação que recebi.

— Mas o que o pai de Eduardo tem a ver com isso tudo?

— Floriano, estou transmitindo o que os amigos do astral me pediram. Precisamos agir muito rápido.

— Mesmo?

— Confiam em mim?

Iolanda voltou a concatenar as ideias.

— Eu confio. Você sempre nos ajudou. Nunca levei o estudo da mediunidade a sério, mas, se estamos recebendo ajuda espiritual para minha filha sair dessa enrascada, juro que vou me dedicar ao estudo da espiritualidade.

— Não prometa nada, minha amiga — ajuntou Alzira. — Estuda quem quer, quem tem vontade. Não se obrigue a nada.

Medo de amar • 167

Faça o que seu coração quiser. Há espíritos do astral superior, espíritos do bem, que estimam muito Marinês. Ela mereceu ajuda. Depois conversaremos mais a respeito. Primeiro precisamos ligar para Eduardo. Ele terá de nos ajudar.

— Já deixei dois recados para Maria Lúcia e não obtive nenhum retorno. Acho que não estão em casa.

— Tentem de novo. Maria Lúcia não quer atendê-los. Peça à empregada para falar com Eduardo.

Floriano correu até o telefone e fez o que Alzira pediu. Em instantes, do outro lado da linha, Eduardo era colocado a par do acontecido. Ao pousar o fone no gancho, ele correu até o quarto, colérico.

— Maria Lúcia, por que não quis atender seus pais?

— Não estava com a mínima vontade de falar com minha mãe. Desde que nos casamos, perdi o interesse.

— São seus pais.

— Danem-se. A única pessoa que presta naquela casa é meu pai. Mas, quando ele liga de casa, minha mãe sempre quer dar uma palavrinha, saber do bebê. Não tenho paciência para conversar com ela. Você sabe disso.

— Sua irmã foi detida.

— O que disse?

— Marinês foi presa.

— E daí?

Maria Lúcia permanecia imperturbável, recostada na cama. Aquilo deixou Eduardo em estado apoplético.

— Como e daí? É sua irmã.

— Quanto drama!

— Ela corre risco de morte.

— Azar o dela. Nunca nos demos bem. Quero mais que ela morra.

Eduardo quase perdeu o equilíbrio. Levantou a mão, e por muito pouco não esbofeteou a mulher. Ficou sustentando a mão no ar, olhos injetados de fúria. Maria Lúcia tinha a capacidade de descontrolá-lo. Ela reagiu, colérica:

— Bata!

Eduardo não respondeu. Baixou a mão e respirou fundo.

— Bata, vamos!

— Você não merece meu tapa.

— Covarde! Bater numa mulher grávida...

— Você me tira do sério.

— Você se preocupa mais com minha irmã do que comigo. Estou prestes a dar à luz e você nem se importa.

— Vou ajudar sua irmã.

— Sei muito bem de suas intenções.

— Se você não sente nada por ela, eu sinto.

— Ah, então admite?

— Admite o quê?

— Bem que Henrique me falou — bramiu ela, colérica.

— Falou o quê?

— Que você sempre olhou Marinês com outros olhos.

— Intriga desse futriqueiro de araque. Ele enche sua cabeça de besteiras.

— Henrique está certo. É só olhar para sua cara quando fala nela. Você gosta de Marinês.

— Claro, é minha cunhada.

— Não, não! Gosta como homem, com desejo. Que sujeitinho mais imundo!

— Cale a boca, Maria Lúcia! Está me tirando do sério. Pare!

— Cobiçar a cunhada...

— Pare, por favor!

— Isso está parecendo conto de Nelson Rodrigues.

Eduardo levantou a mão e — *plaft!* — desferiu violento tapa no rosto de Maria Lúcia.

— Você não presta!

Ela permaneceu imóvel. Em seguida, revidou o tapa. Eduardo levou a mão ao rosto e explodiu:

— Você não tem sentimentos por ninguém a não ser por você mesma. É fria, egoísta. Sim, eu olho para sua irmã com outros olhos.

— Então admite, cafajeste?

— Na verdade, deveria ter me casado com ela, nunca com você.

Os olhos de Maria Lúcia ficaram vermelhos de tanto ódio. Ela avançou sobre Eduardo e começou a bater em seu peito e a gritar ensandecida. Eduardo ignorou-a:

— Desta vez não vai conseguir. Chega de me tratar feito lixo.

— Maldito! Traidor!

Maria Lúcia continuou esmurrando-lhe o peito. Ele tentava defender-se. Num lance rápido, jogou-a sobre a cama.

— Vou salvar sua irmã dessa enrascada.

— Você não vai.

— Vou, sim. E chega! Depois conversaremos.

Maria Lúcia teve impulso de gritar, de falar a verdade. Queria atirar na cara de Eduardo que o filho que ela carregava em seu ventre era de outro, que aquela barriga que ele tanto acariciava... Abriu a boca para falar, mas uma frieza descomunal impediu-a. Maria Lúcia respirou fundo. Pegou o copo ao lado da cama. Levantou-se e dirigiu-se ao banheiro. Disse para si mesma: *É melhor eu me segurar. Agora não é o momento. Preciso esperar o nascimento do bebê.*

Passou um pouco de água no rosto. Encheu o copo na torneira, abriu o armarinho e pegou um analgésico. Ao fechar o armarinho viu sua imagem refletida no espelho. Metade de seu rosto estava vermelha, podia ver nitidamente as marcas dos dedos de Eduardo.

Maldito! Você ousou me bater. Estela fez o mesmo e levou o troco. Gaspar vai levar o troco no tempo certo. Você não perde por esperar, Eduardo. No dia em que esta criança completar um ano de vida, eu conto tudo. Quero ver sua reação. Eu vou esperar. Preciso manter o equilíbrio.

Ela ajeitou os cabelos, depois os escovou. Engoliu o comprimido, voltou para o quarto e ligou para Henrique.

— Venha para cá.

— Agora? Estou namorando.

— Largue seu namorado e venha. É urgente.

— Mas, Maria Lúcia...

— Eduardo saiu daqui atrás de Marinês. Estou uma pilha.

Henrique animou-se:

— Como é que é?

— Parece que ela está detida, sei lá.

— Amanhã apareço por aí.

— Henrique, não estou em meus melhores dias. Não discuta.

Henrique desligou o telefone, eufórico. Clóvis remexeu-se na cama.

— Algum problema?

— Maria Lúcia não está bem. Precisa de mim, coitada.

— Algo grave?

Henrique esboçou um sorriso sinistro. Tinha certeza de que Marinês fora pega. A noite anterior, que passara com Medeiros, rendera-lhe bons frutos. O velho era nojento, babava, mal mantinha a ereção. Henrique odiava aqueles encontros, mas fazer o quê? Tinha de fazer o sacrifício. O rapaz teve de representar, fazer esforço enorme e agradar aquele velho asqueroso. Mas implorara tanto para que ele desse um jeito em Marinês...

Medeiros cumprira o prometido. Quem sabe, àquela altura, Marinês não estaria sendo interrogada e, por que não, torturada? A esse pensamento, Henrique teve um espasmo de felicidade. Clóvis cutucou-o:

— O que foi? Que cara feliz é essa?

— Hã?

— Você disse que Maria Lúcia não está bem. Por que o sorriso?

Medo de amar • 171

Henrique voltou à realidade.

— Nada, amorzinho. Estava pensando aqui com meus botões: como Deus foi generoso em colocar você em meu caminho!

Eduardo saiu correndo do quarto. No *hall*, pegou o telefone e ligou para o pai.

— Preciso de um favor seu.

— A esta hora?

— Foi uma amiga que pediu, dizendo que você pode nos ajudar.

— Do que se trata, filho?

— Pai, antes de mais nada, responda-me outra pergunta.

— Mande.

— Você esconde alguma coisa de mim?

— Não, por quê?

— Sempre me contou tudo, nunca escondeu nada? Nem lá na empresa?

— Nunca. Por que tanta pergunta estranha a esta hora da noite?

— Você conhece o pessoal do Dops?

O outro lado da linha ficou mudo. Eduardo repetiu a pergunta.

— Conhece o pessoal do Dops?

— Mais ou menos, quer dizer... co... conheço — balbuciou Osvaldo.

— Não me interessa como se envolveu com esse pessoal, mas preciso de um favor especial, urgente, pelo amor de Deus.

Eduardo contou o que acontecera: o sumiço de Marinês, o desespero dos pais. Não omitiu o recado dado a Alzira pelos espíritos, que afirmaram que Osvaldo poderia ajudá-los no caso. O pai achou tudo fantasioso.

— Quem é essa mulher?

— Você não conhece. Eu também não. É vizinha e amiga de dona Iolanda.

— Ela é de confiança?

— Não sei, pai. Mas, se ela disse tudo isso...

Osvaldo nunca se envolvera com política, mas, para continuar expandindo seus laboratórios pelo país todo, fora obrigado a contribuir com grossa quantia em dinheiro para financiar e manter a Oban. Criada com o intuito de coordenar o trabalho de diversos grupos, subordinando oficiais de órgãos de informação do Exército e policiais militares, a Oban era comandada pelo delegado da polícia civil Sérgio Paranhos Fleury. Esse órgão contava com mecanismos próprios de financiamento, vindo sobretudo de doações, nem sempre espontâneas, de empresários, industriais e homens de negócios assustados com a crescente agitação da esquerda.

A operação Bandeirante foi responsável, por exemplo, pela captura e morte de Carlos Marighella, líder da Aliança Libertadora Nacional, considerado o precursor da guerrilha urbana no país. A Oban serviria de embrião para o surgimento do Doi-Codi e a reestruturação do Dops.

Osvaldo parecia viver um inferno. Tinha horror a tudo aquilo e, havia um bom tempo, não mais contribuía, mesmo porque o país vivia o auge da época do milagre econômico, e a luta armada, segundo ele, parecia estar chegando ao fim. Estava boquiaberto do outro lado da linha. Ninguém, nem mesmo outros diretores da companhia, sabiam dessa ligação.

Como uma mulher com quem jamais tivera contato na vida podia saber de sua conexão, mesmo que forçada, com os órgãos repressores? Tanto o pessoal desses órgãos quanto os empresários que os financiavam usavam apelidos. O de Osvaldo era Matos.

Osvaldo sentiu a boca secar, a saliva sumir. Não gostava de pedir favores àquela gente, queria distância, mas, diante da insistência e do desespero do filho, ligou pessoalmente a Sérgio Paranhos Fleury, o homem mais poderoso da polícia naqueles anos de chumbo.

Enquanto Osvaldo tentava a todo custo localizar o delegado Fleury, Marinês era interrogada por um grupo de investigadores. Um deles, truculento ao extremo, foi escolhido a dedo pelo delegado Medeiros.

— Pare de mentir! A identidade e a blusa foram encontradas no local. Você é integrante da quadrilha, não é?

Marinês estava nervosa. Sentia-se arfante, mas pediu o tempo todo por ajuda espiritual. Embora com medo, ela foi incisiva:

— Alguém plantou isso. Se eu fosse ligada a algum grupo, se eu fosse militante de verdade, jamais usaria documentos verdadeiros. O senhor pode verificar minha ficha, ver meus antecedentes. Sou limpa, nunca tive envolvimento com nada. Sou apenas uma estudante.

Os investigadores entreolhavam-se. Marinho, o truculento, olhava-a desconfiado; Peixoto, inspirado pelo plano espiritual, sentia que ela estava sendo sincera, pois ele mesmo havia estado no *aparelho* da Lapa, revirara o imóvel pelo avesso e não tinha encontrado nada. Coçou o queixo, pensativo.

— Vamos liberá-la. Alarme falso.

Marinho, envolvido por sombras que se alimentavam de seu instinto violento, deu estrondoso soco sobre a mesa.

— Está louco? Foi o próprio doutor Medeiros que solicitou este aperto. Deixe de ser maricas, Peixoto.

Antes de Peixoto dizer alguma coisa, Marinho ordenou a dois policiais, tomado por uma fúria incontrolável:

— Leve-a para a sala de choques.

Marinês sentiu o sangue gelar. Suas mãos começaram a suar. Intimamente orou e pediu proteção aos amigos invisíveis. Peixoto interveio:

— Por favor, isso não é necessário.

— Se você se meter de novo, juro que o mando para a mesma sala — respondeu Marinho, ensandecido.

— Você não seria capaz. Nem pode.

— Ah, não? Então me provoque.

Marinho falava com brilho horripilante no olhar. Peixoto gelou. Meneou a cabeça para os lados, impotente. Ele precisava ajudar aquela moça.

Ela não vai escapar do choque, mas pode escapar da morte, pensou.

O investigador saiu a toda brida pelos corredores. Procurou o delegado Medeiros, mas este havia ido embora. Peixoto não sabia o que fazer. Pensou, pensou e, num gesto desesperado, arriscou: *Só mesmo o doutor Fleury!*

Enquanto isso, os policiais, a mando de Marinho, cercaram Marinês, colocaram-lhe um capuz e cada um postou-se a seu lado. Levaram-na até a sala de choques. Era um cubículo de dois metros quadrados, sem janelas, escuro, abafado e úmido; o chão, completamente molhado. Num canto, uma cadeira e dois fios descascados ligados a pequeno aparelho de descarga de voltagem.

Os policiais fizeram-na sentar-se, tiraram seus sapatos e molharam seus pés. Amarraram suas mãos e pernas com panos também molhados. Um deles rasgou a parte de baixo de seu vestido e arrancou-lhe a calcinha. Marinês sentiu o suor escorrer pela testa. Ao encostarem os fios descascados e energizados em suas partes íntimas, Marinês deu um grito desesperado. Repetiram o ato mais duas vezes. Os gritos eram terríveis, demonstrando a dor pela qual ela estava passando. Seu corpo não aguentou tantas cargas e ela desfaleceu. O cheiro de carne queimada era nauseante.

Peixoto adentrou o recinto afoito e ordenou:

Medo de amar • 175

— Parem já com isso!

Os policiais permaneceram imóveis, assustados. Marinho retrucou, irado:

— Como parar? Mal começamos.

— O doutor Fleury ordenou que parassem com o interrogatório. Se descobrir que começaram a torturá-la, nem sei o que ele é capaz de fazer.

— Conversa fiada!

— Está vindo para cá — tornou Peixoto.

— Ele está vindo para cá?

— Sim. Eu lhe disse que essa moça não era culpada de nada.

— Que sorte a dela! Tem costas quentes.

— Desamarrem-na e me ajudem a levá-la até a sala de curativos.

O investigador Peixoto virou-se em direção à porta e saiu, aliviado. *Ainda bem que está viva!*, suspirou.

Marinho, revoltado pela suspensão da tortura, perdeu o juízo. Empurrou violentamente os dois policiais e avançou sobre Marinês, desferindo-lhe violentos chutes no baixo--ventre. Bateu com tamanha força, que assustou os policiais. Um deles correu até Peixoto.

— Ele perdeu a cabeça. Vai matar a moça. Faça alguma coisa, seu Peixoto!

O investigador correu em disparada. Pulou sobre Marinho e ambos rolaram pelo chão.

— Desgraçado! Assassino! Vou contar tudo ao doutor Fleury. Espero que você vá para o pau de arara.

Marinho não respondeu, desvencilhou-se de Peixoto e saiu cambaleante.

Os amigos espirituais acompanhavam tudo. Para amenizar a dor física, assim que Marinês desmaiou na sala de choques, eles deslocaram seu corpo astral, processo semelhante ao ocorrido nos casos de anestesia geral.

176 • Marcelo Cezar romance pelo espírito Marco Aurélio

Uma grande quantidade de sangue começou a correr por entre suas pernas. Peixoto desesperou-se:

— Ajudem-me a levá-la até o Hospital das Clínicas. O tempo urge. Se demorarmos, ela não vai resistir.

Capítulo dezessete

    Henrique estava esparramado numa poltrona colada à cama de Maria Lúcia. Segurava um copo de uísque.

— Então Eduardo saiu atrás da cunhadinha? Não me diga!

— Achei que você estava delirando, mas pude perceber como Eduardo é ligado nela.

— Eu a alertei. Marinês se faz de sonsa, mas fisgou seu marido por debaixo dos panos.

— Isso é muito baixo.

— Eu falei. Ela, de santa, não tem nada.

— Você aprontou alguma, não?

— Fiz o que meu pobre coração mandou — disse ele, rindo.

— Como conseguiu meter Marinês em tamanha enrascada?

— Contatos, minha querida, contatos.

— Henrique, você é fogo! Vou morrer sua amiga.

— Não se preocupe. Você vai ser sempre minha protegida. Nunca vou lhe sacanear.

— Assim espero!

— Bom, já dei o susto em sua irmã. No final acabou tudo bem. Ela deve estar em casa, tristinha, mas está viva e se borrando toda. Era o que eu queria.

— Mas Eduardo pode se condoer. E se isso os aproximar?

— Qual o problema?

— Não sei...

— Maria Lúcia, preste atenção: você já conseguiu o que queria. Ganhou sobrenome de família rica. Está prestes a dar à luz, e com isso vai garantir herança e outros direitos. Com um filho a tiracolo, vai se separar com dinheiro suficiente para torrar pelo resto da vida.

— É o que mais quero.

— Se você amasse Eduardo, vá lá. Mas não acha um alívio?

— Alívio?

— Você sente repulsa por ele. Vai ficar livre de vê-lo, de se deitar com ele.

— Isso é verdade.

— E vai ser desquitada, livre e rica. Quer mais?

Maria Lúcia sorriu.

— É verdade. Nunca pensei por esse ângulo.

— E esse barrigão?

Ela passava delicadamente as mãos sobre o ventre dilatado.

— Sei que vou ficar flácida e nunca mais terei o corpo de agora. Mas não posso negar que estou muito feliz com essa gravidez.

— Para cima de mim, Maria Lúcia? Estamos sozinhos no quarto, não precisa fingir.

— Mas é verdade! Ultimamente tenho me sentido estranha. Sem perceber, estou fazendo carinho na barriga, conversando com o bebê. É como se eu já o conhecesse.

Medo de amar • 179

— Delírio de grávida.

— Pode ser, mas, conforme vai se aproximando a hora do parto, me sinto mais envolvida por esse ser.

Henrique não tinha paciência para aquele tipo de conversa. Mudou de assunto:

— Se for uma menina...

Maria Lúcia cortou-o secamente.

— Menina, nunca! Vai ser um menino. Lindo como o pai.

— Realmente, Eduardo é um belo homem.

Ela deu uma gargalhada.

— Depois do que aprontou para Marinês, devo lhe ser grata. E vou lhe confidenciar um segredo.

Os olhos de Henrique brilharam.

— Segredo? Adoro segredos.

— Segredo de Estado.

— Conte logo, senão eu morro de curiosidade.

— O filho que carrego aqui no ventre não é de Eduardo.

Henrique abriu e fechou a boca sem articular palavra.

— Não posso crer! Não está grávida de Eduardo?

— Não.

— E de quem... Espere aí... Não vai me dizer que...

— Isso mesmo. Seu raciocínio continua perfeito.

— Gaspar!

— A resposta está certa. O próprio.

— Maria Lúcia, você é pior do que eu. Muito mais vil.

Ambos riram a valer.

— Esse será meu trunfo.

— O que pretende fazer?

— Quando meu filho completar um ano de vida, vou contar a verdade a Eduardo.

— Você é muito forte. Haja sacrifício! Mais um ano casada com esse chato!

— O que posso fazer? Preciso ter paciência para dar novo rumo à minha vida.

180 • Marcelo Cezar romance pelo espírito Marco Aurélio

— Gaspar vai ficar sabendo?

— No momento certo. Ele não quis ser meu amante, então não o será de nenhuma outra mulher. Enquanto eu viver, ele vai ficar só.

— Acho meio difícil aquele monumento ficar solteiro.

— Faço escândalo na porta da igreja, com meu filho, aliás, nosso filho, nos braços.

— Você é diabólica, maravilhosa, um exemplo a ser seguido por aqueles que querem se dar bem na vida.

Maria Lúcia acariciou a barriga.

— Este menino vai nascer em berço de ouro. Vai ter sobrenome de peso. Garanti o futuro dele. E, pensando bem, gostei do que você me disse.

— Sobre?

— Deixar que Eduardo se aproxime de Marinês. Melhor para mim. Imagine que ele não queira me dar o desquite. É uma possibilidade, remota, mas concreta. Vou torcer para ele se apaixonar por ela.

— Pelo que sei, ela ia sofrer um pouquinho, talvez levar uns choques. Se Eduardo gostar de torresminho, vai se esbaldar com sua irmã.

Eles gargalhavam sem parar. Tripudiavam sobre a dor de Marinês, sobre os sentimentos de Eduardo, não havia limites para os dois. Maria Lúcia e Henrique não respeitavam ninguém, tinham total desprezo às pessoas.

Henrique sentou-se na beirada da cama.

— E se Eduardo não der a separação?

— Ele vai dar, de qualquer jeito.

— Ele não vai permitir que você leve o filho. Eduardo sonha com o nascimento do bastardinho.

— Ele vai concordar. Se quiser se casar com a Torresminho, vai ter de abrir mão do filho.

— Pelo jeito, você já tem todo o plano arquitetado.

Medo de amar • 181

— Está tudo certo — ela falava e acariciava a barriga. — Tenho certeza de que este filho me trará muita sorte, felicidade. Serei uma excelente mãe, você vai ver.

— Tenho certeza disso.

— E não o chame de bastardo.

— Estou brincando.

— Ninguém pode saber. Bico calado.

— Gasparzinho...

Maria Lúcia pegou um travesseiro e jogou-o contra Henrique.

— Você não presta! Adora colocar apelidos.

— Mas a brincadeira é boa, não é? Quem diria que naquela noite você fosse capaz de engravidar de Gaspar.

— Leis do destino.

— Você é poderosa!

Continuaram entabulando conversação, até que em determinado momento Maria Lúcia, ajeitando os travesseiros atrás das costas, indagou curiosa:

— Como vai a amizade com Clóvis? Tem algo mais para me ensinar?

— Ainda terei muita coisa — disse ele rindo e "quebrando" os pulsos. — Ele já está comendo em minha mão. Tão sensível! Tão bobo! Vou arrancar o que puder: todo o conhecimento, dicas, livros, boas maneiras, tudo, tudo.

— Depois eu é que sou terrível. Não tem crise de consciência?

— Você me perguntando isso? Está louca, Maria Lúcia? Eu lá vou ter crise? De maneira alguma! Quero que ele se dane! As pessoas estão no mundo para serem usadas, sugadas. Depois que conseguimos o que queremos, jogamos fora. As pessoas não valem nada. E Clóvis merece ser feito de idiota, porque ele é um idiota. Uma bicha tola, deslumbrada. Acha que pode encontrar um homem e se apaixonar. Acredita nessas besteiras de "até que a morte os separe", sabe?

— É presa fácil. E o enrustido?

— Qual deles?

— Aquele grandão, casado com Matilde Mendes Azevedo.

— Túlio? Menina, que chiclete! Graças aos céus, o bruta-montes debiloide foi viajar. Que Deus o mantenha longe...

— Não sente saudade? Você dizia que ele era tão quente!

— Mas há outros tão quentes quanto ele. Preciso parar de me envolver com esses casados problemáticos, cheios de culpa. São muito chatos.

— Túlio era assim? Tão fortão...

— O tamanho engana muito. Túlio é problemático. Entrou numa crise brava: não sabia se continuava enrustido e casado, ou se assumia sua homossexualidade. Você acha que vou ter saco para aguentar esses caras indecisos, inseguros? Já me esbaldei o suficiente com ele. Usei e descartei, agora não preciso mais dele. O que não falta no mundo é homem.

— Isso é verdade. Mas não sente nem um pingo de saudade? Nada?

— Nada, menina, absolutamente nada.

Continuaram a conversa, até que Eduardo apareceu na soleira da porta, semblante transtornado.

— Sua irmã foi encaminhada para o Hospital das Clínicas. O estado dela é grave.

Maria Lúcia fingiu-se preocupada:

— E o que podemos fazer?

— Vou para lá agora. Seu Floriano e dona Iolanda já estão no hospital. Ligaram agora há pouco. Quer me acompanhar?

— Não. Estou grávida, e hospital não é local apropriado para mim. Vou ficar aqui com Henrique rezando por ela, torcendo para que fique boa logo.

Eduardo balançou a cabeça para os lados, exalou suspiro dolorido e saiu. Maria Lúcia levantou-se com dificuldade, andou na ponta dos pés e trancou a porta. Baixou o tom de voz:

— Será que maltrataram tanto a coitadinha?

Henrique sentiu um brando calor invadir-lhe o peito. Uma sensação sinistra, macabra.

— As pessoas sempre gostam de exagerar. Não acredite nessa história de "estado grave". Ela só levou uns choquinhos, tenho certeza.

— Como sabe?

— O delegado Medeiros me garantiu que ia solicitar uma interrogação e depois um choquinho, mais nada.

Ela bateu palmas e riu alto. Henrique indagou, falsamente:

— Não está chateada?

— Eu?! Está maluco? Claro que não! Por mim, Marinês podia bem era morrer. Não faria falta.

Henrique jogou-se na cama, sorrindo feliz.

— Vinguei-me de sua irmã. Agora posso dormir em paz. Não ia sossegar enquanto não lhe desse o troco.

— Então compreende como é sacrificante para mim manter a boca fechada sobre a paternidade deste bebê?

— Não sei se eu aguentaria. E seu marido, menina? Viu só a cara de preocupação?

— O imbecil está mesmo caidinho por Marinês.

— Maria Lúcia, acho que você vai se livrar de Eduardo mais rápido do que imagina.

— Viu como a vida está a nosso favor? Por isso não acredito em Deus, ou bobagens como reencarnação e vida após a morte. Coisa de gente com cabecinha fraca.

— Nem eu!

Os dois caíram na risada. Gargalhavam sem parar.

No hospital, Floriano e Iolanda estavam apreensivos. Eduardo já havia chegado e tinha ido conversar com um dos médicos que recebeu Marinês. Ao chegar à sala de espera, seu semblante não era dos mais agradáveis. Iolanda levantou-se visivelmente perturbada.

— O que foi? Ela ainda corre risco de morte?

Eduardo procurou acalmá-la:

— Fique sossegada. Está tudo bem. Logo o médico virá conversar conosco. Está amanhecendo, a senhora não quer se deitar e tirar um cochilo? Eu providencio uma poltrona, qualquer coisa.

— Não. Preciso ficar acordada. Enquanto não receber notícias, não vou sossegar.

Gaspar chegou em seguida. Ele e Eduardo nunca haviam se encontrado antes. Quando Floriano fez as apresentações, ambos se olharam de cima a baixo. Gaspar respirou fundo e apertou a mão de Eduardo.

— Prazer.

— O prazer é meu. Ouvi falar de você. Namorou Maria Lúcia por bastante tempo.

— É verdade. Brigamos muito mais do que namoramos. Terminamos umas duas vezes, mas ela voltava atrás. Acho que ficávamos juntos por carência, imaturidade, sei lá. Mas uma coisa lhe digo: não era amor.

— Não sente mais nada por ela?

Gaspar recordou-se da noite fatídica em que Maria Lúcia lhe propusera serem amantes. Ele afastou aquela cena funesta de sua mente. Procurou responder com tranquilidade:

— Gostei, mas agora não mais. Descobri com o tempo que na verdade nunca a amei e...

Ele disfarçou, pigarreou. Ia falar coisas desagradáveis sobre Maria Lúcia, mas estava em frente ao marido dela. Não seria elegante de sua parte fazer esse tipo de comentário.

— E... — Eduardo estava interessado e queria ouvir mais. Afinal, Gaspar namorara Maria Lúcia por três anos. Será que Gaspar percebera quão insensível era aquela mulher?

— Não tenho mais nada a ver com Maria Lúcia. Você é o marido dela. Não quero fazer comentários.

— Que comentários?

— Desculpe, eu não vou...

— Por favor, conte. Preciso ouvir.

Eduardo puxou Gaspar para um canto, longe de Floriano e Iolanda. Baixou a voz:

— Você foi namorado dela, sabe de seu temperamento. Estou ficando maluco, nosso casamento vai de mal a pior.

— Maria Lúcia é bem estouvada.

— Bote estouvada nisso! Temperamental ao extremo.

— Bem, ela não sabe amar. Talvez aprenda com os anos.

— Acho difícil.

— Quem sabe agora, que vai ser mãe, aprenda.

— Ela está levando a gravidez praticamente arrastada — disse Eduardo, voz triste. — Reclama o tempo todo: uma hora são as dores nas costas, outra hora as dores nas pernas, depois briga com o espelho por conta do corpo inchado e deformado, enjoa vinte e quatro horas por dia. Nunca vi igual.

— Pelo que sei, a gravidez afeta bastante o estado emocional da gestante. Afinal de contas, Maria Lúcia carrega um ser na barriga, com desejos e vontades.

— Um feto pode ter vontade? Essa é boa! — riu Eduardo.

— Estudei bastante sobre a vida espiritual. Acha mesmo que há somente um corpinho frágil e indefeso sendo gerado? Não acredito que seja só isso. Um espírito bastante experiente, com muitas passagens pela Terra, habita aquele corpinho.

— De onde vem esse conhecimento?

— De dona Alzira, a mesma que ligou para sua casa e pediu para que seu pai intercedesse a favor de Marinês.

Eduardo abriu e fechou a boca. Estava cada vez mais interessado em conhecer aquela senhora. Ele iria lançar nova pergunta, quando o médico se aproximou.

— O senhor é marido dela?

Eduardo sentiu um calor percorrer-lhe todo o corpo. Queria gritar que sim, que amava Marinês, que ela era a mulher de sua vida, que faria tudo que estivesse a seu alcance para que ela ficasse bem. Mas, diante da realidade e da situação, procurou conter-se.

— Ela não é casada.

— O senhor é parente?

— Sou cunhado dela.

— Preciso conversar com os pais ou irmãos.

— O que aconteceu, doutor? — indagou Floriano, visivelmente perturbado. — Sou pai dela.

— Lamento, mas preciso de autorização para uma cirurgia em caráter de urgência.

— Cirurgia de quê?

— Ela sofreu traumatismo seguido de forte hemorragia na região do baixo-ventre. Teremos de, imediatamente, retirar útero, trompas...

Iolanda gritou em desespero:

— Isso não! Minha filha não pode ficar estéril. Ela tem o direito de ser feliz, de ser mãe.

Floriano abraçou-a. Em lágrimas, disse com voz amável:

— Isso não é nada, meu amor. Pelo que passou, ela poderia ter sequelas muito piores. Se Marinês quiser ser mãe, poderá adotar uma criança. Não é o fim do mundo.

Iolanda afastou-se do marido. Chorava copiosamente.

— Você não sabe o que é isso para uma mulher. É uma mutilação. Não poder gerar um filho é o fracasso de uma mulher. Você não entende, não entende...

Ela se deixou cair numa cadeira e cobriu o rosto com as mãos, num pranto comovido. Gaspar abraçou-se a ela.

— Calma, dona Iolanda. Vai dar tudo certo.

Floriano olhou para Eduardo, suplicando ajuda. Este perguntou ao médico:

— É a única maneira?

— Sim. Ela perdeu muito sangue, os órgãos estão muito machucados, as trompas praticamente dilaceradas. Teremos depois de fazer uma cirurgia plástica reparadora na região

Medo de amar • 187

genital, por conta das queimaduras no local. Mas não podemos demorar, preciso da autorização dos pais agora para operá-la o mais rápido possível.

— Se não há jeito, doutor, vamos aos papéis. Assinamos.

Floriano assinou os papéis. Iolanda hesitou por instantes, mas o bom senso a fez assiná-los também. Eduardo sentou-se a seu lado.

— Não fique assim, dona Iolanda. Logo Marinês vai se recuperar e tudo voltará a ser como antes.

— Não me diga isso. Nada será como antes. Ela nunca poderá ser mãe. Que homem vai querer se casar com ela? Minha filha nunca vai poder arrumar um bom partido.

— Engano seu. Muitos homens querem se casar e ter filhos. Mas muitos homens também querem se casar sem o intuito de constituir família. Há todo tipo de propostas hoje em dia.

— Será que existem tais homens?

Eduardo queria dizer que havia um pretendente bem na frente dela, mas resignou-se.

— Dona Iolanda, muitos querem apenas compartilhar, viver juntos; ter filhos acaba não sendo uma prioridade. Não conhece casais que por opção não tiveram filhos?

Ela assentiu com a cabeça.

— Marinês também pode se casar com um homem desquitado, viúvo, que já seja pai, que tenha filhos. Ou, como disse seu marido, poderá adotar uma criança. Tudo é possível na vida.

— Será? Temo por Marinês. Ela tem um jeito tão meigo com as crianças! É tão sensível, tão amorosa! Como Deus pôde ser tão injusto? Minha filha não merecia isso. Não acredito em mais nada.

Gaspar interveio:

— A senhora está nervosa, dona Iolanda. É natural. Mas, graças ao auxílio de dona Alzira, salvamos Marinês. Se ela não tivesse recebido ajuda espiritual, poderia estar... a senhora sabe.

188 • Marcelo Cezar romance pelo espírito Marco Aurélio

— Eu sei. Jamais vou esquecer o que Alzira fez por nós. Ela, doutor Osvaldo, Eduardo e você — disse, passando a mão pelo queixo de Gaspar.

— Então não pense em mais nada a não ser no bem-estar de sua filha.

— Vou fazer isso. Mas por que Marinês? Por quê?

Gaspar não sabia o que responder. Pousou seu braço nos ombros de Iolanda e ele também, intimamente, perguntava o porquê de Marinês ter experimentado tamanha brutalidade.

Capítulo dezoito

Osvaldo sentiu peso na consciência. Embora não tivesse envolvimento direto com os órgãos repressores do governo, sentia-se um pouco culpado pelo que acontecera a Marinês.

Apesar de pressionado e sem alternativa, ajudei esse bando, dei comida a esses monstros. Eles cresceram e veja o que fizeram com a pobre moça. Imagino quantos outros inocentes não estão sendo torturados e mortos, disse a si mesmo, em tom de profunda angústia.

Resolveu prestar solidariedade à família e ir pessoalmente visitar Marinês no hospital. Com o passar dos dias, foi simpatizando com a garota. Marinês, embora houvesse passado por situação tão traumática, mostrava ânimo, disposição para se recuperar, superar o episódio. Ninguém tocava no assunto da esterilidade.

Após visitá-la algumas vezes, Osvaldo procurou o filho no escritório para uma conversa.

— O que sabe de Marinês?

Eduardo estremeceu. Será que o pai percebera algo? Procurou disfarçar.

— Como assim? Saber o quê?

— O que faz da vida, se namora, coisas do tipo.

— Ela estuda Arquitetura na USP. Está no primeiro ano, se não me engano.

— Trabalha?

— Trabalhava num banco no centro da cidade. Quando entrou para a universidade, pediu demissão. Dedica-se somente aos estudos. Mas é aplicada, fala dois idiomas.

— Parece culta, inteligente.

— Por que tanta pergunta, papai? Está interessado nela?

Osvaldo balançou a cabeça para os lados.

— O que é isso, Eduardo? Perdeu o juízo?

— Fazendo tantas perguntas... Aonde quer chegar?

— Sinto-me culpado, em parte, pelo que aconteceu a ela.

— Você não tem nada a ver com aquele pessoal. Foi coagido anos atrás, obrigado a prestar ajuda e pronto. Assunto encerrado.

— Gostaria de fazer algo para compensá-la. Sinto-me mal com tudo isso.

Eduardo aproximou-se do pai e passou o braço pelo seu ombro.

— Tire isso da cabeça. O pior já passou. Marinês está se recuperando muito bem. Logo voltará a estudar e retomará a vida.

— Sabe, filho, gosto muito de Marinês.

Eduardo abriu um sorriso. Osvaldo perguntou:

— Você a tem visitado?

— Fui à casa dela só uma vez. Maria Lúcia não dá sossego; cada vez mais enjoada, não para de ter ânsia.

Medo de amar • 191

Osvaldo deu uns tapinhas nas costas do filho.

— Logo, logo, vou ser avô. Não é uma beleza?

— É, sim.

O telefone tocou e a recepcionista informou a chegada de Adelaide e Sônia. Osvaldo pousou o fone no gancho.

— Teremos companhia para almoçar. Sua mãe e sua irmã estão subindo.

Pouco depois, as duas entraram com pacotes. Após os cumprimentos, ambas deixaram-se cair no sofá, exaustas.

— Fazer compras na rua Augusta cansa muito. Descer é bom, mas subir... — reclamou Adelaide.

— Compramos roupinhas para o bebê.

— É mesmo? — Eduardo procurou animar-se.

— Sim.

— Por que não chamaram Maria Lúcia?

Sônia respondeu com ar desolado, triste:

— E por que a chamaria? Sua mulher não é mais minha amiga. Eu bem que desconfiei da súbita simpatia que Maria Lúcia passou a sentir por mim. Ela não me suportava na escola. Achei estranho quando ela voltou assim, sem mais nem menos, mas sempre acreditei na bondade das pessoas, na capacidade que elas têm de poder e querer mudar para melhor. Nunca imaginei que ela fosse tão... tão... — Ela se calou.

Eduardo encorajou-a:

— Diga, pode falar.

— Não tenho nada a ver com a vida de vocês. Às vezes me culpo por tê-lo apresentado a ela.

— Nada disso! Sou adulto, sei me defender. Se me casei com ela, foi porque eu quis.

Adelaide levantou-se impaciente.

— Se não fosse a gravidez, você não teria se casado.

— Sou íntegro, mãe. Tenho princípios.

Sônia ajuntou:

— Todos nós sabemos que Maria Lúcia não o ama. Isso ninguém pode negar.

— Eu sei. Também percebi tarde demais que não a amava.

— Tarde demais, não! Lembra-se quinze dias antes da cerimônia? Lembra-se de nossa conversa?

— Fiquei aturdido, mãe. A gravidez inesperada de Maria Lúcia mexeu comigo.

— Então por que não se separam? Hoje é tão natural! Você ainda é jovem, tem muito pela frente. Pode conhecer uma jovem por quem se apaixone de verdade, e assim poderá ser feliz. Não sabe quanto meu coração sofre por vê-lo assim, distante, sem brilho nos olhos.

— Sou um homem de brio, de princípios. Tenho responsabilidades. E meu filho que vai nascer? Ele não tem culpa de nada. Eu não poderia deixar Maria Lúcia na mão. O mundo pode estar mudando muito rápido, os conceitos, tudo o mais. Mas uma mulher grávida e solteira sempre será vista com olhos recriminadores pela sociedade. E ela não ficou grávida sozinha.

— Filho, nós podemos ajudar na criação dessa criança. Ninguém aqui está pedindo para abandoná-la, mas para se separar dessa mulher que não o ama e que você também não quer.

Osvaldo interveio:

— Jamais deixaríamos faltar alguma coisa tanto para Maria Lúcia quanto para seu filho. Somos pessoas decentes, de bem. Nunca deixaríamos de amar essa criança. Se fosse somente uma crise passageira, normal entre os casais, tudo bem. Mas entre vocês não há amor. E, sem amor, não há relação que perdure.

— Eu sempre disse que tínhamos de tomar cuidado com Maria Lúcia — redarguiu Adelaide.

Eduardo acercou-se da mãe.

— Tenho de reconhecer que sua intuição não falhou. Fiquei confuso a princípio, achando que era implicância de sua parte, já que você sempre me quis a seu lado.

Medo de amar • 193

— Sempre fui apegada a você, mas jamais o privaria de conhecer uma boa moça, casar e ser feliz, como eu e seu pai somos até hoje.

Eduardo emocionou-se. Beijou a testa da mãe.

— Obrigado por me alertar.

Osvaldo ajuntou:

— Águas passadas. Não vamos mais tocar no assunto, por ora. Logo nosso neto vai nascer, e aí será uma nova fase. Quem sabe Maria Lúcia não vai se tornar uma mãe exemplar? Quem sabe vocês dois não vão se entrosar de novo?

— Duvido — retrucou Adelaide. — Maria Lúcia sempre foi assim; nunca soube dissimular. — Virou-se para o filho: — Se você ao menos tivesse se apaixonado pela irmã dela...

— O que foi que disse, mãe?

— Marinês é a moça certa para você.

— De onde tirou uma ideia dessas?

— O que estou lhe falando não é nenhuma novidade. Já comentei sobre isso antes. Desde aquele jantar de noivado, fiquei com uma impressão tão positiva dessa moça! Não sei explicar, mas gostei de Marinês logo de cara. Uma moça tão diferente da irmã!

Osvaldo interveio:

— Estava conversando com Eduardo antes de chegarem. Durante as visitas no hospital, simpatizei muito com ela.

— Por que não vamos todos visitá-la depois do almoço? — sugeriu Eduardo.

— Excelente ideia! — considerou Sônia, animada.

— Concordo — disse Adelaide. — Quero me aproximar mais de Iolanda. Afinal de contas, logo seremos avós, e teremos de compartilhar o carinho e a atenção de nosso neto... ou neta.

Mãe e filha levantaram-se. Adelaide passou delicadamente seu braço no de Osvaldo e Sônia fez o mesmo com Eduardo.

Iolanda tratava Marinês com tamanho esmero, que Floriano às vezes tentava persuadi-la a descansar, visto que ela não parava um minuto.

— Podemos nos revezar, Iolanda.

— Quero cuidar direitinho dela. Os médicos disseram que a partir da semana que vem ela poderá dar longas caminhadas, voltar à vida normal. Graças a Deus, os amigos da faculdade estão ajudando. Trazem as solicitações dos professores, os trabalhos a fazer.

— O atestado médico abonou as faltas. Em breve, nossa filhinha voltará à universidade.

— Tenho fé, Floriano.

— Assim espero.

A campainha tocou e Floriano foi atender. Era Alzira, que acabara de assar um bolo de chocolate, o preferido de Marinês, e trouxe-lhe um pedaço.

— É o bolo que ela mais aprecia. Não podia deixar de trazer.

— Alzira, você é tão amável! Tem tantas atividades... Trabalha no centro espírita, administra aquela creche e ainda arruma tempo para assar um bolo para Marinês? Só você mesmo, minha amiga!

Iolanda foi em sua direção e deu-lhe caloroso abraço.

— Marinês é como uma filha para mim.

Iolanda baixou os olhos, pesarosa.

— Sabe que Maria Lúcia não ligou uma única vez?

— É que ela está para dar à luz — defendeu Floriano.

— Veja, Alzira, nem numa hora como esta Floriano dá o braço a torcer. Maria Lúcia poderia pelo menos dar uma ligadinha, perguntar sobre o estado de saúde da irmã. Mas nada! Tudo bem que esteja grávida, mas custava fazer uma ligação?

Medo de amar • 195

Iria atrapalhar a gravidez? Não a vemos desde o casamento. Acha isso certo?

Alzira não respondeu. Sabia da dificuldade de relacionamento entre elas. Entregou o prato com o bolo para Iolanda e perguntou, amável:

— Gostaria de falar com Marinês. Posso?

— Vá ver a pobrezinha. Está repousando.

— Sua filha não é um bebê indefeso. Você a está mimando. Ela precisa reagir e continuar a viver. Você dificulta.

— Mas é difícil — defendeu-se Iolanda. — É duro, depois de tudo que ela passou. Coitada!

— A vida é rica em experiências. Cada um atrai o que precisa, seja agradável ou não. Marinês sempre foi uma menina cheia de si, dona de suas vontades. E como ela andava nos últimos tempos? Fechada, apática, sem vontade de nada. Parecia que havia perdido a sede de viver.

— Isso é verdade. Ela quase trancou a matrícula na universidade — retrucou Floriano.

— Ela sempre sonhou em estudar Arquitetura na USP. Deu duro, trabalhou para pagar o cursinho. Por que de uma hora para outra iria trancar a matrícula?

Iolanda e Floriano não responderam. Alzira continuou:

— Ela mudou radicalmente a maneira de ser. Fechou-se, como se não quisesse mais sentir, como se não quisesse mais viver. Ela é um espírito evoluído, inteligente, não precisava regredir. Não se esqueça, Iolanda, quanto mais sabemos, mais a vida nos cobra.

Iolanda deixou que uma lágrima escorresse pelo canto do olho.

— É duro admitir, mas minha consciência diz que você está com a razão. Vá conversar com ela. Suba até o quarto, por favor.

Alzira subiu as escadas e bateu levemente na porta.

— Posso entrar?

— Por favor, dona Alzira.

A simpática senhora aproximou-se e sentou-se ao pé da cama.

— Podemos conversar?

— Sim — respondeu Marinês, com voz mecânica.

— Como se sente?

— Depois de tudo que aconteceu, como a senhora quer que eu me sinta? Um lixo.

— De nada vai adiantar a revolta.

Marinês remexeu-se nervosamente na cama.

— Eu me animo, começo a melhorar, e então me lembro de tudo.

— Você sempre participou de sessões no centro, sempre se interessou pela espiritualidade. Não acha que está negando tudo aquilo que aprendeu?

— Impediram-me de ser mãe. Sinto-me castrada, humilhada, a pior das mulheres.

— Se vai se lamentar, não tenho muito a fazer aqui. Mas, antes de ir, gostaria de fazer-lhe uma pergunta.

Marinês assentiu com a cabeça.

— Por que você se fechou tanto nos últimos tempos? O que houve?

— Não houve nada.

— Como não, minha filha? Sempre foi uma garota de bem com a vida, alegre, bem-humorada, falante, não parava quieta. Lutou para conseguir vaga numa das universidades mais prestigiadas e concorridas do país. Conseguiu o que queria e, de repente, sem mais nem menos, passou a andar comedida, calculando seus passos, gestos, atitudes. Por que se reprimiu tanto?

Marinês estava em seu limite. Havia tentado ocultar o sentimento que nutria por Eduardo, mas em vão. A breve sessão de tortura que a marcaria, física e emocionalmente, nesta existência arrasou-a por completo. Com lágrimas embaçando-lhe a visão, sussurrou num fio de voz:

Medo de amar • 197

— Não sei. Estou em conflito comigo mesma.

Alzira chegou mais perto e afagou-lhe os cabelos sedosos.

— Quer falar a respeito?

— Sinto-me bem em conversar com a senhora. Meus pais jamais entenderiam o que se passa comigo.

— Você está julgando. Como pode achar que eles não poderiam ouvi-la e apoiá-la?

— Bem, é constrangedor...

— Nossa vida é guiada pelo teor de nossos pensamentos. Tudo que acontece na vida da gente, seja bom ou ruim, é resultado de padrões mentais que moldam nossas experiências. Os padrões de pensamento positivos nos dão alegria, prazer, nos causam bem-estar. Por outro lado, os padrões negativos de pensamento nos causam desconforto, tristeza, amargura...

— E...? — indagou Marinês, apreensiva.

— E eu lhe pergunto: qual desses padrões você gostaria de eliminar?

— Obviamente, os negativos.

— Pois bem. Nossos pensamentos são fruto do que somos hoje. A vida é cheia de inteligência, por isso muito sábia, e, sempre que pode, nos dá toques, sinais, sempre no intuito de nos ajudar a melhorar, a crescer.

— E esses sinais podem ser algo ruim, desagradável, como o incidente que me vitimou?

— Sim. Mas não acredito em vítimas, e você tampouco acredita nisso. Sempre foi consciente de sua responsabilidade perante a vida. Você sempre soube, Marinês, que somos responsáveis por tudo que nos acontece. Portanto, sabendo disso, não há como pensar em ter sido uma vítima do destino.

— Eu sei, mas, por mais que tente, não consigo imaginar como possa ter atraído uma situação tão degradante em minha vida. Pensa que não parei para pensar como atraí isso? Sabe a conclusão à qual cheguei, dona Alzira?

— Não.

— Que isso deve ser por resgate de outras vidas.

Alzira esboçou leve sorriso. Marinês fechou o cenho.

— Por que a senhora está sorrindo? Se não consigo encontrar a causa agora, ela só pode estar em outra vida.

— Não vamos confundir as coisas. É por essa razão que muitos se interessam e começam a estudar o mundo espiritual. Aí se confundem com conceitos infundados sobre carma, resgates, débitos. Na verdade, se acreditarmos que tudo que nos acontece de ruim é resgate de outras vidas, então por que estamos aqui? Para apanhar, nada mais? Para viver sempre em sofrimento? Não acha isso simplório, pequeno demais diante da grandiosidade da vida?

— Não sei...

— A vida, tão inteligente e dotada de infinitos recursos, não estaria nos fazendo de marionetes, brincando com nossos sentimentos e se comprazendo de nossa dor?

— A senhora é espiritualista. Como não acreditar nisso?

— Somos espíritos com intensa experiência de vida. Encarnamos e desencarnamos várias vezes, a fim de amadurecer e crescer. Tudo que nos acontece é reflexo do que pensamos. Mas cada caso é único. Vamos nos concentrar no seu, em particular.

— A senhora consegue perceber mais do que eu. Ajude-me a entender o que está acontecendo comigo.

A simpática senhora pegou nas mãos de Marinês com delicadeza.

— Pare e analise seus pensamentos.

— Certo.

— Se eles moldam sua vida, em que está pensando neste exato momento? Precisa parar e prestar atenção no que sente e, consequentemente, no que diz. Se quer ser dona de sua vida, precisa selecionar, filtrar as palavras e pensamentos. Você é quem manda na mente, e não o contrário. Assuma o poder que a vida lhe deu. Ter consciência de que temos poder para mudar nossos pensamentos e, por conseguinte, nossas

Medo de amar • 199

crenças e atitudes é simplesmente divino, mágico. Você pode guiar sua vida para onde quiser. Isso se chama evolução.

— Tenho me retraído, sim. Eu me apaixonei...

Marinês baixou os olhos, constrangida. Alzira afagou-lhe novamente os cabelos.

— E por que se sente culpada? Por amar seu cunhado?

Marinês arregalou os olhos de tal maneira que eles pareciam querer saltar das órbitas.

— Como... Como soube?!

— Segredo de amigas. Fique tranquila. Pura percepção. Não se esqueça de que sou uma estudiosa do comportamento humano, uma observadora nata da vida. Você e Eduardo conseguem fingir para os outros, mas não para mim.

— Como assim? Acha que ele...

— Ele sente o mesmo. Infelizmente está ligado a Maria Lúcia, e nem mesmo espíritos amigos podem ajudá-lo por ora. As energias que ela e Henrique emanam atrapalham a harmonização daquele lar. Fica difícil prestar auxílio a Eduardo. Mas não deixa de ser um treino para ele procurar usar também o poder que tem. Ele precisa ser mais firme, agir de acordo com o que sente.

— Contudo, ele se casou com minha irmã, vai ser pai. Como pode estar apaixonado por mim?

— Isso não interessa. Cada um atrai aquilo de que precisa. Nada como a experiência!

— Por que vivi uma situação tão traumática?

— O fato de amar Eduardo a fez se sentir suja e pecadora?

Marinês balançou a cabeça afirmativamente.

— Então agora posso lhe explicar pelo menos o porquê de ter lesado seus órgãos genitais internos.

— Por favor, preciso de uma ajuda. Quero alargar minha consciência e vou mudar. Eu preciso e quero mudar!

Alzira bateu delicadamente em suas mãos.

— Você sempre foi uma boa filha, boa amiga, boa irmã.

— Sim, sempre me esforcei.

— Sempre se esforçou, mas nunca foi natural. Marinês, somos o resultado de várias vidas aprendendo e errando, às vezes fazendo "gol de placa", como dizem os jovens, e às vezes escorregando e chutando a bola na trave. Você sempre achou que não era suficientemente boa, por isso se esforçou tanto em ser boa em tudo.

— E não é certo procurar ser boa em tudo?

— Claro que é bom. Desde que isso seja genuíno, espontâneo, sem se sentir obrigada a fazer. A vida quer que sejamos bons para nós mesmos. Devemos seguir as vontades de nosso espírito e não de nossa mente. Por isso é importante ressaltar que você é quem manda na mente e a governa, e não o contrário. Não pode se tornar escrava da cabeça. Veja: seu útero e seus ovários foram inutilizados. Você bloqueou sobremaneira sua criatividade.

— Eu?!

— Sim. E ser criativa é ser flexível, saber lidar com os imprevistos da vida, é ser espontânea, não ter medo de errar nem de sentir. Que pensamento tão forte a deixou tão aflita a ponto de permitir que seus órgãos fossem danificados? O que a frustrou tanto a ponto de bloquear seu fluxo criativo?

Marinês ficou em silêncio por um instante, refletindo.

— Tentei bloquear a todo custo o que sinto por Eduardo.

— Fez isso porque, segundo sua mente, isso seria se expor ao ridículo. Retraiu-se por medo de se tornar alvo da crítica dos outros, certo?

— Tem razão. Procurei sufocar esse sentimento, mas não consegui. E, mesmo depois de tudo que passei, esse sentimento continua vibrando forte dentro de mim.

Marinês deixou que as lágrimas rolassem livremente pelo rosto. Alzira, com a modulação da voz levemente alterada, deu prosseguimento:

— Permita aceitar-se como é. Não dependa jamais da aprovação dos outros; dê aprovação a si mesma. Sinta-se segura para encarar todo e qualquer desafio que a vida lhe trouxer. Você é forte e pode mudar. Não reprima sua força. Seja uma aliada de si mesma. Seja espontânea e, logo mais, tudo vai se acertar.

Marinês nada disse. Aquelas palavras a tocaram profundamente; jamais iria esquecer-se delas. Num gesto de agradecimento, abraçou Alzira com imenso carinho.

— Obrigada.

— Não há de quê. Não acha que está na hora de voltar a viver?

— Tenha certeza de que a partir de hoje as coisas vão mudar. Não vou mais me abandonar. Vou atrás de minha felicidade. Danem-se os preconceitos, o que os outros vão dizer de mim.

Alzira sentiu imensa alegria. Marinês começava a reagir, mesmo depois de passar por situação tão traumática. Ela tentava, com toda a força, dar a volta por cima.

Capítulo dezenove

Tão fortes vieram as contrações, que Maria Lúcia mal sustinha a respiração.

— Não vai dar tempo, Henrique. Não vou conseguir chegar ao hospital — lamentava-se ela, no banco de trás do automóvel.

— Estamos chegando. Vá fazendo o que o médico mandou: respire fundo e fique contando.

— Está difícil.

— Você consegue. Não posso dirigir e ajudá-la ao mesmo tempo. Aguente firme.

Chegaram ao hospital. Henrique parou na porta da maternidade. O obstetra de Maria Lúcia já a esperava. Pouco depois, ela entrou em trabalho de parto. Henrique apertou-lhe a mão com força, inspirando-lhe coragem.

— Vai dar tudo certo. Essa criança vai nascer sadia e perfeita. Falta só um pouquinho. Não desista.

Maria Lúcia continuou gritando de dor, e assim foi até a sala de cirurgia. Nesse meio-tempo, Henrique aproveitou e ligou para Eduardo.

— Sim, estamos na maternidade. Como iria ligar antes? A bolsa estourou e não tivemos tempo de avisá-lo. O que importa é que ela está aqui. Venha rápido.

Eduardo pousou o fone no gancho e meneou a cabeça para os lados. Osvaldo perguntou:

— O que foi, filho? Aconteceu algo?

— Maria Lúcia entrou em trabalho de parto.

— Que maravilha! E por que está com essa cara?

— Por que ela não me chamou? Eu a tenho avisado há dias. A todo lugar que eu ia, deixava o telefone, caso ela começasse a sentir as contrações. Mas Maria Lúcia preferiu ser levada por Henrique. Meu Deus, ele é quem parece ser o marido dela!

Osvaldo notou o estado alterado do filho e procurou acalmá-lo:

— Nem tanto. Se ele fosse menos afetado, até passaria por marido. Mas não há quem não perceba como ele é delicado — replicou, em tom de brincadeira.

— O senhor vem comigo, pai? Não sei como agir numa situação dessas.

— Claro. É um imenso prazer. Meu neto, meu herdeiro!

— Pode ser sua neta.

— Estou brincando. Não importa se for menino ou menina.

— Eu gostaria que fosse uma menina.

— Estranho. Um pai sempre torce para que o primeiro filho seja homem. Mas, pelo jeito, você se lembrou daquela nossa conversa, na noite de noivado.

Meia hora depois, chegaram à maternidade. Henrique estava impaciente na sala de espera.

— Uma assistente do doutor Odair veio agora há pouco. O feto encontra-se numa posição comprometedora. Disse que não há outro jeito a não ser cesariana.

— Desde que mãe e feto não corram riscos, podem fazer o que quiserem.

— Como pode dizer isso, Eduardo? — indignou-se Henrique. — Está maluco?

— Qual o problema?

— Vão cortar sua mulher, abrir a barriga dela! Maria Lúcia não queria cesariana de jeito nenhum.

— Ninguém vai abrir a barriga dela. O doutor Odair já havia nos avisado sobre essa possibilidade. Você acha que uma pequena incisão horizontal, de mais ou menos dez centímetros, acima dos pelos pubianos, pode comprometer a estética?

— Maria Lúcia vai ficar fula da vida quando souber que foi rasgada. E mais nervosa ainda quando souber que foi você quem autorizou.

— O que quer que eu faça? Que diga "não"? E quanto ao bebê?

— Ela não vai gostar nadinha.

— Quanta besteira! Você e ela são tão fúteis, tão fora da realidade! Não posso crer que Maria Lúcia tenha pensado nisso.

Henrique deu de ombros. Osvaldo interveio:

— Quando chegaram ao hospital, você avisou Floriano e Iolanda? Adelaide e Sônia já estão a caminho.

— Não avisei. Maria Lúcia me deu ordens para não ligar.

Eduardo sentiu o sangue subir.

— Eles são os pais dela, são os avós da criança! O que Maria Lúcia tem na cabeça? Aliás, o que vocês dois têm na cabeça?

Osvaldo ordenou:

— Parem com isso! Acalmem-se. Vou ligar para a casa de Floriano. Comportem-se.

Eduardo e Henrique ficaram encarando-se, fuzilando-se mutuamente com o olhar, sem nada dizer. Henrique queria esganar Eduardo. Tinha vontade de gritar que ele era um pateta, que aquela criança que ele julgava ser sua não era dele.

Ah, como Henrique tinha vontade de vomitar toda a verdade na cara de Eduardo, revelar que aquele bebê era filho de Gaspar! A custo manteve a boca fechada. Fez esforço descomunal. Pensou em Maria Lúcia e no que poderia lhe acontecer caso desse com a língua nos dentes. Destruiria todos os planos de sua amiga e protetora. Não, era melhor esperar o momento certo. Foi difícil, mas Henrique conseguiu segurar-se.

Adelaide e Sônia chegaram. Meia hora mais tarde, foi a vez de Floriano, Iolanda e Marinês. Enquanto os futuros avós se cumprimentavam, Eduardo ficou parado em frente à cunhada, sem reação. Henrique percebeu e não deixou por menos.

— Os cunhados não vão se cumprimentar? — E, virando-se para Marinês: — Como vai, queridinha? Que susto você passou, não?

Marinês, ao ser beijada por Henrique, sentiu um arrepio, uma sensação de repulsa. Teve vontade de partir para cima dele, de esbofetear-lhe a cara, mas conteve-se. Não conseguia concatenar direito as ideias. Era como se ele fosse um inimigo, uma pessoa perigosa. Ela registrou a sensação, respirou fundo e rechaçou:

— Vou bem.

Intimamente, Marinês usava as técnicas aprendidas com Alzira. Dizia para si mesma, enquanto olhava para Henrique: *Eu fico com a minha energia, sou dona de mim. Tudo que não for meu volta para o lugar de onde veio. Só fico com a minha energia...*

Henrique sentiu uma pequena tontura. Um suor grosso começou a escorrer pela sua fronte. Ele pediu licença e foi para o pátio do hospital.

— Preciso de ar puro. O ambiente aqui não está bom — disse em alto tom.

Logo ele avistou um colega de Clóvis. Acenou:

— Como vai, Murilo?

— Bem. E você, Henrique, o que faz aqui?

— Uma amiga minha está dando à luz. Mas eu é que me espanto: o que faz você aqui todo de branco, bonitão assim?

Murilo deu uma risadinha.

— Sou enfermeiro.

— Enfermeiro, hum...

— Como anda seu namoro com Clóvis?

— Não estamos mais namorando. Ele brigou comigo só porque vim acompanhar Maria Lúcia. Disse que não quer me ver mais.

— Clóvis brigou com você? Não acredito! Ele move céus por sua causa, Henrique. Ele o ama de verdade. Não acredito que brigaria com você por um motivo tão bobo.

— Para você ver como as pessoas não são o que parecem. Ele acabou comigo. Estou tão carente...

Murilo sentia atração por Henrique. Só não tinha flertado com ele em consideração a Clóvis, seu amigo de longa data. Mas Henrique era muito sedutor e, se estava afirmando que o namoro havia acabado, por que não convidá-lo a sair?

— Vai esperar a criança nascer? — perguntou Murilo, interessado.

— Não. O pai está aí, todo nervosinho. A família inteira acabou de chegar. Na verdade, estou sem o que fazer, sem namorado...

— Meu primo me deu de presente o novo LP de Elton John.

— O *Goodbye yellow brick road*? — indagou Henrique, quase histérico.

— Esse mesmo. Importado. Só que minha vitrola está quebrada. Meu turno acabou agora e...

— Quer ir até em casa? Meu carro está logo ali.

Murilo concordou e ambos saíram pelo corredor, em direção ao estacionamento.

No carro, Henrique mal se ajeitou no banco e já pôs a mão na coxa de Murilo.

— Vamos devagar! Não quero me indispor com Clóvis. Gosto muito dele. Se amanhã vocês reatarem, eu fico como o bicho-papão da história.

— Bobagem! Clóvis não quer mais saber de mim. Agora estou livre, leve e solto...

Na sala de espera do hospital, Eduardo e Marinês finalmente entabularam conversação.

— Desculpe não tê-la visitado mais.

— Fiquei muito feliz quando vocês todos apareceram em casa.

— Eu também adorei. Queria vê-la mais vezes, mas a gravidez turbulenta...

— Entendo.

Marinês percebeu profunda apatia no rosto do cunhado.

— Você vai ser pai, Eduardo. Deveria estar feliz.

— Estou. Quero muito ter um filho, ou melhor, uma filha.

— Quem sabe?

Eduardo encarou-a. Delicadamente, levantou seu queixo com os dedos e afirmou:

— Marinês, desde o jantar de noivado...

Ela sentiu o coração querer saltar pela boca. Os batimentos cardíacos aceleraram sobremaneira. Suas pernas falsearam.

— O que tem aquele jantar?

— Foi mágico, estranho, não sei explicar. Quando deparei com você descendo as escadas... — Ele riu. — Eu não quis dar o braço a torcer, mas também senti a mesma sensação.

— Que sensação?

— A que você sentiu: de já ter presenciado aquela cena. Vê-la descendo daquele jeito, próxima a seus pais. Tudo me pareceu muito familiar.

Marinês estremeceu. Sua boca secou. Eduardo procurou conter-se, mas seu corpo todo trepidava. Ele fechou os olhos e foi lentamente aproximando seu rosto do dela. Chegou a sentir o hálito quente e perfumado de Marinês.

— Nasceu!

Eduardo abriu os olhos e afastou-se rápido. Marinês encostou-se na parede, aturdida. Floriano gritava eufórico:

— Nasceu! Seu filho nasceu!

Eduardo abraçou-se a Marinês.

— Parabéns, papai! — felicitou ela.

— Parabéns, titia!

Ele a puxou de encontro ao peito. Ambos podiam sentir os batimentos um do outro.

— Eduardo, mantenha a calma. Tenha compostura!

— Esta conversa ainda não terminou. Prometo procurá-la no momento certo. — E sussurrou a seu ouvido: — Você me espera?

Marinês assentiu com a cabeça.

— Obrigado.

— Eduardo, venha, dê-me um abraço — convidou Floriano.

A alegria e a emoção foram gerais. Embora o casamento de Eduardo e Maria Lúcia desse sinais de separação irreversível, naquele momento tudo era festa. Esqueceram-se das brigas, das discussões. Os avós de ambas as partes não cabiam em si, tamanha a felicidade. O mesmo ocorria com as tias, Sônia e Marinês. Pouco tempo depois, o médico autorizou a visita ao berçário. Todos correram imediatamente.

— Meu filho! — dizia Eduardo, embriagado de felicidade.

Os demais faziam os comentários costumeiros.

— Ele é lindo.

— É forte e grande.

— Puxa, como os cabelos são negros!

Cada um procurava ver detalhes de familiaridade no bebê, se tinha mais traços do pai ou da mãe. As lágrimas rolavam insopitáveis pelo rosto de Eduardo. Marinês fitou o bebê com tremendo carinho. Ele era realmente lindo, perfeito, sadio. Intimamente agradeceu a Deus por aquela obra da natureza. Ela ficou assim por um bom tempo, até mesmo para abrandar o forte sentimento nutrido por Eduardo. De repente, num milésimo de segundo, Marinês viu refletida no rosto do bebê a imagem de Gaspar.

Nossa, que ideia mais estapafúrdia!

Ela meneou a cabeça para os lados e fez gestos largos com as mãos, procurando afastar aquela ideia insana. Mas, por mais que Marinês tentasse, cada vez que fixava os olhos no rosto do sobrinho, via refletido nele o semblante de Gaspar.

Capítulo vinte

No apartamento da avenida São Luís, Henrique acabava de chegar com Murilo. O fato de sair com um dos amigos de Clóvis excitava-o mais do que o ato sexual. Murilo deixou-se conduzir, e assim Henrique usou de todas as suas artimanhas na arte de amar. Divertiram-se até onde o limite de seus corpos pudesse suportar.

— Se eu soubesse quanto você era bom, chegaria antes de Clóvis!

Henrique deu uma risadinha e comentou:

— Seria até melhor. Ando tão decepcionado com ele!

— Com Clóvis? Difícil decepcionar-se com alguém tão legal.

— As aparências enganam. Eu me iludi. Achei que ele era tão bacana, tão íntegro, e veja no que deu: brigou comigo por besteira.

— O que aconteceu? Por que Clóvis brigou com você?

— Só porque levei uma amiga querida à maternidade. Pode?

Murilo virou-se e apanhou a carteira de cigarros.

— Também quero um — solicitou Henrique.

Murilo acendeu dois cigarros ao mesmo tempo. Entregou um a Henrique.

Após algumas baforadas, com a cabeça sobre o peito de Henrique, Murilo disse:

— Você parece ser um cara bem legal. Tão diferente do que dizem por aí!

— O que dizem de mim? — interessou-se o outro.

— As pessoas comentam, dizem que você é frio, falso. Acho que é tudo dor de cotovelo.

— É verdade. Se eu fosse dar ouvido aos comentários dos outros, estaria frito.

Murilo suspirou e abraçou-se a Henrique.

— Gostaria tanto de conhecê-lo melhor. Você parece ser tão legal!

Henrique moveu os olhos para cima e suspirou. O tom meloso da conversa de Murilo imediatamente despertou-lhe repulsa. Entre uma baforada e outra de cigarro, pensou irritado: *Outro romântico estúpido! Será que o mundo está sendo atingido por uma praga invisível? Por que as pessoas se entregam tão facilmente? Que vírus é esse que faz todo mundo carente de companhia, de afeto? O ser humano não é confiável. Não posso me iludir.*

Por mais que tentasse, Henrique tinha pavor de se relacionar. Isso desde a infância. Fora difícil manter amizades com pessoas da escola, da rua, até mesmo com a avó. Conforme crescia e entendia melhor o mundo, foi percebendo que as pessoas não prestavam: eram falsas, mentiam para conseguir o que queriam. Como forma de defesa, ele próprio passou a usar os outros como fantoches, descartando-os quando não mais lhe eram úteis. Estava decidido a viver assim, mesmo que lhe provassem estar errado.

Henrique pensava e balançava a cabeça para os lados. Outra bicha sonhadora esse Murilo. A princípio, ele tencionara dar seu número de telefone ao jovem enfermeiro, já que o rapaz provara ser muito bom de cama. Mas, naquele momento, falando num tom meloso, infantil e irritante, Henrique perdeu completamente o desejo de revê-lo. Empurrou a cabeça de Murilo para o lado com certa brutalidade e levantou-se.

— Aconteceu alguma coisa, querido?

— Não, nada.

— Você mudou tão rápido! Falei algo de que não gostou?

— Não. Estou com frio. Vou pegar uma bebida para me aquecer.

Henrique foi até a sala, serviu-se de um copo de uísque sem gelo e bebeu tudo num gole só. Depois se jogou no sofá, pensativo. Fez hora para ver se Murilo se mancava. Folheou uma, duas revistas, e nada. Colocou o disco de Elton John na vitrola, e também nada de o moço aparecer. Henrique levantou-se bufando e estugou o passo até o quarto. O rapaz continuava deitado, estirado na cama, com os lençóis cobrindo parcialmente o corpo e, pior, com aquele ar de apaixonado. Henrique sentiu nojo, asco, vontade de avançar sobre Murilo e enchê-lo de sopapos. Fingiu amabilidade:

— Acho melhor vestir-se.

— Por quê?

— Está tarde.

— Pensei que eu iria dormir aqui.

— Eu me esqueci: tenho aula na Aliança daqui a pouco.

— A esta hora?

Henrique bramiu:

— Quem você pensa que é? Um estranho vem até minha casa, faz amor comigo e já se acha no direito de exigir satisfações?

— Desculpe-me. Não foi a intenção.

Medo de amar • 213

— Levante-se e vista-se. Estou atrasado.

Murilo levantou-se desconcertado. Foi apanhando as roupas espalhadas pelo quarto. Vestiu-se com vagar, o que irritou Henrique sobremaneira. Este voltou à sala e arrancou o disco da vitrola, riscando-o com a agulha.

Bem feito! Tomara que o disco pule sem parar e Murilo tenha de pedir outro LP ao priminho. Que pena! Essa bicha não bota mais os pés aqui, pensou, entre ranger de dentes.

Clóvis caiu em profunda depressão. Passou três dias sem sair de casa, a maior parte do tempo trancado no quarto, chorando. Sorte estar de licença no trabalho, caso contrário, não teria condições de dar aula. O que mais o machucava era o fato de o terem feito de idiota, muito mais do que ter flagrado o namorado nos braços de outro.

— Como alguém pode ser tão frio e manipulador? — questionava entre soluços.

Uma semana antes, ele tivera de sair alta madrugada para comprar um comprimido, tamanha a pressão que sentia na cabeça. A dor beirava o insuportável e, sozinho, o rapaz não teve alternativa a não ser correr até uma farmácia. Lembrou-se de uma no Largo do Arouche que ficava aberta durante a madrugada.

Ao sair da farmácia, Clóvis avistou na outra esquina do largo alguém que lhe parecera familiar. Mesmo com a cabeça latejando, forçou a vista e constatou: era Henrique. E abraçado com outro! Aquilo o abalou profundamente. Por uma fração de segundo, esqueceu-se da dor insuportável, deixou a educação de lado e foi em direção aos dois, encostados num poste, abraçados e felizes.

— Posso saber o que faz por aqui a esta hora da noite? — indagou Clóvis, visivelmente perturbado.

Henrique nem olhou para ele. Continuou agarrado ao outro rapaz, gargalhando alto.

— Saia daqui.

— Sou seu namorado, exijo explicações.

A gargalhada de Henrique ecoava pelo largo.

— Namorado por acaso é propriedade?

— E a cumplicidade, e o respeito?

— Vê se te manca, bicha chata! Não vê que estou com o Marcos? Vá ter chiliques com outro, porque comigo isso não cola. Chispa! Xô!

Clóvis estava perplexo.

— Marcos?

— É, um grande amigo — Henrique falava e mordiscava a orelha do rapaz, a fim de provocar Clóvis.

Clóvis reconheceu Marcos, um dos michês que faziam ponto perto da casa de Henrique. Era uma figura perigosa. Muitas surras e até mortes de homossexuais eram atribuídas a ele. Como esses crimes eram investigados a contragosto — havia policiais e delegados que comemoravam quando um homossexual aparecia morto —, nunca interrogaram ou molestaram Marcos.

E, como ele trabalhava nas ruas havia bom tempo, pagava uma pequena taxa aos policiais para não ser incomodado. O prostituto tinha proteção. O preconceito contra os homossexuais beirava o insuportável, e muitos policiais zombavam dos clientes agredidos ou lesados pelos michês. Alguns se divertiam e diziam que era bem feito, que os pervertidos estavam sendo castigados por Deus.

Naquele momento, Clóvis teve um estalo e caiu na realidade. Foi como se tomasse um choque e acordasse. Como podia ter namorado alguém tão vil, tão baixo? Chegou a ter ânsia.

— Sem cenas. Ninguém o chamou aqui — esbravejou Henrique. — Se eu quisesse uma brincadeirinha a três, eu o teria chamado, o que não é o caso para esta noite.

Medo de amar • 215

Clóvis baixou a cabeça e saiu, trôpego. Sentiu-se mal com aquilo tudo. A dor de cabeça voltou forte, e a custo ele retornou para casa.

Relembrando o incidente daquela noite, mordeu os lábios com tamanha força, que logo sentiu o gosto amargo de sangue misturado a saliva.

Droga! Se ao menos eu o tivesse xingado, dado um murro na cara dele. Mas não fiz nada. Fiquei paralisado. Henrique parecia outra pessoa. Ele é cruel.

Os dias passaram e Henrique não ligou, não o procurou, nem mesmo para um pedido de desculpas. Clóvis estava indignado. Seus amigos bem que o alertaram: diziam que Henrique se aproveitava das pessoas, era interesseiro, falso. Clóvis achou que aquilo tudo era intriga, que estavam com inveja do namoro. Mas agora tinha de concordar. Seus amigos estavam certos: Henrique era um mau-caráter.

Clóvis enxugou as lágrimas e, num esforço muito grande, levantou-se e foi ao banheiro. Seu estado era lastimável.

Não posso sofrer por alguém que não gosta de mim. Henrique não faz jus às minhas lágrimas. Não mereço passar por isso.

Num gesto rápido, ele lavou o rosto, arrumou-se, consultou o relógio e tomou uma atitude: *Vou aproveitar este fim de tarde e tomar um passe. Deus vai me ajudar a sair dessa.*

O rapaz respirou fundo, colocou uma gota de perfume em cada pulso e saiu rumo ao centro espírita. Seu mentor, que até aquele momento sussurrava em seu ouvido palavras de ânimo, sentiu-se vitorioso. Clóvis, mesmo abalado emocionalmente, havia captado as súplicas de seu guia espiritual.

Naquela mesma tarde, no banco onde trabalhava, Túlio andava de um lado para o outro em sua sala, impaciente. Comentou com sua colega:

— Este lugar me oprime, me deixa mal.

— Sinto o mesmo, mas fazer o quê?

— Tem razão, Vera. Precisamos do trabalho.

— Eu vou me aposentar ano que vem, não posso sair agora. Mas você ainda é jovem.

— Não, eu não posso sair. Tenho mulher, dois filhos.

— Sua mulher tem posses, pelo que sei.

— Mas não é justo. O dinheiro de Matilde é dela, das crianças. Sou o chefe da casa, pago as contas.

— Está sendo machista.

— Não. Cumpro minhas responsabilidades. Sinto-me bem fazendo isso. Não vou negar que já tive de recorrer ao dinheiro dela. Mas foram poucas vezes.

Vera era uma mulher de meia-idade, desquitada, mãe de dois filhos, e estava prestes a aposentar-se. Pelo fato de ser funcionária pública, iria receber aposentadoria integral.

Ela lutara praticamente a vida toda sozinha. O marido pedira o desquite e fora viver com uma fulaninha que morava do outro lado da rua. Sozinha e com dois filhos pequenos, ela deu duro, estudou bastante, até conseguir passar no concurso. Ganhava pouco, mas o suficiente para manter a casa e educar os filhos. Agora, depois de muitos anos de esforço, não podia abrir mão de sua estabilidade. Tinha de engolir a seco o azedume do chefe. Faltava pouco.

Túlio, por outro lado, era moço, podia começar outra carreira. Vera sabia que a família de Matilde tinha posses e poderia ajudá-los em caso de necessidade. O pai dela era dono de fazendas no sul de Minas Gerais.

— Desculpe-me, Túlio. Não gosto de me intrometer na vida de ninguém.

— Mas gosto de ouvi-la. É ponderada, sempre tive muito carinho e estima por você.

— Sei disso, por isso insisto: repense. Sua vida pode ser muito diferente.

Medo de amar • 217

Túlio assustou-se. Será que Vera desconfiava de algo? Ele arriscou:

— Diferente como?

— Você é um homem alto, bonito, grandão, meio estabanado — brincou —, mas nisso pode-se dar um jeito.

Ele riu. Ela continuou:

— Você não combina com este tipo de trabalho, com este lugar. Eu faço sacrifício porque estou prestes a me aposentar e garanto que, depois, vou sumir daqui. Mas você tem tempo, pode mudar.

— Não sei o que fazer.

— Tenha coragem.

Ele estancou o passo, encostou o indicador no queixo. Será que Vera desconfiava de suas tendências ou era a cabeça dele que interpretava tudo como desconfiança? Ultimamente, Túlio andava meio estranho, mesmo. Fazia tempo que Henrique o evitava, não atendia suas ligações. Aquilo o estava deixando maluco. Nunca pensou que pudesse sentir tanto a falta de alguém. E, pior ainda, de outro homem! Passou a mão pelos cabelos, nervoso. Não restava mais dúvidas de que se sentia realizado e pleno ao lado de um homem. Tinha medo de pedir o desquite. Matilde jamais admitiria. Iria achar que era por causa de outra. Como dizer a verdade para a mulher?

Imediatamente, todo o tormento que ele vivera antes do casamento retornou à sua mente. Gostara de Matilde, por isso tinha achado que pudesse se segurar, que com filhos e um casamento dentro dos padrões seu desejo seria sublimado, a vontade de se relacionar com outros homens iria passar. Mas não passou. Muito pelo contrário. Ao flertar com Henrique no casamento de Maria Lúcia, viu ali a possibilidade de canalizar seu desejo. Túlio gostou tanto, que agora não tinha mais dúvidas do que queria. Como se sentar diante de Matilde e lhe dizer que, na verdade, sentia atração por homens ou que fazia enorme esforço para se relacionar intimamente com ela?

Esse pensamento martelava sua mente o tempo todo, a ponto de deprimi-lo e quase enlouquecê-lo. Vera sabia que ele passava por um momento de fragilidade emocional. Tomada por forte impulso, arriscou:

— Já pensou em procurar ajuda espiritual?

— Não. Como assim?

— Ora, ajuda espiritual!

— Você diz ir a um centro espírita, coisas do tipo?

— Isso mesmo.

— Em casa, quando jovem, esse assunto sempre foi tabu. Crescemos proibidos de pensar na possibilidade de vida após a morte, embora o assunto sempre tivesse fascinado a mim e a meus irmãos. Passei em portas de centros, tive vontade de entrar, mas sempre me lembrava de meu pai dizendo: "Cuidado, aquilo é lugar de gente ignorante, desequilibrada".

— Aqueles que nada conhecem sempre dizem que espiritualidade é coisa de gente ignorante. Pura defesa.

— E não é?

— Claro que não! Há muitas pessoas sérias, de níveis social e intelectual elevados, que frequentam e até mantêm centros espíritas. E precisa-se de muito empenho e dedicação para entender o mundo invisível, principalmente o mundo das energias.

Túlio interessou-se.

— Mundo das energias? Como assim?

— Tudo em nossa vida é regido por energia. Somos seres que captam e emanam vibrações de teor energético. Nunca sentiu o "ambiente pesado", como se diz, ou mesmo sentiu repulsa por alguém numa simples troca de cumprimentos?

— Sim, claro.

— O mundo energético e o espiritual são fascinantes. Estudá-los e compreendê-los ajuda-nos a viver melhor. Se não fossem essa compreensão e a ajuda de amigos do invisível, não sei se eu ainda estaria aqui, em equilíbrio, aguentando o azedume de nossos chefes.

Medo de amar • 219

— Verdade?

— Sim.

— Mas de que vai adiantar? Eu é que tenho de resolver meus problemas. Isso não vai mudar.

— Quanto a isso, não tenho a menor dúvida. Somos responsáveis por tudo aquilo que nos acontece. Mas ir até um centro nos traz paz, tranquilidade. Tomar um passe ajuda-nos a serenar a mente e pensar melhor.

— Um passe pode ajudar?

— Sem dúvida. As energias pesadas são retiradas de nosso campo áurico, melhorando nossa disposição. Do jeito que anda sua cabeça, toda confusa, acredita que tenha condições de fazer uma escolha sensata, de tomar uma decisão acertada?

— Tenho receio. Já ensaiei entrar num centro espírita, mas nunca pus os pés dentro. Jamais frequentei um lugar desses.

— Vale a pena conhecer um.

— Por acaso pode indicar algum?

— Frequento um neste local. — Vera pegou um papel, anotou o endereço e entregou-o a Túlio. — Hoje à tarde eles têm sessão de passes até as cinco.

Túlio consultou o relógio e pegou o papel.

— São quase quatro, e não fica longe daqui.

— Aproveite. Não custa nada tentar.

— Mas estou desprovido de dinheiro.

— E quem disse que precisa de dinheiro?

— Não preciso pagar pelo passe?

Vera riu gostoso.

— Claro que não! Centro espírita não cobra nada pelo atendimento.

— É tudo gratuito?

— Sim. Por isso muitos vivem de doações, bazares, organizam chás beneficentes.

— De graça! — ele suspirou.

— Sim, de graça. Saia, vá até lá e, na recepção, peça para passar pela triagem.
— Triagem?
— Isso mesmo. Vai passar por um plantonista, pessoa que vai ouvir seus problemas e indicar o melhor tratamento. Garanto que vai receber ajuda.
— Mas, sair agora?
— Não vão dar falta de você. Se perguntarem, invento que teve de levar um de seus filhos ao médico.
Túlio inclinou o tronco e beijou Vera na testa.
— Obrigado. Não sabe quanto estou precisando de ajuda.
Pegou o paletó, olhou mais uma vez o papel e saiu decidido.

Ao chegar ao centro espírita, Túlio dirigiu-se à recepção. Uma moça sorridente atendeu-o:
— Boa tarde.
— Boa tarde. Gostaria de passar pela... pela...
— Triagem?
— Isso mesmo.
A moça pegou um papelzinho, fez nele algumas anotações e entregou-o a Túlio.
— Pode seguir em frente. Espere no salão, que logo irão chamá-lo por este número.
— Obrigado.
Ele pegou o papelzinho e foi para o salão. Havia poucas pessoas ali, e Túlio procurou uma das cadeiras da última fileira. Sentiu-se um tanto constrangido, pois havia somente mulheres, nenhum homem, com exceção, talvez, de alguém no outro canto do salão, com a cabeça baixa, escondida entre as mãos. Não era possível precisar se era homem ou mulher.
Homens devem vir mais à noite, deduziu.

Túlio estava perdido em pensamentos quando recebeu uma batidinha nas costas.

— O senhor não é o de número trinta e cinco?

Ele olhou o papel e levantou-se de pronto.

— Desculpe, sou eu mesmo. Estava pensando...

— Sem problema. Por favor, dirija-se até aquela porta.

Ele se sentiu envergonhado e, com seu jeito meio desengonçado, correu até o local indicado. Na pressa, acabou tropeçando numa das cadeiras, escorregou e caiu.

Um rapaz ajudou-o a levantar-se.

— Tudo bem com você?

— Tudo.

— Vamos, ajude-me. Você é muito grande. Sozinho, não vou conseguir levantá-lo.

Túlio fez esforço e levantou-se, envergonhado.

— Eu me atrapalhei e...

— Machucou-se?

Túlio apalpou o corpo.

— Acho que está tudo em ordem, a princípio.

O rapaz sorriu.

— Estão esperando-o.

Túlio baixou a cabeça e entrou. Sentou-se em frente a uma simpática senhora.

— Como vai?

— Mais ou menos. É a primeira vez que entro num centro.

— E como se sente?

— Tinha uma impressão diferente! A música que toca no salão é tão suave, tão envolvente! Eu me perdi em pensamentos e nem ouvi quando me chamaram.

— Sua mente anda a todo vapor. Começou a receber tratamento já no salão.

— Tratamento?

— Sim. Os trabalhadores invisíveis da casa lhe aplicaram um passe de limpeza energética. Você está com a cabeça muito conturbada, pensando muito e agindo pouco.

222 • Marcelo Cezar romance pelo espírito Marco Aurélio

Ele se encolheu na cadeira.

— São tantos problemas...

— Tudo na vida se resolve. Não há problema que não tenha solução. Quando a gente se acalma, quando estamos em equilíbrio, tudo se acerta.

— Não sei o que dizer. De certa maneira, até me sentia bem no salão, envolto por aquela melodia. Mas, ao me sentar aqui, sinceramente...

Ele não conseguiu mais falar. Explodiu em lágrimas. Estava cansado do trabalho, do banco, da vida e, acima de tudo, do medo de assumir sua homossexualidade. Estava cansado de lutar com sua mente, de tentar ocultar a vontade, bem maior do que suas forças pudessem aguentar. A atendente pousou suas mãos nas dele.

— Isso é bom sinal. Chore, meu filho, desarme-se. Deixe que sua alma venha para fora, que ela lhe mostre o caminho a seguir.

Túlio continuou chorando por mais um tempo. Soluçou e, após alguns instantes, tirou um lenço do paletó e enxugou as lágrimas.

— Sente-se melhor?

— Sim. Fazia tempo que não chorava.

— As lágrimas são verdadeiras bênçãos. Você estava no limite de suas forças. Caso não se cuide, seu físico poderá sofrer e, se cair de cama, vai ser mais difícil resolver os problemas.

— É verdade. Deus me livre de ficar doente!

— Agora que está mais calmo, vamos ao ponto. Por que se perturba tanto para fazer uma escolha?

— Como assim?

— Na vida tudo é fácil, nós é que complicamos. É sim ou não, mais ou menos não existe. No momento em que fizer uma escolha, deve estar pronto para encarar as consequências.

— Isso me martiriza. No fundo, sei qual a escolha a fazer, mas o que...

Ele se calou.

— O que os outros vão dizer de você? Está com medo dos outros?

— Sim. Afinal, vivemos em sociedade, e minhas vontades...

Calou-se. Subitamente seu rosto avermelhou-se.

— Qual o problema de seguir a vida de outra maneira, diferente do convencional?

— A senhora não entende. — Ele baixou a cabeça e também o tom de voz. — Sinto atração por homens.

— E qual o problema?

Túlio espantou-se com a naturalidade da atendente.

— Não acha isso errado?

— De forma alguma.

— Estou agindo de forma contrária à natureza.

— Quem disse isso?

— As pessoas... Todo mundo, em geral, condena isso. A religião...

— Amor e sexo continuam a gerar discussões, como temas permanentes da vida. Vivemos hoje a liberação dos costumes, uma fase em que profundas modificações sociais, culturais, econômicas e políticas atuam na revisão de valores e crenças. E você se culpa só porque o que sente é contrário aos padrões da normalidade?

— Não sei. Tenho muito medo. A sociedade condena os homossexuais. Em meu caso, então, é pior, pois tenho filhos. Eles poderão ser estigmatizados, poderão sofrer.

— E será que já não sofrem?

— Como?

— Subestimamos as crianças, achando-as inocentes e bobinhas. Mas elas captam com facilidade as energias do lar. Conheço muitos casos e atendi crianças cujas doenças os médicos não conseguiam diagnosticar com precisão. E tudo era em função da desarmonia no lar. As crianças têm facilidade de absorver as energias dos pais, mesmo que não haja brigas visíveis, entende?

— Eu e minha mulher não estamos bem. Perdi completamente a libido e não a procuro. Meus filhos também mudaram nos últimos tempos. Um deles, vira e mexe, está doente; o outro teve uma incrível queda no rendimento escolar.

— Seus filhos são sensíveis e perceberam que a relação entre você e sua mulher não vai bem. Há necessidade de conversar, de procurar saber o que seus filhos sentem. Ser pai é, acima de tudo, ser amigo. Seja amigo de seus filhos, independentemente do que sente. O que sente é só seu.

— Vocês acreditam em reencarnação e vida após a morte? — perguntou Túlio, interessado.

— Claro! Por isso somos espiritualistas.

— Então só pode ser isso: estou pagando por algo muito grave que fiz em outra vida. Só assim poderei entender por que nasci homossexual.

A atendente riu.

— Meu querido, entender a origem de suas tendências sexuais é tão irrelevante quanto tentar saber por que você tem pele branca ou cabelos castanhos. Na verdade, você precisa se entender, avaliar e assumir o que sente.

— Não me julga um pervertido?

— Eu?! Não cabe a mim julgar. Isso não compete a ninguém. É inútil o mundo, a sociedade como um todo, tentar impor normas universais e padronizadas de vida pessoal, sobretudo de vida íntima. Todo ser humano deve ser respeitado em sua liberdade de ser diferente, em todos os níveis, principalmente no nível sexual. Só você sabe o que se passa aí — fez sinal apontando para o peito do rapaz.

— A senhora não sabe o peso que tirou de meus ombros. Sinto-me melhor.

— A sociedade gosta de rotular tudo. No campo da sexualidade, as coisas se complicam ainda mais. Há inúmeros termos, classificações. Heterossexual, bissexual, homossexual... O amor não faz escolhas. Se seu sentimento

Medo de amar • 225

for puro e verdadeiro, por que sufocá-lo? Por conta do preconceito? Não, meu filho, não se deixe envenenar pela erva daninha que é o preconceito.

— Estou estupefato! — exclamou Túlio.

— Veio aqui para falar de um assunto e acabou falando de outro, não é?

— Sim.

— É natural. Precisava desabafar.

— Nunca me abri com ninguém. Nem sei o porquê de ter vindo aqui.

— Seu guia está aí a seu lado.

Túlio olhou com desconfiança para os lados. Arregalou os olhos.

— Mesmo?

— Sim. Ele induziu sua amiga, lá no banco, a indicar-lhe este centro.

— Por que me mandaria aqui?

— Porque você está pronto para mudar.

Ele não tinha o que dizer. Como ela sabia que ele trabalhava em um banco? Ou que Vera lhe indicara aquele lugar? Será que Vera ligara para a atendente? Olhou para a médium com desconfiança. Ela notou e, como a ler seus pensamentos, tranquilizou-o:

— Eu tenho a capacidade de ver e de me comunicar com os espíritos.

— Que privilégio!

— Não é privilégio, mas empenho. Tenho estudado o mundo espiritual há muitos anos, tenho treinado constantemente. A prática da mediunidade está nas mãos de todos nós. É só se interessar, estudar, analisar, e com o tempo torna-se fácil o intercâmbio entre os dois mundos. Afinal, todos os seres humanos são portadores de mediunidade.

— Fico feliz em saber. Gostaria de entender mais sobre mediunidade e sobre...

226 • Marcelo Cezar romance pelo espírito Marco Aurélio

— Sexualidade?

— Sim, senhora.

— Bem, quanto à mediunidade, posso lhe indicar livros interessantes, que o levarão a refletir, analisar, tirar suas próprias conclusões. Há relatos extraordinários, e, para os céticos, há livros escritos por cientistas, que comprovam a existência do mundo invisível. Quanto à sexualidade, infelizmente não temos muitos livros a respeito, por ora. Sexo e dinheiro são dois tabus muito grandes no mundo. Os espíritos bem que tentam passar alguma informação, mas precisam de um médium para transmiti-la. Muitos médiuns estão presos a conceitos preestabelecidos e não deixam que essas informações sejam repassadas. É melhor, quanto à sexualidade, procurar ajuda de um psicólogo. Isso lhe será de grande valia.

Ela pegou um papel e escreveu nomes de alguns livros interessantes sobre práticas mediúnicas, que desvendavam o mundo espiritual.

— Aqui estão os nomes dos livros. Se puder fazer o tratamento de passes, comece hoje e volte nas três próximas semanas.

Túlio pegou os papéis. Sentia que sua ida àquele lugar tinha valido a pena.

— Muito obrigado por me escutar. A senhora não sabe o bem que me fez. Entrei aqui me sentindo sujo, pervertido. Agora me sinto mais leve.

— Em matéria de amor e de sexo, cada cabeça tem, de fato e de direito, uma sentença.

Ele se levantou e apertou a mão da atendente.

— Voltarei a vê-la?

— Após quatro semanas de tratamento fará um retorno.

Túlio inquietou-se. Ela o confortou:

— Fique sossegado. Vai retornar comigo mesma.

— Obrigado. Não suportaria ter de explicar tudo isso a um estranho. A propósito, qual sua graça?

— Alzira.

— Prazer, dona Alzira. Muito obrigado.

— O prazer foi meu. Mas seu guia rogou que não vá atrás daquele moço.

Túlio gelou.

— Que moço?

— Henrique. Ele não vibra numa sintonia boa. Está rodeado de companhias infelizes, tanto encarnadas quanto desencarnadas. Afaste-se dele. Em breve você vai encontrar alguém que vibra na sua sintonia.

Túlio não respondeu. Estava boquiaberto. Que Vera tivesse tempo de ligar, era até plausível. Mas falar de Henrique? Que mulher era aquela? Uma bruxa? Não, não podia ser. Alzira pareceu-lhe uma mulher terna, amável, sincera, desprovida de preconceitos. Mas como descobrira? Quis perguntar, mas estava aturdido. Baixou a cabeça, saiu da sala e dirigiu-se em silêncio até o local que ela lhe indicara para tratamento.

Alzira suspirou profundamente. O guia espiritual de Túlio agradeceu-lhe mentalmente.

— Este é o meu trabalho — murmurou Alzira. — Mas será que posso fazer algo a favor de Henrique?

— Vibrar — respondeu o guia, com pesar. — Infelizmente, não há muito o que fazer. Sabemos que tudo na vida é regido por nossas escolhas. Henrique não é mau, mas está muito preso a crenças e condicionamentos antiquados. Além do mais, é autodestrutivo. Não acredita ser capaz de conseguir as coisas por si mesmo. Acha que precisa manipular, derrubar as pessoas para conseguir algo. É o sistema de crença dele. A traição do passado ainda o atormenta.

— E uma vibração? E se eu puser o nome dele na caixa de orações e emanar vibrações aqui do centro?

— Pode ajudar um pouco. O guia de Henrique está tentando afastá-lo das vibrações de Estela.

Alzira teve um sobressalto.
— Estela?
— Sim. Ela mesma. Vibre por ela também.
— Mas o que tem... — Alzira balançou a cabeça. — Então, foi Henrique...
O espírito assentiu com a cabeça.
— Reze por ambos, Alzira. Este centro tem muita força. Precisamos de vocês.
Alzira fechou os olhos e proferiu comovente prece, pedindo, no final, que os amigos espirituais pudessem dar suporte a Estela e Henrique.

No salão, depois dos passes, Túlio parecia outro homem. Era como se tivesse deixado um fardo pesado, de muitos quilos, dentro daquela sala. Estava maravilhado com a sensação leve, a cabeça mais serena. Sorriu e dirigiu-se até a livraria. Pegou os livros que Alzira lhe indicara. Ao chegar ao caixa, foi surpreendido pelo mesmo moço que o ajudara a levantar-se, antes de se consultar com a médium.
— Se eu fosse você, não levaria este livro.
— Não?
— Não. Ele é muito chato, escrito num português difícil de ser compreendido. O conteúdo é bom, mas a linguagem não é das melhores.
O rapaz pegou o livro das mãos de Túlio e colocou-o de volta na estante. Pegou outro e entregou-lhe.
— Este aqui, sim, é o que precisa no momento.
— Como sabe o que estou procurando?
O rapaz riu.
— Frequento este centro há anos e nunca o vi por aqui. Além do mais, você tem cara de novato, de quem não entende bulhufas de espiritualidade.

Túlio gostou do jeito delicado e engraçado do rapaz.

— Então este livro aqui é melhor?

— Sem dúvida.

Ele simpatizou com o rapaz e cumprimentou-o:

— Prazer, meu nome é Túlio.

— O meu é Clóvis. Passou pela triagem com dona Alzira?

— Com ela mesma. Fiquei embasbacado. A mulher me deixou de queixo caído. Se eu tinha alguma dúvida quanto à existência do mundo espiritual, agora a dúvida caiu por terra.

— Que bom! Dona Alzira é uma mulher fascinante. Não dá para imaginar que aquele corpo de meia-idade abrigue um espírito de tamanha lucidez.

— É verdade. Ela me tirou um fardo dos ombros. Nunca me senti tão bem em toda a minha vida. E olhe que vim aqui para tomar um passe e depois iria procurar um velho conhecido, tirar satisfações. Mas dona Alzira foi taxativa e me proibiu de me encontrar com ele.

— Se ela falou, não há do que duvidar. Eu também iria sair daqui para um acerto de contas, mas mudei de ideia. Refleti, e graças a Deus estou aqui. Poderia me meter em encrenca por pura teimosia e baixa autoestima.

— Baixa autoestima? Um rapaz tão simpático?

Clóvis sentiu leve friozinho na barriga. Estaria recebendo uma cantada? Ficou observando Túlio. Era bem simpático. Muito alto e estabanado, falava com as mãos. Mas tinha lá seu charme.

— Você faz o quê?

— Sou professor de História da Arte. Leciono na USP. E você?

— Trabalho num banco do governo.

— Quer tomar um café? — convidou Clóvis.

Túlio consultou o relógio.

— Creio que está um pouco tarde. Preciso ir para casa.

— Entendi. A patroa o espera — replicou Clóvis, em tom de brincadeira, dissimulando sua decepção.

Foi a vez de Túlio observar o rapaz, de cima a baixo. Simpatizara bastante com ele. Achara-o um pouco delicado no início, mas Clóvis possuía um sorriso encantador, era bonito, atraente e tinha senso de humor.

— A patroa espera, sim, mas pode esperar mais. Vou até o orelhão dar uma ligadinha. Vamos tomar um café.

Clóvis sorriu. Não sabia explicar o porquê, mas sentiu novo friozinho na barriga e seu coração bateu descompassado. Estava sentindo algo mais por aquele rapaz alto, grandalhão, desengonçado e... casado!

Preciso me conter. Vou ficar só na amizade. O rapaz é casado, não quero encrenca. Depois de Henrique, quero paz, chega de rolo. Vamos, rapaz, contenha-se, dizia mentalmente para si mesmo.

Capítulo vinte e um

Os meses se seguiram e Maria Lúcia não perdoou Eduardo pela cesariana. Toda vez que olhava para aquela pequena cicatriz, tinha vontade de esganá-lo.

— Você me mutilou!

— Exagero de sua parte. Mal dá para perceber.

— Desde o início insisti para que fosse parto natural.

— O doutor achou melhor a cesariana. A posição do bebê não permitia outra coisa.

Maria Lúcia olhava para a cicatriz, desolada. Eduardo procurou encorajá-la:

— Uma plástica resolve. E, se tiver outro filho...

Ela o repreendeu com veemência:

— Nunca diga uma barbaridade dessas! Jamais terei outro filho! Marcílio é único. Você não queria um herdeiro? Agora o tem. Fiz minha parte.

— Mas, Maria Lúcia...

— Estou farta dessa história. Desde que voltei da maternidade, é a mesma conversa. Você, sua mãe, seu pai... Sônia é a única que não me enche.

Eduardo procurou contemporizar. Sentou-se ao lado da mulher. Pegou em suas mãos. Ela sentiu repulsa, quis tirá-las. Eduardo percebeu o gesto e segurou-as com força.

— Por que me rejeita?

— Não o rejeito — respondeu, sacudindo os ombros.

— Rejeita, sim.

— Estou gorda, não consigo emagrecer, tenho esse corte horrível...

— Entendo, mas você nem ao menos me deixa tocá-la. Tenho me esforçado para que nosso casamento dê certo. Temos um filho, somos uma família. No entanto, você não colabora!

Ela se irritou:

— Você não me tolera.

— Não é isso, mas podemos nos entender.

— Está comigo por compaixão.

— Não é verdade.

— Sei que não me ama, Eduardo.

— E você, me ama?

Maria Lúcia não respondeu. Baixou a cabeça.

— Está vendo? — disse Eduardo, desolado.

— O que quer que eu faça? Meu amor é todo para o meu filho. Marcílio precisa de mim. — Ela se levantou de um salto e correu até a porta. — Cadê meu filho?

— A babá já vai trazer.

— Preciso amamentar meu filho. E essa babá, que não chega?

— Calma! Marcílio vem logo. Não pode ao menos desgrudar-se dele um pouco?

— Como?! Desgrudar-me de meu filho? Podem me chamar do que quiserem, menos de mãe relapsa. Cadê meu filho?

Em instantes a babá chegou com Marcílio nos braços e uma mamadeira. Maria Lúcia correu até ele.

— Venha com a mamãe, meu anjo. Mamãe vai dar de mamar para o filhinho dela.

Pegou Marcílio com enlevo no colo. Arrancou a mamadeira das mãos da babá e empurrou a jovem com os cotovelos.

— Vá, saia daqui. Não quero mais você conosco.

A babá assustou-se:

— Mas... Mas, dona Maria Lúcia, o que aconteceu? Adoro seu filho. Nunca fiz nada de errado...

— Quero cuidar de meu filho sozinha. Não preciso de babá.

— Mas...

— Saia. Não quero gritar na frente de meu filhinho. Rua! Saia!

Eduardo conduziu a babá, já chorando, para fora do quarto. Maria Lúcia ajeitou o filho no colo e levou a mamadeira até sua boca. Marcílio tinha apetite voraz. Naqueles quatro meses, havia crescido acima dos padrões para sua idade. Aquilo era motivo de orgulho para a zelosa mãe.

— Você é o tesouro da mamãe. Nunca vou deixar que ninguém o machuque. Mamãe vai defendê-lo e amá-lo sempre.

Ela não havia percebido a entrada de Eduardo no quarto. Ele se emocionou com suas palavras.

— Você mudou tanto depois da gravidez. Está tão amorosa! Nunca pensei que pudesse ser capaz de demonstrar tanto afeto.

Ele se aproximou e a beijou delicadamente na testa. Maria Lúcia fechou os olhos para não demonstrar a aversão que sentia. Procurando ocultar o sentimento, disparou:

— Sua mãe vai ser a madrinha dele, a dinda.

Eduardo vibrou de felicidade:

— Puxa, meus pais vão amar!

— Eu disse que sua mãe vai ser a madrinha. Não disse que seu pai vai ser o padrinho.

— Como assim?

— Henrique vai ser o padrinho.

Eduardo deu um pulo para trás.

— Nunca! Ele, não!

— Por que não?

— Quer destruir a harmonia em nossa família? Está louca?

— De jeito algum. Os padrinhos serão sua mãe e Henrique.

— Não vou permitir isso. Meu pai não merece tamanho desaforo.

— Então não haverá batizado, não haverá madrinha, tampouco padrinho.

— Não seja intransigente.

— Você é quem sabe.

— Isso é inconcebível. Henrique não é da família. Meu pai sonha em ser padrinho de Marcílio.

— Ele já é avô. Por que deseja ser também o padrinho?

— Nessa linha de raciocínio, minha mãe também não deveria ser a madrinha.

Maria Lúcia mudou o rumo da conversa:

— O problema é Henrique, certo? Por que o preconceito?

— Não se trata de preconceito. Não tem nada a ver.

— Bem, se quiser batizar seu filho, será dessa forma; caso contrário, sem padrinhos.

Eduardo nada disse. Não queria discutir na frente do bebê. Levantou-se contrariado e foi para o banheiro tomar uma ducha e esfriar a cabeça.

Maria Lúcia riu com gosto.

Estúpido! Além de corno, é manipulável. Preciso ficar amiga de Adelaide. Ela vai se sentir lisonjeada, e assim poderei estreitar nossa amizade. Essa velha arrogante vai ser minha amiga, sim. Por intermédio dela vou conhecer a nata da sociedade, as pessoas mais importantes. E Henrique vai ensinar meu filho a ser refinado, culto, sensível.

Marcílio terminou de mamar e ela o levantou. Colocou-o na posição para o arroto e em seguida embalou-o nos braços.

O bebê logo adormeceu. Ela se levantou e delicadamente o colocou no berço. Beijou-o na testa.

— Sonhe com os anjinhos, meu amor.

Ficou fitando o filho, admirando sua semelhança com Gaspar. Ao lembrar-se do ex-namorado, Maria Lúcia teve vontade de sair correndo e ir atrás dele. Mas não poderia ser tão insensata. Agora era mãe, precisava zelar por sua reputação. Assim que o filho começasse a dar os primeiros passos, ela poderia voltar a assediar Gaspar. Não conseguia tirá-lo do pensamento. Chegava a suar frio, tamanho o desejo de tê-lo nos braços. Mordiscou os lábios, passando a língua para cima e para baixo, numa volúpia sem fim. Sentiu um calor que havia muito tempo conseguira controlar e abrandar.

Desde a lua de mel, não tivera mais relações com o marido. Era sacrifício demais deitar-se com Eduardo. Ela sempre pretextava dor de cabeça, enjoo, desculpas de todos os tipos. E agora estava difícil abrandar o desejo reprimido havia tanto tempo.

Maria Lúcia sentou-se na cama, procurando afastar os pensamentos, mas seu corpo contraía-se de prazer. Ela estava desesperada. Tudo em sua mente girava em torno de sexo. Sem poder mais conter o desejo havia muito reprimido, num ato ensandecido levantou-se, arrancou a camisola e invadiu o banheiro. Abriu a porta do boxe e jogou-se nos braços do marido, enlouquecida, completamente fora de si. Eduardo levou grande susto. Ele tampouco procurara por prazer nas ruas. Conseguira, de certo modo, sublimar seus desejos. Se tivesse de se deitar com alguém, não seria com qualquer uma, mas com Marinês. Como amava aquela mulher! Como a desejava! A esse pensamento, ele fechou os olhos. Em sua mente veio a imagem nítida da cunhada.

Naquele instante, os corpos mornos pela água que caía, o desejo ardente dentro deles, tudo contribuiu para que se esquecessem de suas aflições e se entregassem ao prazer do momento. Amaram-se ali mesmo, em pé. E de olhos bem fechados: Maria Lúcia imaginando-se nos braços de Gaspar; Eduardo imaginando estar amando Marinês.

Quando terminaram, Maria Lúcia sussurrou o nome de Gaspar. Eduardo voltou à realidade. Abriu os olhos, completamente atordoado:

— O que foi que disse?!

— Eu... nada... não disse nada.

— O que fizemos?

— Não... não sei o que deu em mim — disse Maria Lúcia, enquanto saía do boxe.

Eduardo terminou de lavar-se. Respirou fundo e enxugou-se. Procurava dissimular. Ele também quase havia se delatado e trocado o nome da mulher pelo da cunhada. Fez encenação para Maria Lúcia não notar nada, mas ela não era burra. Eduardo questionou:

— É Gaspar que você quer. Cismou com ele. Nunca vai esquecê-lo.

— Eu me esqueci de Gaspar.

— Esqueceu uma figa!

Ela se enrolou numa toalha. Arrependida e nervosa, vociferou:

— E você me amou como se eu fosse minha irmã.

— Mentira! Não coloque Marinês nesta história. Não deturpe.

— Você me amou pensando nela.

Eduardo permaneceu calado. Ela deu uma gargalhada.

— Você é um patife. Por que não corre atrás dela?

— Por respeito a você, a mim, ao nosso filho.

— Não use Marcílio como desculpa.

— Não estou usando nosso filho. Jamais faria uma coisa dessas.

— Por que não vai embora?

— Porque amo Marcílio. Não é momento para pensar em separação. Será que não podemos fazer um esforço, pelo menos agora? Mais à frente pensaremos numa solução.

Medo de amar • 237

Nosso filho precisa crescer sentindo-se seguro, com uma mãe e um pai a seu lado.

Maria Lúcia segurava-se ao máximo para não falar a verdade. Como Eduardo era tolo, achando que aquele bebê era seu filho! Só ele não percebia a semelhança entre o bebê e Gaspar. Ela possuía uma vontade louca de gritar que Marcílio era filho do ex-namorado. Adoraria ver a reação de Eduardo com uma notícia desse quilate. Antegozava o prazer de ver o marido sentindo-se traído, arrasado. Mas conteve-se. Ainda precisava de tempo e também de muito, muito dinheiro para ver-se livre de Eduardo e de sua repugnante família.

Algum tempo atrás, por sugestão de Henrique, Maria Lúcia abrira conta num banco e depositava altas somas em dinheiro. Controlava as despesas da casa, gastava muito pouco para si. Pedia a Eduardo sempre muito mais do que precisava e economizava ao máximo, fazendo seu pé de meia à custa do marido.

Ela se enxugou rapidamente e correu para o quarto. Marcílio dormia candidamente. Pegou o primeiro vestido que viu no armário, deu novo beijo na testa do filho e ligou para Henrique.

— Venha me pegar, rápido.

— O que foi?

— Estou nervosa. Cometi uma loucura.

Henrique preocupou-se.

— O que você fez?

— Venha me pegar e eu lhe conto tudo. Dou-lhe dez minutos.

— Já vou, Maria Lúcia. Rapidinho.

Ela pousou o fone no gancho. Suspirou profundamente. Eduardo entrou no quarto para se vestir. Vendo-a arrumar-se, perguntou:

— Por que essa roupa? Vai sair?

— Preciso conversar com Henrique.

— Aonde vai?

Ela se levantou brava, vociferando em baixo tom, para não acordar o bebê:

— Não interessa. Não lhe devo satisfações. Aproveitou-se de mim num momento de fraqueza.

— O que disse?

— Isso mesmo.

— Foi você que me atacou. Jogou-se sobre mim dentro do boxe.

— Poderia ter evitado. Poderia ter me empurrado, Eduardo.

— Você é minha mulher! Natural que depois de tanto tempo em jejum fizéssemos amor.

Ela fez cara de nojo.

— Chega! Fique aqui tomando conta de meu filho. Volto mais tarde.

Apanhou a bolsa e saiu. Ficou esperando Henrique na portaria. Logo em seguida, o rapaz buzinou. Maria Lúcia entrou no carro, aos prantos.

— O que foi?

— Nada. Siga em frente. Tire-me daqui por algum tempo.

— Quer ir aonde?

— Não quero ser vista pelas pessoas de meu círculo. Que tal me levar até aquele café atrás do Cine Metro, no centro da cidade?

— O Mocambo?

— Esse mesmo, só frequentado por homossexuais. Corro menos riscos.

Henrique engatou marcha e seguiram para o bar, em silêncio. Sabia que não podia fazer perguntas a Maria Lúcia quando ela ficava nervosa, desarvorada. Ele ligou o rádio e, enquanto guiava, cantarolava, deixando Maria Lúcia à mercê de seus devaneios.

Capítulo vinte e dois

Henrique estacionou a uma quadra do bar. Percorreram o trajeto até o bar em silêncio. Quando adentraram, escolheram a mesa mais afastada, nos fundos do estabelecimento.

— Agora pode me dizer o que aconteceu?
— Fiz amor com Eduardo.
— E qual o problema?
— Como assim? Não vê que me entreguei a meu marido? Não queria de jeito algum alimentar esperança que fosse. Não resisti, a carne é fraca. Fiquei tão ligada em Gaspar. Olhei para Marcílio, e era como se estivesse vendo o pai dele, entende?
— Gasparzinho é a cara do pai, mesmo.
— Eu o proibi de falar assim de meu filho! — censurou ela, nervosa.

— Desculpe.

— O nome dele é Marcílio. Mais uma brincadeira dessas e já sabe: corto sua mesada!

— Desculpe, não tive a intenção...

Henrique odiava ter de calar a boca, ainda mais quando Maria Lúcia falava em tom de ameaça. Ele dependia dela em tudo e controlava-se ao máximo para não contrariá-la. Levantou-se para pegar dois drinques, a fim de dissimular o rancor. Ao encostar no balcão do bar, deparou com Clóvis. Fingiu não conhecê-lo. O rapaz cumprimentou-o:

— Como vai?

— Vou bem — respondeu Henrique, mal-humorado.

— E Marcos? Vocês ainda estão juntos?

— Ele é um amigo, não é namorado.

Henrique estava com raiva de deus e o mundo. Precisava descontar sua ira em alguém. Partiu para a provocação, com nítida intenção de espezinhar o moço.

— E você, está sozinho?

— Estou esperando um amigo.

Nisso, Túlio chegou e cumprimentou Clóvis com um abraço, sem notar a presença de Henrique. Este ficou exasperado. Aparentavam ser íntimos. Clóvis fez as apresentações. Henrique estava apalermado.

— Você e Túlio? Juntos?

— Somos amigos.

— Vocês se conhecem? — inquiriu Túlio.

— Era dele que eu lhe falei aquele dia.

— Que coincidência, Clóvis! Porque era dele que eu lhe falei também.

Henrique fitou-os com fúria.

— Quem estava falando o quê de mim?

Túlio bateu nas costas dele, enquanto conduzia Clóvis para outro canto.

Medo de amar • 241

— Não falamos nada. E, de mais a mais, não vamos perder nosso precioso tempo falando de você, não é mesmo? Temos coisas mais interessantes a dizer um ao outro. Com licença.

Túlio deu uma risadinha, puxou Clóvis pelo braço e foram para o outro extremo do bar. Henrique espumava de ódio. Pegou os drinques e voltou rápido para a mesa.

— Nossa, que cara é essa, Henrique? Algum bicho o mordeu?

— Antes tivesse me mordido.

— Mas o que foi?

— Nada, Maria Lúcia. Encontrei dois conhecidos. — Ele procurou forçar um sorriso. — Dois idiotas com quem tive envolvimento e descartei. Ambos são insuportáveis, pegajosos. E que ironia: estão juntos!

— Você ficou perturbado. Posso ver em seus olhos.

— Não, não é isso.

— Como não? Você está se contendo. Eu o conheço.

— É que me senti um otário. Eles me fizeram de bobo.

— Ninguém faz você de bobo.

— Isso é verdade. Mas vou dar o troco.

— Quando você fica desse jeito, é porque vai aprontar alguma.

— Pode esperar, que vou dar o troco. Esses dois vão se dar mal, tenha certeza disso.

— Não quer vê-los juntos?

— Não é isso. Túlio se acha o maioral, se faz de bonzinho. É um pervertido, uma bicha enrustida, com vida dupla. Quem ele pensa que é para me tratar daquele jeito?

Maria Lúcia riu.

— Você saiu com ele e na época não o julgava pervertido.

— Não me deixe mais nervoso, por favor! Esses dois tripudiaram sobre mim e agora vão receber o que merecem.

— Epa! Fique tranquilo. Não vou exasperá-lo ainda mais. Vamos beber. Assim nos esquecemos dos homens que infelicitam nossas vidas.

— Você é completamente louca mesmo! Onde já se viu arrepender-se de ter feito sexo com o marido? Só você! Eu me deitaria com Eduardo num piscar de olhos.
— Você se deitaria com qualquer um.
— Isso é verdade.

Ambos caíram na gargalhada. De vez em quando Henrique olhava de soslaio, observando Túlio e Clóvis, que mantinham animada conversa. Pensou, irritado: *Túlio não perde por esperar. Eu sei aonde ele vai com a mulher e os filhos aos sábados de manhã. Vai ser uma grande cena!*

O sábado amanheceu ensolarado, dia ideal para passear. Henrique acordou bem-disposto, tomou banho, colocou uma roupa bem confortável — shorts, camiseta e tênis — e foi reluzente para o Parque do Ibirapuera. Sabia o horário em que Túlio costumava chegar com a família.

— É hoje que dou uma lição naquele enrustido de uma figa. Ele vai ver só com quem está mexendo — disse, entre ranger de dentes.

O rapaz chegou ao parque por volta das dez e meia da manhã. Foi até o local onde supostamente Túlio estaria. Esperou, deu uma voltinha, flertou com um rapaz que fazia *cooper*. Uma hora depois, ele avistou ao longe um brutamontes acompanhado da mulher e de dois garotos. Henrique sorriu.

— Enrustido de uma figa! A hora é esta.

Ele fingiu estar caminhando à toa e foi em direção ao casal. As crianças estavam empinando pipa e afastaram-se. Túlio conversava animadamente com a mulher. Ao dobrar uma das alamedas do parque, avistou Henrique. Túlio gelou. Sentiu as pernas trêmulas. Tentou desesperadamente puxar a mulher para outro lado, mas em vão. Henrique chegou afetadíssimo, mais do que o usual, forçando uma voz melosa e esganiçada. Abusando dos trejeitos e desmunhecando os pulsos, deu um tapa coreografado no peito de Túlio.

— Queridinho! Há quanto tempo!

Túlio não respondeu. Matilde olhou para o marido sem nada entender. Henrique continuou:

— Ora, ora, perdeu a língua? O que aconteceu? Não cumprimenta mais os amiguinhos?

— Está me confundindo com alguém. Com licença.

Henrique segurou-o pelo braço.

— Como iria confundi-lo, Túlio? Lá no banco só há um Túlio assim, grandalhão, chegado em...

— O que quer com meu marido? — interveio Matilde, com frieza e jogo de cintura fenomenais.

Henrique não gostou do tom ameaçador da mulher. Achava que naquele momento ela fosse ficar envergonhada, querendo sumir, pois ele falava alto, de propósito, e algumas pessoas ao redor passavam e davam uma risadinha ou se cutucavam, apontavam e cochichavam. Por sorte, as crianças estavam bem longe e nada notaram. Henrique respirou fundo.

— Seu marido sumiu, não me procurou mais. Pensei que estivesse doente e me preocupei.

— Deixe-nos em paz.

— Só queria ter notícias, afinal me inquietei com seu sumiço.

— Meu marido é um homem bom.

— Bom de cama, você quer dizer? Nem tanto.

Matilde deu um bofetão na cara de Henrique.

— Ele nunca se envolveria com um tipo como você.

Henrique sentiu o sangue subir.

— Túlio não se envolveria comigo? Ah, é? Então pergunte a seu maridinho bom e casto quantas vezes eu beijei a marquinha de nascença que ele tem na virilha, bem perto do...

Matilde explodiu. Avançou sobre Henrique e cobriu-lhe de bofetadas, sopapos. Arranhou seu rosto, puxou seu cabelo.

244 • Marcelo Cezar romance pelo espírito Marco Aurélio

Ele não esperava por aquilo. Foi pego de surpresa e tinha dificuldades para se livrar da fúria da mulher. Um guarda apareceu e apartou a briga, enquanto Túlio, desconcertado, foi ter com os filhos.

Um grupo de curiosos formou-se ao redor. O policial interveio:

— O que se passa aqui?

— Perdi o controle, seu guarda.

— Ela é louca, desequilibrada — esbravejou Henrique.

— Ei, ei — advertiu o policial. — Mais respeito com a senhora! — E, virando-se para Matilde, perguntou: — O que aconteceu aqui?

— Esse... esse rapaz veio amolar a mim e a meu marido. Veio nos xingando, falando coisas absurdas.

O policial olhou para Henrique, todo machucado, e para Matilde.

— Vamos todos para o distrito.

Henrique gelou. Delegacia não era o que ele queria naquele momento. Matilde foi enfática:

— Não precisamos ir ao distrito, a não ser que esse moço continue nos importunando.

— Então, madame, devo levar esse sujeito para prestar declarações — sugeriu o policial.

Túlio chegou com as crianças.

— Não vai ser necessário, seu guarda. Vamos embora. Esse rapaz me confundiu com um desafeto, e daí surgiu a confusão.

O policial, ao encarar Túlio e todo o seu tamanho, assustou-se.

— Está certo, senhor, podem ir. Vou conversar com esse sujeito aqui.

Henrique começou a chorar. Tinha pavor de polícia. Matilde interveio:

— Deixe-o seguir seu caminho. Mas, se voltar a nos confundir e nos perturbar, dou queixa na polícia e o meto no xadrez, num piscar de olhos.

Medo de amar • 245

Henrique nada disse. A dor da humilhação e dos cortes em seu rosto era imensa. Sentia-se um nada, uma coisa qualquer, impotente. Quando as coisas não caminhavam como ele queria, sentia-se o pior dos indivíduos. Baixou a cabeça, ajeitou a camiseta, cuja gola havia ficado esgarçada, e foi embora, com ódio de Matilde e muito mais de si mesmo.

O casal despediu-se do guarda e partiu em silêncio. Matilde foi extremamente discreta. Controlou as emoções. No meio do caminho, ordenou:

— Deixe as crianças na casa de meus pais. Amanhã eles voltarão à fazenda. O ar do campo lhes fará bem.

— Oba! — gritaram os dois meninos, em uníssono.

Túlio nada respondeu. Fez sinal afirmativo com a cabeça.

O casal deixou as crianças com os avós maternos e, no caminho para casa, ambos permaneceram em silêncio.

Chegando em casa, caminharam calados até a sala. Túlio cobriu o rosto com as mãos e apoiou os cotovelos sobre os joelhos. Não sabia o que dizer. Matilde respirou fundo e tornou:

— Pensei, no início, que aquele rapaz o houvesse confundido com alguém. Mas, quando ele falou sobre a marca em sua virilha, pensei que meu coração fosse saltar pela boca.

— Mas...

— Você se entrega, Túlio, nos menores gestos. Toda vez que se sente em apuros, não faz nada, não grita, não xinga, não toma atitude. Durante a confusão, permaneceu o tempo todo calado.

— Desculpe.

— E o que iremos fazer?

— Não sei.

— Hoje foi esse desequilibrado. E amanhã?

— Não haverá outro que venha nos ameaçar. Eu não...

Matilde interrompeu-o, com elegância:

— Você não vai parar, Túlio. Faz parte de sua natureza.

Ele tirou as mãos do rosto e encarou a mulher com estupor.

— Eu não quero mais saber dessas coisas, Matilde. Foi um deslize, uma fraqueza. Perdoe-me, por favor. Juro que não vou mais me envolver com essa gente.

A mulher levantou-se e caminhou até a poltrona onde ele estava sentado. Abaixou-se e ficou de joelhos. Pegou em suas mãos.

— Eu sempre soube.

Túlio quase emudeceu.

— Como assim? Do que está falando?

— Não adianta mais mentirmos um para o outro. Eu sou sua mulher, estamos juntos há alguns anos. Não sou burra. Você pode ter jeito de brutamontes, pode enganar a muitos pelo seu tamanho, que mete medo e está muito longe do estereótipo que as pessoas fazem.

— Não... Matilde... Eu não...

Ela delicadamente pousou seus dedos nos lábios do marido.

— Psiu! Não precisa mais se torturar. Acho que chegou o momento de termos uma conversa há muito tempo evitada.

Túlio timidamente assentiu com a cabeça. Matilde continuou:

— De alguma maneira, não sei explicar, talvez intuição feminina, eu suspeitava de sua sexualidade.

— Eu nunca lhe dei motivos para...

— Isso, não. Você nunca teve trejeitos, nunca foi afetado. Mas sempre teve uma postura controlada, reservada demais. Quando começamos o namoro, eu percebia que não me atacava, não ia além do convencional.

— Sempre a respeitei.

— Éramos jovens e estávamos vivendo uma época de liberação dos costumes. Você sabe do que estou falando.

Túlio nada disse. Ela levou adiante:

— Percebi que, disfarçadamente, você olhava para os namorados de minhas amigas. No início, achei que fosse pura comparação, mas depois tive certeza de que você os observava com outros olhos. Eu já havia namorado outros rapazes e sabia como geralmente se comportavam.

— Timidez — defendeu-se ele. — Nunca fui de abordar diretamente uma mulher. Se você não desse em cima de mim, não sei se estaríamos juntos.

— No começo pensei que você fosse muito tímido. Sei que dei em cima, que insisti na relação. Eu me iludi, achei que com o namoro você não fosse mais ficar tanto tempo saindo com amigos.

— Eu bem que tentei.

— E um fato que sempre me incomodou: você não desgrudava de Zeca.

— Ele era meu amigo do peito — disse ele, tentando defender-se.

— Sabemos que não. Se Zeca não tivesse morrido naquele acidente, será que teríamos nos casado?

Túlio baixou os olhos e começou a chorar.

— Ele era meu amigo.

— Sabemos que era mais que um amigo.

Túlio não sabia o que dizer. Matilde estava lá, à sua frente, falando a verdade, sem rodeios. E ele achando que a enganara aqueles anos todos.

— Você é a única mulher que amei em toda a minha vida — retorquiu, sincero.

— Sei disso. Nunca duvidei de seu amor. Entretanto, você não me deseja como mulher. Você me ama como uma amiga, irmã, companheira.

Ele concordou com a cabeça. Ela continuou:

— Não posso viver com um homem que não sente desejo por mim. Por mais que eu o ame, Túlio, não posso negar que sinto falta do prazer.

— Desculpe, mas não posso mais me agredir. Eu não consigo...

— Tentei me enganar. Achei que, com a morte de Zeca e com o tempo, você fosse se conformar e mudar seu jeito. Mas não há como mudar. Faz parte de sua natureza.

Túlio abraçou-se a ela em desespero.

— Não sei o que fazer, Matilde. Estou com medo! Hoje tenho certeza do que quero, do que sinto. Tenho medo de magoá-la, de ferir nossos filhos. Não quero que as pessoas apontem para eles na rua e façam comentários maledicentes. Você e nossos filhos não têm culpa de nada.

— Claro que não. Você está pintando um quadro muito triste e sombrio da realidade. Juntos, acharemos uma saída para que nossos filhos não sofram, para que eu não me iluda mais e para que você não se machuque e se torture ainda mais.

— Você não existe! Posso lhe assegurar que nunca houve e nunca haverá outra mulher em minha vida.

Matilde deixou que uma lágrima escapasse pelo canto do olho.

— Sei disso. E você também foi único para mim. Contudo serei sincera: preciso ter a meu lado um homem que me deseje como mulher.

Túlio deixou que as lágrimas corressem livremente pelo rosto. Entrelaçou-se a Matilde e ficaram assim, em silêncio, tocados com a sinceridade daquela conversa. Nunca haviam conversado tão abertamente. Ela ressaltou:

— Sempre o respeitei e sempre o respeitarei. Não adianta eu exigir que você seja o que não é. Isso só vai nos trazer mais dor e frustração. Não sou preconceituosa e, lá no fundinho de meu ser, eu sabia que mais cedo ou mais tarde nosso casamento iria acabar. Quando deixou de me procurar, no início fiquei um pouco cismada. Achei que eu não era mais atraente e você preferia outras mulheres.

— Nunca me interessei por mulher que fosse.

— Acredito em você.

— É difícil para mim. Embora você seja atraente, perdi completamente o desejo.

Medo de amar • 249

Matilde exalou profundo suspiro. Levantou-se e andou calmamente de um lado para o outro da sala.

— Ultimamente tenho pensado em nosso casamento, em nossa relação. Estava para ter uma conversa franca fazia algum tempo. O incidente desta manhã adiantou o processo.

— Esse tipo de incidente não vai mais acontecer. Eu prometo que...

— Chega de falsas promessas, Túlio. Não vamos mais nos enganar. Temos a vida pela frente. Quero ser feliz e quero que você também o seja.

— O que pretende, então?

— Vou me mudar com as crianças para a fazenda. Tenho saudade do campo, de ficar mais tempo com meus pais. Eles raramente vêm a São Paulo, e estamos sempre correndo, sem tempo de visitá-los. As crianças precisam crescer num lugar onde haja qualidade de vida. Precisam andar descalças, ter contato com terra, plantas, animais. Confesso que São Paulo sempre me sufocou. A cidade é muito grande, tem muita gente, a violência aumenta a cada dia...

Túlio estava, de fato, emocionado.

— Eu amo tanto nossos filhos!

— Não vou privá-lo de vê-los. Mas a vida é feita de escolhas. Se você quer ter uma vida diferente, precisa abrir mão das crianças. Você não terá mais o contato diário com seus filhos, mas poderá vê-los nos feriados, fins de semana, férias, quando quiser. Sempre será bem-vindo.

— E a escola? Como fica?

— Já estamos no fim do ano letivo. E tenho certeza de que as crianças vão adorar a mudança.

— Os meninos vão estranhar uma mudança súbita. Ainda mais sem o pai.

— Pode confiar em mim: as crianças de nada saberão. Afinal, ainda não têm idade para absorver a verdade. E que diferença faz? Tantos casais se separam hoje em dia. Eles vão

250 • Marcelo Cezar romance pelo espírito Marco Aurélio

ficar felizes em ficar com os avós. Sabe quanto eles adoram a fazenda.

— Isso é verdade.

— Somos adultos, sabemos lidar com nossos sentimentos. Mas as crianças dependem de nós. Não sabem ainda trabalhar com as emoções. Fabinho tem percebido nossa distância e anda perturbado. Serginho vai mal na escola. Acho que a mudança vai ser boa para eles.

— Você é fantástica! Nunca pensei que fosse tão forte. Aceita-me do jeito que sou.

— Quando os meninos se tornarem adultos, poderão compreender melhor tudo que aconteceu. Torço para que o aceitem do jeito que é. Eu o aceito da maneira que é porque o amo, de verdade.

Túlio abraçou-a novamente e perguntou:

— O que vamos fazer agora?

— Preciso de um tempo para me organizar. Ainda bem que papai está na cidade. Mais tarde vou até lá, pretextando buscar as crianças, e vamos conversar.

— Ele pode querer explicações. Uma filha separada... Não fica bem.

— Papai é como eu: não liga para os outros. Ele torce por minha felicidade. Mamãe também tem boa cabeça. Eles me respeitam e irão acatar qualquer que seja minha decisão.

— E agora estou lembrando: além de tudo, você é valente.

— Eu?!

— Puxa, quase levou aquele coitado a nocaute.

Ambos riram.

— Não tenho mais nada a ver com sua vida daqui em diante, meu querido. Desejo vivamente que se dê bem. Esse tipo de vida ainda gera hostilidade por parte de alguns setores da sociedade, contaminados pelo preconceito. Espero que aprenda a não se envolver mais com gente como o rapaz do parque. Aquele não serve para você.

Medo de amar • 251

— Fique sossegada. Henrique é carta fora do baralho. Espero nunca mais vê-lo.

— E, se vier a vê-lo, dê uma de Matilde: acabe com a raça dele! Afinal de contas, você é macho, ou não é?

Túlio abraçou a mulher com amor. Jamais esperava que ela tivesse uma compreensão daquele quilate. Matilde fora espetacular. Mas, agora que ele estava livre para seguir seu caminho, sentia enorme insegurança. Não havia mais desculpas, podia escolher com quem viver, trazer à tona os sentimentos represados há anos, assumir suas preferências. Será que havia feito a coisa certa? Não estaria jogando fora uma relação estável, desperdiçando-a por conta do desejo? Eram tantas as perguntas, que Túlio sentiu-se atazanado.

Subiu as escadas e foi ao banheiro. O melhor era tomar uma refrescante ducha, para relaxar o corpo tenso e concatenar melhor as ideias. Debaixo da água, mais calmo, lembrou-se de Alzira. Na semana seguinte iria conversar com ela, iniciar novo tratamento espiritual. Sabia que a partir daquele momento era um homem livre e sua vida seria muito, muito diferente.

Túlio chorou pelo afastamento dos filhos. Ficar longe deles seria terrível, mas era o preço que tinha de pagar.

Matilde, por sua vez, pressentiu que a separação seria inevitável. Só não imaginava que seria assim, de uma hora para outra. Mas valera a pena tal resolução. Esperar mais para quê? Por que adiar uma decisão que teria de tomar mais dia, menos dia? Isso também lhe tirava um peso das costas. Agora podia pensar em sua vida, no que iria fazer dali por diante. Com os pais a seu lado, seria mais fácil criar os filhos. E de uma coisa ela não tinha dúvidas: precisava e queria encontrar um novo amor, um homem que, além de amá-la, a desejasse como mulher. E ela tinha certeza de que iria encontrar um feito sob medida para ela, mais cedo ou mais tarde.

252 • Marcelo Cezar romance pelo espírito Marco Aurélio

Capítulo vinte e três

Marinês, aos poucos, recuperou-se dos abusos a que fora submetida naquele funesto interrogatório. Graças a encontros diários com Alzira e ao carinho e amparo dos pais, sobretudo de Iolanda, pôde levar a vida adiante. A muito custo compreendeu o que lhe acontecera, o porquê de ter atraído uma situação tão desagradável em sua vida. Além de frequentar o centro, lia e estudava bastante acerca da vida espiritual. Sempre que podia, fazia perguntas a Alzira, que lhe dissipava todas as dúvidas.

Marinês passou a ter nova visão da vida, mais ampla, mais profunda, menos iludida. Sua fé, calcada na inteligência, ajudou a alargar sua consciência. A mudança em seus pontos de vista foi imperiosa para uma transformação radical e positiva em sua vida. Aprendeu que nossas crenças trazem consequências, agradáveis ou não. Foi difícil, mas, depois de tamanho choque, passou a rejeitar a moral humana, tão doentia, segundo ela. Marinês compreendeu que o que valia para estar de bem com a vida era dar valor ao que sentia, e não ao que aprendera.

A moça voltou a dar largas ao amor que sentia por Eduardo. Não tinha dúvidas de que o amava e de que era correspondida. Acreditava que um dia ambos ficariam juntos, mesmo que a realidade lhe mostrasse o contrário. Era visível o esforço que Eduardo fazia para não se aproximar dela. Marinês sabia que não era rejeição, porque, se eles se aproximassem, ambos não resistiriam.

Também se mostrava evidente a relação fria e distante entre ele e Maria Lúcia. As pessoas comentavam, os pais dele e dela comentavam. Eduardo perdera o brilho no olhar. O que segurava mesmo aquele casamento era o filho, que ele amava de paixão. Marinês acreditava que Eduardo não suportaria e em breve daria um basta à situação, desquitando-se da irmã e correndo para seus braços.

Marinês passou a mão pela testa, como a afastar os pensamentos. Naquela tarde, sentia-se contente. Era fim de ano letivo e, com a ajuda dos amigos e professores, conseguiu apresentar todos os trabalhos solicitados, fez todas as provas e passou de ano. Tinha, acima de tudo, de agradecer ao professor que mais a ajudara naquele período. Na verdade, ela até jogou charme sobre ele, logo que voltou às aulas, numa tentativa desesperada de esquecer-se de Eduardo por completo. Com o tempo, percebeu que aquele não era o caminho a seguir, e ela e o professor ficaram muito amigos.

A moça queria agradecer-lhe. Comprou-lhe uma calça jeans importada da marca Lee e iria fazer-lhe uma surpresa naquela tarde. Ela se arrumou, pegou o pacote bem embrulhado e foi para a universidade. Ao dobrar a alameda onde ficava o prédio, interpelou o guarda:

— Sabe onde encontro o professor Clóvis?

— Está no segundo andar, corrigindo provas.

— Obrigada.

Marinês subiu contente os lances de escadas. Entrou sorridente na sala.

— Boa tarde.

Clóvis levantou a cabeça e sorriu feliz.

— Que surpresa agradável, Marinês! Sente-se aqui perto.

— Não vou atrapalhar?

— De jeito algum. É um prazer.

Ela lhe deu o pacote bem embrulhado, delicadamente envolto por um laço de fita azul.

— O que é isso?

— Presente de Natal.

— Já?

— Não consegui me conter.

— Obrigado.

Clóvis rasgou o embrulho.

— Puxa! Adoro calça de brim!

— Espero que tenha acertado seu número, porque essa calça veio de muito longe.

Ele deu uma risadinha.

— Ah, então era por isso que me fitava nas aulas? Ficava medindo minha cintura?

Marinês balançou a cabeça para os lados.

— Eu e a classe toda. As meninas suspiram por você.

— Menos você — brincou ele.

— Meu coração já tem dono. O que posso fazer? Você chegou tarde.

— Você é a mulher que todo homem sonharia em ter ao lado.

Ela suspirou.

— Não quero pensar nisso agora. Estou tão feliz!

— Por quê? Por acaso viu seu cunhado hoje?

Medo de amar • 255

— Antes fosse! Maria Lúcia nunca se deu bem conosco. Desde que se casou, nunca mais pôs os pés em casa, nem para visita. Encontrei Eduardo e meu sobrinho no batizado, semana passada.

— E como foi? Conseguiu se conter?

— Senti um arrepio, benza Deus! Fiquei o tempo todo grudada em dona Alzira. Quase tive um treco. Mas durou pouco. O batizado terminou em confusão.

— É mesmo?

— Maria Lúcia se desentendeu com mamãe. Eduardo procurou contemporizar. Papai se meteu, claro que sempre dando razão à filha. Mamãe não aguentou e explodiu. Não foi um encontro tão agradável assim. Acabei nem cumprimentando meu cunhado.

— Mas vai ficar sendo sempre assim? E quando for aniversário de seu sobrinho? Não acha melhor ter uma conversa definitiva com Eduardo?

— Já pensei nisso. Esta semana ele me ligou duas vezes. Quer conversar.

— E você?

— Sinto-me insegura. Maria Lúcia é vingativa, pode fazer chantagem se descobrir alguma coisa.

— Do jeito que fala de sua irmã, e pelo que leio nas revistas, ela está mais interessada em nome, *status*, dinheiro. Está na cara que ela não ama o marido.

— Eduardo sofre com tudo isso.

— Se ele voltar a ligar, marque um encontro.

— Minha intuição diz para esperar, para não precipitar as coisas.

— Então respeite sua intuição. E não se esqueça de uma coisa.

— De quê?

— Só vou abençoar essa união se eu for o padrinho.

Marinês fez beicinho.

— Não vai ser possível porque a lei não permite. Se Eduardo se desquitar, não poderá se casar novamente.

— A gente faz uma reuniãozinha, poucos amigos. Celebramos como se fosse legal, e eu me torno padrinho do mesmo jeito.

— Ah, como adoro você, professor.

Clóvis abraçou-a com carinho.

— Você é muito especial para mim.

— Estou achando-o muito otimista, contente. — Ela se afastou com delicadeza e fitou-o nos olhos. — O que está acontecendo?

Clóvis deu uma piscada para Marinês e uma risada maliciosa.

— Estou apaixonado.

— Jura? E quem é o sortudo?

Clóvis deu uma risada alta.

— É um rapaz interessante, inteligente, carinhoso. Meio pedra bruta, precisa se refinar um pouco. É boa gente. Acabou de se separar. Estou dando um tempo. Ele não sabe que estou apaixonado.

— Está sendo o amigão de todas as horas?

— Isso mesmo. Na hora certa, dou o bote.

Marinês riu a valer. Clóvis tinha um jeito gostoso de se expressar, além de ser muito bem-humorado. A companhia dele fazia-lhe um bem enorme. Ficaram conversando animadamente e, ao anoitecer, Clóvis levou-a para casa.

Henrique estava dando mamadeira ao pequeno Marcílio.

— Como este menino mama! Onde vai parar?

— Não sei, mas acho ótimo. Vai ser forte e lindo como o pai — retrucou Maria Lúcia, deitada na cama, com aspecto nada agradável.

Medo de amar • 257

— Nossa, essa sua cara está difícil de aguentar. O que se passa?

— Não sei. Sinto-me mole, sonolenta, e tenho tido náuseas matinais. É uma sensação esquisita.

— Há quanto tempo está com esses sintomas?

— Há algumas semanas.

— E sua menstruação?

— Nem tenho pensado nisso. Não me lembro se veio ou não.

— Está abatida, perdeu peso.

— Deve ser o calor. Fim de ano me deixa mole por natureza.

— Mas assim está demais.

Henrique terminou de dar a mamadeira ao pequeno. Brincou:

— Pronto, a *titia* agora vai pôr você no berço. Precisa descansar.

— Pôr o menino no berço? Está louco? Tem de fazê-lo arrotar primeiro.

— Ah, esqueci.

Maria Lúcia pegou o filho nos braços e colocou-o em posição para facilitar a eructação. Quando Marcílio arrotou, regurgitou. Aquele odor penetrou as narinas de Maria Lúcia e ela pensou que fosse desmaiar. A náusea foi crescendo. Ela devolveu Marcílio aos braços de Henrique e correu para o banheiro.

Quando voltou, estava mais pálida ainda. Seu rosto não estava com aspecto agradável. Maria Lúcia, embora mais magra pela falta de apetite, estava com as extremidades inchadas. Henrique apavorou-se.

— Precisamos ir ao médico. Você não está bem.

— Não mesmo.

— O que fez no banheiro?

— Vomitei bastante. Sinto-me fraca.

— Vou solicitar que a empregada fique de olho no bebê. Vamos ao consultório do doutor Odair agora.

— Acha mesmo necessário?

— Maria Lúcia, olhe para sua cara!

Ela fez força e levantou-se. Olhou-se no espelho.

— Não está pior do que a sua. Você ainda tem marcas dos arranhões daquela doida varrida que o atacou no parque.

Henrique fulminou-a com os olhos.

— Já faz tempo. Não tenho marca alguma.

— Claro que tem. Dá para ver umas marquinhas no pescoço.

— Aquela vadia me paga!

— Deixe essa história de lado.

— Não é justo.

— Quem mandou se meter com mulher, e ainda por cima casada? Não sabia que, quando elas se sentem acuadas, perdem o juízo e partem para a briga? Isso é para você aprender.

— Aprender o quê, ora?

— A não se envolver mais com homens casados.

— Nisso tem razão. Há tanta gente solteira dando sopa!

Maria Lúcia teve nova ânsia. Henrique colocou o pequeno Marcílio no berço e chamou a empregada para ficar de olho no menino. Puxou a amiga pelo braço e foram direto ao consultório médico.

Henrique ficou na sala de espera enquanto ela era atendida. Num determinado momento, um grito de pavor ecoou por todo o consultório. A secretária assustou-se, as pacientes olharam-se atônitas. Henrique levantou-se de imediato e correu até a sala.

O obstetra encontrava-se apalermado, em estado de choque. Nunca uma paciente sua comportara-se de maneira tão desequilibrada. Maria Lúcia chorava copiosamente sobre a maca, balançava a cabeça de um lado para o outro, desesperada. Henrique indagou, confuso:

— Doutor, o que está acontecendo?

— Ela está fora de si. Vou receitar um calmante. Maria Lúcia está muito nervosa. E, no estado em que se encontra, precisa de repouso absoluto.

Medo de amar • 259

Henrique não entendeu. Correu até Maria Lúcia. Ajudou-a a levantar-se.

— O que aconteceu? Algo grave?

Ela só chorava, nada dizia. Abraçou-se a Henrique.

— Tire-me daqui já. Quero ir embora.

O médico interveio:

— Preciso de uns exames de laboratório para confirmação. A senhora terá de voltar na semana que vem.

Maria Lúcia cortou-o violentamente:

— Eu não virei aqui na semana que vem, nem nunca. Isso que me disse é absurdo. Não pode ser verdade. Deviam cassar seu diploma, isso sim!

Henrique continuava sem entender. Perguntou:

— Afinal de contas, doutor, o que se passa?

— Maria Lúcia está grávida.

— Mentira! — retrucou ela. — Não pode ser verdade.

O médico tentou acalmá-la:

— O aumento de seu útero e certo amolecimento do colo são indícios incontestáveis. Os exames laboratoriais irão confirmar, mas não tenho dúvidas: você está grávida.

Ela quase desmaiou. Henrique pegou a receita do calmante, a solicitação dos exames e saiu, carregando-a pelos braços. No carro, a caminho de casa, ele indagou:

— E agora?

— Agora o quê, Henrique?

— O que vai fazer?

— Eu, grávida!

— Por que não se cuidou? Não tomou pílulas?

— Eu não fazia sexo desde a lua de mel. Eu iria tomar pílula anticoncepcional para quê?

— Você, grávida, é o cúmulo!

— Acha possível eu carregar um filho de Eduardo no ventre?

— Pelo menos um legítimo, né?

— Cale a boca! Não estou para brincadeiras.

— Desculpe, Maria Lúcia. Só queria descontrair.

— Isso só pode ser inveja, olho-gordo, praga mesmo.

— Calma, tudo se resolve.

— Eduardo não pode saber dessa gravidez.

— Por que não? — perguntou Henrique, surpreso.

— Já sondei alguns advogados. Estava planejando me separar depois do ano-novo.

— Você não me contou isso.

— Ia contar, lógico. Acha que dá para ficar sob o mesmo teto que Eduardo? Impossível!

— Vocês dormem em quartos separados.

— Mesmo assim. Sinto repulsa só de saber que ele mora no mesmo apartamento.

— Peça o desquite, grávida mesmo.

— Não. Meus sogros iriam pressionar. O que faço?

Henrique deu uma risada sarcástica.

— Ora, faça um aborto.

— Como disse?

— Um aborto. É só arrancar essa coisinha aí de dentro. Pronto!

Maria Lúcia beijou-o várias vezes na face.

— Você é incrível! Por que não pensei nessa possibilidade? Tanto drama por nada!

— Quando foi que se entregou a Eduardo?

Maria Lúcia pensou, mordiscou os lábios.

— Foi naquela noite, lembra? Eu liguei para você e depois saímos. Foi a única vez que fiz amor com Eduardo.

— Você está louca?

— Por quê?

— Faz mais de três meses!

— Não pode ser! Estou enjoando somente há duas semanas.

— Faça as contas, querida. Não notou a menstruação atrasada?

Maria Lúcia fez gestos com os dedos. Apavorou-se.

Medo de amar • 261

— E agora, Henrique?

— Temos de agir rápido.

— Uma clínica de aborto? — ela sugeriu.

— Não. Clínica, não! Não dá mais tempo para fazer curetagem ou sucção. A coisa aí dentro — apontou para o ventre dela — já deve estar grandinha.

— Henrique, ajude-me.

— Que tal agulhas de tricô? Ou um cabide?

— O quê?

— É. Vi num filme. Parece que funcionam. Dói, mas dá para arrancar o feto num piscar de olhos.

Ela fez ar de repulsa.

— Isso, não. Não quero sentir dor.

Henrique pensou, pensou.

— Já sei! Ouvi falar de um curandeiro que prepara umas ervas. Muita gente diz que é tiro e queda.

— Que tipo de ervas?

— Ele prepara um chá abortivo. É uma mistura de arruda, losna, cipó mil-homens e mais um punhado de ervas amargas.

— Consegue me arrumar essas ervas?

— O risco de abortar é tão alto quanto o risco de morrer.

— Dane-se o risco! Preciso arrancar esse bicho de dentro de mim.

— Posso tentar.

— Tentar, não. Eu não o pago para tentar.

— Não sei como localizá-lo assim tão rápido, Maria Lúcia.

— O tempo urge.

— Amanhã, está bom?

— Vamos atrás desse homem agora mesmo.

— Não sei o endereço. Tenho de ligar para um amigo.

— Sem delongas! Se não me aparecer com o pacote de ervas ainda hoje, considere-se demitido.

— Devagar! Não sei se...

— Não quero saber. Eu o ponho no olho da rua. Esvazio o apartamento e arranco o carro em dois tapas.

262 • Marcelo Cezar romance pelo espírito Marco Aurélio

— Ei, não precisa tanta pressão! Quem disse que eu não a ajudaria?

— Pois então me deixe em casa e corra atrás desse curandeiro. É caso de vida ou morte.

— Está bem. Deixe comigo.

A contragosto, Henrique largou Maria Lúcia em casa e foi atrás de Marcos. Sabia que ele ajudava algumas prostitutas a se livrarem dos fetos indesejados tomando um chá amargo feito por um curandeiro nos arredores da cidade.

Enquanto isso, Maria Lúcia chegou em casa e correu para o quarto. Dispensou a empregada e agarrou-se ao filho.

— Filho querido, mamãe não vai ter outro bebê. Você é único, não vai ter de dividir nada com ninguém, não vai ter com quem brigar dentro de casa, não vai ter a atenção dividida com outro. Sempre seremos só você e eu, meu tesouro, mais ninguém. Mamãe jura que não vai ter outro filho.

Ela embalou a criança, e as lágrimas escorriam sem parar. Vez ou outra consultava o relógio, torcendo para que Henrique chegasse logo. Foi sorte Eduardo estar viajando a negócios naquela semana. Tudo se resolveria num piscar de olhos.

Henrique encontrou Marcos perambulando pelas ruas.

— Preciso de sua ajuda.

— Agora não. Estou à cata de clientes.

— É importante.

— Preciso de dinheiro. Depois passo em sua casa.

Henrique exasperou-se:

— Eu disse agora! Pago o que for.

Ao entrar no apartamento, Henrique jogou-se no sofá. Suspirou, irritado. Estava nervoso, odiava ser pressionado. Precisava dar uma resposta imediata a Maria Lúcia. Levantou-se e serviu-se de uísque.

Medo de amar • 263

— Preciso daquele chá abortivo.

— Que chá?

— Não se faça de besta, Marcos. Sei que você é quem arruma chá para as rameiras aqui da região.

— Custa caro.

— Eu pago.

— Custa muito caro.

— Maria Lúcia tem dinheiro para pagar quanto for preciso.

Aquilo encheu os olhos de Marcos de cobiça. Precisava arrumar mais dinheiro do que o pouco que conseguia nas ruas. Tentara arrancar algum de Henrique, mas percebera que o rapaz era esperto demais. Quando Marcos ia ao apartamento dele, nunca encontrava objetos de valor ou grande quantia em dinheiro. Sabia que o jovem escondia seus pertences de valor num cofre ali mesmo no apartamento. Mas onde? Era melhor procurar outro tonto. Naquele instante, porém, esqueceu-se dos planos, do cofre. Viu no desespero de Henrique grande oportunidade de conseguir bastante dinheiro.

Marcos ganhava muito pouco nas ruas. Já não era tão moço e tão atraente, atributos indispensáveis para um prostituto masculino. Ultimamente envolvera-se com consumo e venda de cocaína, que era a droga do momento. O preço era alto, e Marcos tornou-se um viciado da droga. Felizmente, sabia onde encontrar o tal curandeiro. Iria cobrar três vezes mais. Com isso, pagaria sua dívida com o líder da boca de fumo e também a taxa aos policiais, atrasada dois meses. Até pouco tempo, pensara em livrar-se de Henrique, visto que ele era afetado e insuportável. A situação agora se invertia. Precisava aguentar Henrique. Suspirou e disse:

— Ligue para sua patroa e diga que consigo as ervas para hoje à noite. Mas vai sair bem caro.

— Ela paga o que quiser.

— Mil dólares.

Henrique levou a mão à boca.

— Está louco? Um punhado de arruda e de losna agora vale ouro?

— Mil dólares.

— Sem essa! Sei que as prostitutas não pagam nem duzentas pratas pelas ervas.

— Trata-se de pedido especial.

— É muito dinheiro.

— Problema seu. É pegar ou largar.

Henrique hesitou. Marcos continuou com a pressão psicológica:

— A madame não precisa? Eu consigo para hoje, ainda.

— E o chá é tiro e queda mesmo?

— Já viu alguma de minhas amigas aqui do pedaço de barrigão?

— Não.

— Então! Confie em mim.

— Você está de sacanagem comigo.

— Não estou.

— Sabe que estou desesperado. Por isso está pedindo mais dinheiro.

— O dinheiro não é seu.

Henrique sentiu-se desarmado.

— Está certo. Espere um momento.

Ele se levantou e foi até o quarto. Passou o trinco e abriu uma das portas do armário com delicadeza, para não fazer barulho. Num dos cantos do armário, havia um fundo falso. Henrique deu pequena batida e o fundo se abriu. Lá estava escondido o seu cofre. Meteu a mão lá dentro, pegou dez notas de cem dólares. Cobriu novamente o fundo falso e fechou o armário. Ligou para Maria Lúcia.

— Quer me matar, Henrique? Estou ansiosa.

— Consigo as ervas para hoje à noite.

— Quanto?

— O preço é salgado. Não sai por menos de três mil dólares, mas é tiro e queda.

— Não importa o preço. O chá vai ajudar?

— Vai.

— Então pague o que for preciso — disse ela, convicta.

— Passo em sua casa daqui a pouco. Não disponho de tanto dinheiro.

— Pode vir. Eu tenho umas economias em casa.

Henrique, voz melíflua, tornou:

— Três mil dólares é muito dinheiro, mas me deram total garantia de que funciona.

— Pode vir pegar o dinheiro, Henrique. Se esses três mil dólares vão resolver o problema, ainda assim saiu barato.

— Ah, mais uma coisa. Tive uma conversinha com o doutor Medeiros, o delegado, sobre aborto.

— Falou de mim? — perguntou assustada.

— Claro que não, queridinha. É que ele financia uma clínica clandestina de aborto no centro da cidade. Quero ver se ele tem alguma sugestão.

— Obrigada. Você vale ouro!

Henrique pousou o fone no gancho, triunfante. Além de levantar o moral com Maria Lúcia, mostrando sua eficiência, tirara proveito da situação.

— Mais dois mil dólares para meu cofrinho! Essa Maria Lúcia é muito trouxa. O que uma mulher em desespero não é capaz de fazer?

Marcos aguardava sentado no sofá da sala. Pensava: *Tenho certeza de que essa bicha guarda joias e dinheiro no quarto, em algum lugar. Ainda vou descobrir onde.*

Henrique saiu feliz do quarto, mas ocultou sua expressão, apertando a testa e fingindo preocupação.

— O que foi? — perguntou Marcos.

— Tudo bem, Maria Lúcia disse que paga, mas só metade agora; a outra metade vem quando o chá surtir efeito.

Marcos fez força para não avançar em cima do outro e cobri-lo de socos. Respirou fundo.

— Bom, vocês é que sabem. Quem precisa das ervas é ela. Ou me dão os mil dólares de uma vez, ou nada feito. Procurem outro.

— O delegado Medeiros vai gostar de interrogá-lo.

Marcos sentiu o chão desaparecer. Odiava ser chantageado, ainda mais por uma pessoa sem escrúpulos como Henrique. Argumentou:

— O curandeiro só aceita pagamento à vista, em dinheiro.

— Não me faça de otário. Sei que está me pedindo muito mais do que vale. Então vamos combinar o seguinte: vou lhe dar duzentos dólares agora. Isso dá para pagar um caminhão de ervas. Quando voltar com a mercadoria, eu lhe dou os oitocentos restantes.

— Vou buscar.

Henrique tirou duas notas do bolso e entregou-as a Marcos.

— Às dez da noite me traga as ervas.

— Pode deixar.

Henrique fechou a porta e correu até o telefone. Precisava consultar um advogado bem ordinário.

— Vou arrancar algumas informações com Medeiros — disse para si, animado.

Marcos saiu contrariado.

Ele tirou dinheiro do bolso. Esse cara esconde grana no quarto, só pode ser. Eu estava quase desistindo dele, mas agora vou descobrir o esconderijo. Essa bicha vai pagar caro por tanto desaforo que levo para casa. É só uma questão de tempo.

Medo de amar • 267

Capítulo vinte e quatro

Marcos cumpriu com sua palavra. Às dez da noite, entregou o pacotinho. Henrique ouvia um LP em alto som. Marcos gesticulava e ele, cantarolando, fazia sinal afirmativo com a cabeça. Havia cheirado um bocado de cocaína.

— O curandeiro foi incisivo: a mulher tem de tomar duas xícaras de uma só vez. Uma xícara não vai fazer efeito. Mais de duas, pode ser fatal. Entendeu?

Henrique assentiu com a cabeça.

— Entendeu meu recado?

— Sim. Deixe o resto por minha conta. — Sacou um punhado de notas. — Aqui estão: setecentos dólares. Agora pode pagar sua droga.

Marcos pegou o dinheiro, olhos brilhantes.

— O combinado eram oitocentos.

— Bobinho! Passe aqui amanhã à noite. Vou fazer você merecer os outros cem dólares... — sussurrou Henrique, com voz sensual.

Marcos procurou disfarçar o nojo. Aquele jogo de dominação o massacrava. Estava ficando cansado de tanta provocação e submissão. Mas naquele momento não teve como discordar. Precisava acertar suas contas com o chefe da boca de fumo e com os policiais.

Perto da meia-noite, Henrique chegou à casa de Maria Lúcia. Ele mesmo preparou o chá.

— Aqui está.

— Ui, que gosto horrível! — Ela fez uma careta. — É amargo demais!

— Beba tudo.

— É só essa xícara?

— É. Por quê? Quer tomar um litro?

— Não. É muito ruim. Uma xícara foi suficiente para me enjoar.

Esperaram dez, vinte minutos. Nada.

— Se esse chá não surtir efeito, nunca mais quero cruzar com você.

— Calma! Talvez demore um pouco. Em breve o chá vai atacar esse pedaço de gente aí dentro — fez sinal apontando para a barriga dela.

— Vou me deitar.

— Qualquer coisa, pode me chamar.

Algumas horas depois, alta madrugada, Maria Lúcia acordou com fortes dores abdominais. Gritou de dor e Henrique veio correndo.

— Não aguento mais de dor! Será que está fazendo efeito?

Medo de amar • 269

— Claro! Marcos garantiu que era tiro e queda.

— Mas dói muito.

— Não acha melhor irmos até o hospital?

— De jeito algum!

— Vamos a um hospital público. O chá já deve ter matado o feto. Essa cólica pode ser aviso do organismo para expelir o que sobrou.

— Estou suando frio.

— Vou pegar um copo de água.

Henrique saiu e voltou num instante. Ordenou:

— Tome.

Maria Lúcia bebeu um pouco.

— Tenho medo de hospital. E se descobrem?

— O quê?

— E se descobrem que ingeri um chá abortivo?

— Acha que médico de plantão, num hospital público, a esta hora da noite, vai investigar alguma coisa?

— Estou com medo.

— Você sempre foi tão corajosa!

— Se Eduardo descobre que estou grávida, estou perdida.

— Quando ele voltar de viagem, nem vai perceber.

— Não sei. Poderá desconfiar de algo.

— Ele quer tanto outro filho?

— Nunca conversamos a respeito. Acho que nem pensa nisso. Estamos a um passo da separação.

— Então sossegue.

— Eduardo é contra o aborto. Mesmo com o casamento por um triz, ele iria me obrigar a ter a criança.

— Que horror!

— Por isso preciso abortar antes que ele volte de viagem.

— Você não está bem.

— E daí? Logo passa.

— Não se preocupa com Marcílio? E se algo ruim acontecer a você?

Maria Lúcia olhou para o berço e sentiu um aperto no peito.

— Tem razão. Não havia pensado nisso. Meu filhinho precisa de mim.

— Mas vamos voltar a falar do aborto. Se esse parasita resistir ao chá, pratique infanticídio.

— Como?

— Mate o recém-nascido.

— De onde tirou essa ideia?

— Não lhe disse que eu era prestativo? Tive um longo papo com o doutor Medeiros. Como ele mantém uma clínica de aborto, sabe de memória os artigos 123 a 128 do Código Penal, que tratam do caso. A lei brasileira julga o infanticídio delito muito específico, da mãe que mata seu bebê no período puerperal.

— Que disse? Fale direito! Está parecendo até um advogado...

Henrique sorriu. Percebeu que conquistava ainda mais a simpatia e o apreço de Maria Lúcia.

— O período puerperal se dá durante a recuperação do parto, quando supostamente o estado perturba o juízo da mãe. Está no artigo 123 do Código Penal. Você pode ser presa por um período de dois a seis anos. No entanto, com o sobrenome e dinheiro que tem, se livra fácil da detenção.

Henrique entabulava conversação para que Maria Lúcia esquecesse por ora da dor e o chá surtisse efeito. De fato as dores foram diminuindo, mas, de repente, Henrique deu um grito:

— Olhe para o colchão! Você está sangrando! — disse, horrorizado.

— Está surtindo efeito!

— Não sei, não... É muito sangue. Vamos para o hospital agora mesmo.

— E Marcílio?

— Eu chamo a empregada. Vamos! Não temos tempo a perder.

Poucos minutos depois, ambos estavam no carro. Sem trânsito, cruzaram as ruas rapidamente e logo chegaram a um hospital público. Maria Lúcia foi atendida e medicada imediatamente. Henrique recostou-se numa cadeira, numa grande sala de espera. Estava cansado. Um dos médicos do plantão foi ter com ele.

— E então, doutor?

— Ainda bem que a trouxe.

— Fiz o que precisava fazer.

— É marido dela?

— Não, amigo. O marido encontra-se fora, em viagem de negócios.

— Ela por pouco não perdeu o bebê. Foi por um fio.

Henrique arregalou os olhos.

— Quer dizer que ela não perdeu o bebê?

— Não.

— Não sabe o peso que tirou de minha consciência, doutor.

— O feto está bem formado.

— Quantos meses?

— Deve estar perto de quatro meses de gestação.

— Quatro meses? Não me diga!

— Ela nunca sentiu nada nesses últimos meses?

— Que eu saiba, não. Os sintomas começaram há cerca de duas semanas. Maria Lúcia estava mais preocupada com a falta de secreção de leite ao filhinho.

— Ela tem um filho pequeno?

— Um pimpolho de sete meses.

— Pode ser que ela tenha se confundido. Mas não notou a menstruação atrasada?

— Parece que não.

— Ela vai precisar de muito repouso.

— Mesmo?

— Está fraca. Sabe o que ela ingeriu?

— Não faço ideia.

272 • Marcelo Cezar romance pelo espírito Marco Aurélio

— O senhor pode ficar por aqui. Ela vai ser liberada logo mais. Vai passar a manhã sob observação.

— Quando poderá voltar para casa?

— Se tudo correr bem, no fim da tarde será liberada.

Henrique precisava agir rápido. Assim que Maria Lúcia soubesse a verdade, que não perdera o bebê, iria culpá-lo pelo fracasso, odiá-lo, talvez se afastar dele. E iria fazer de tudo para interromper a gravidez.

Quando ela metia uma ideia na cabeça, não havia quem a tirasse. Henrique não podia permitir que ela cometesse mais desatinos. Se tivesse demorado um pouquinho mais para chegar ao hospital, Maria Lúcia teria conseguido seu intento. Mas ele não podia deixar que ela colocasse a própria vida em risco. Afinal de contas, ela era sua galinha dos ovos de ouro. E se ela morresse? O que poderia acontecer se a hemorragia evoluísse?

— Ela não vai se livrar de mim. Hoje, mais do que nunca, preciso de aliados. Essa louca precisa viver. Tenho de demovê-la da ideia de abortar. Não posso colocar em risco meu futuro, meu dinheiro, meu *status*, por um capricho dessa doida. Maria Lúcia é importante para mim... ainda.

Deu uma risadinha e, num lampejo, teve uma ideia.

Assim que se iniciou o horário de expediente na empresa de Eduardo, Henrique correu até um orelhão e ligou para o escritório. Quando atenderam, ele cobriu parcialmente o bocal do fone e fez voz esganiçada, tipicamente feminina. Pediu pela secretária de Eduardo.

— Quem gostaria?

— Sou a empregada dele. A patroa não passou bem e saiu daqui às pressas. Está hospitalizada. Sabe como faço para encontrá-lo?

— Vou tentar localizá-lo. Pode me dar o telefone do local onde ela se encontra?

Medo de amar • 273

— Telefone eu não tenho, mas vou lhe dizer onde ela está internada. — Henrique deu o endereço do hospital. — Por favor, peça para ele procurar Henrique, na porta de entrada.

— Henrique?

— É. A patroa foi com esse moço para o hospital.

— Está certo. Vou localizá-lo.

Henrique pousou o fone no gancho, gargalhando alto. Vibrava de felicidade. Uma hora depois, Eduardo apareceu no hospital, arfante, tom preocupado.

— O que aconteceu?

— Não estava viajando?

— Cheguei agora cedinho e fui direto ao escritório. Iria para casa daqui a pouco. Minha secretária não sabia como me dar a notícia, estava...

— Maria Lúcia passou mal e eu a trouxe até aqui. Agora ela está fora de perigo — interrompeu Henrique.

— Por que a trouxe a um hospital público?

Henrique tinha de agir rápido. Replicou em tom afetado, fingindo preocupação:

— O que podia fazer, Eduardo? Ela me acordou de madrugada, morrendo de dor. Fiquei tão nervoso que, quando percebi, estava defronte a este hospital. Pelo menos ela recebeu pronto atendimento.

— O que ela teve? Algo grave?

Henrique deu uma risadinha. Balançou a cabeça para os lados.

— Que eu saiba, Eduardo, gravidez não é tão grave assim...

— O que disse?

— Gravidez. Maria Lúcia está grávida. Passou mal, teve hemorragia.

— Está brincando!

— De jeito nenhum. E, pelos cálculos, ela deve estar de quase quatro meses. Não é maravilhoso?

Eduardo não conseguia articular som algum. Fora pego de surpresa.

— Tem certeza?
— E eu sou de brincar com uma coisa dessas?
— Maria Lúcia, grávida?
— Lembra-se daquele banho demorado, meses atrás?

Eduardo sentiu o sangue subir. Achava um absurdo Maria Lúcia contar tudo de sua vida a Henrique. Mudou o tom de voz:

— Preciso vê-la.
— Ela logo vai para a enfermaria, papai.
— Obrigado por tê-la socorrido.
— O que é isso, Eduardo? Falando nesse tom, você me ofende. Sabe que me preocupo com Maria Lúcia.

Eduardo nada respondeu. Foi ter com o médico que tinha atendido Maria Lúcia. Tratou logo de removê-la para um hospital particular, sob os cuidados da equipe do doutor Odair.

Henrique entrou no carro com indescritível sensação de prazer.

Agora, Maria Lúcia que se dane! Ela vai ficar fula da vida, mas vou botar a culpa na empregada. Direi que ela ligou aflita procurando Eduardo e o fez correr até o hospital. Pronto: assim me livro de acusações. Vai ser a palavra da empregada contra a minha e a da secretária, que caiu como um patinho. Vou levar a melhor. Maria Lúcia nunca vai desconfiar. E ganhei a confiança do idiota do Eduardo. As coisas estão indo muito melhor do que eu esperava.

À tardinha do mesmo dia, Maria Lúcia foi transferida para um hospital particular, sob efeito de forte medicação. A equipe do doutor Odair aplicou-lhe soro, pois ela se encontrava com princípio de anemia.

Eduardo estava sentado na poltrona, pensativo. Tencionava separar-se quando o filho completasse um ano de vida, e faltavam poucos meses para isso. E, agora, essa surpresa! Como Marinês reagiria a tudo isso? Seria impossível separar-se agora. Teriam de adiar seus planos. Será que Marinês iria esperá-lo?

Eduardo sentiu o pânico tomar conta de seu corpo. Começou a suar frio. Ao ver Maria Lúcia entrar no quarto, levantou-se rápido e afastou os pensamentos. Os enfermeiros delicadamente deitaram a paciente na cama. O médico veio logo atrás, sorridente.

— Parabéns!

— Obrigado, doutor.

— Colhemos sangue, fizemos ultrassom. O feto não corre perigo.

— Graças a Deus!

— Sua mulher precisa de repouso absoluto, permanecendo o máximo de tempo deitada, sem fazer movimentos bruscos. Deve evitar pegar o pequeno Marcílio no colo.

— O que mais, doutor?

— Ela está um tanto agitada. Isso é natural, principalmente nos casos de gravidez seguida uma da outra. Aconselharia contratar uma enfermeira para ficar ao lado de sua mulher.

— Por quê, doutor? — Eduardo mostrava-se preocupado.

— Desconfiamos de que ela tenha ingerido um chá, uma substância abortiva.

Eduardo estava pasmado. O médico continuou:

— As substâncias encontradas no sangue revelam que sua mulher tomou algum tipo de chá abortivo. Fizemos coleta de material para análise, para confirmação. Por experiência, ouso afirmar que sua mulher tentou um aborto.

— Maria Lúcia não sabia que estava grávida!

— Pelo estado como aqui chegou e pela análise da lavagem estomacal, parece que ela tentou um aborto. Em todo caso, a situação de sua mulher é muito delicada. Aconselho que alguém permaneça ao lado dela vinte e quatro horas por dia.

— Pode deixar, doutor. Muito obrigado.

O médico e os enfermeiros saíram e Eduardo aproximou-se da cama. Não levou em consideração o que o doutor lhe dissera. Maria Lúcia não sabia nem sonhava estar grávida. Nunca desejara ter outro filho. Seria absurdo acreditar que tentara abortar. Ele estava feliz, afinal adorava crianças. Porém, isso o afastava de seu grande amor. Preocupou-se com Marinês. Como ela reagiria àquela surpresa?

Eduardo tinha a estranha sensação de ser pai pela primeira vez. Talvez pelo fato de Marcílio ter vindo de maneira inesperada, na correria, em cima da cerimônia de casamento, agora podia sentir o gostinho da paternidade, podia apreciar a gravidez de Maria Lúcia com total tranquilidade. Ele não cabia em si de tanta felicidade, embora uma nuvem de preocupação pairasse sobre sua cabeça: não sabia como as coisas andariam dali para a frente.

Olhou para Maria Lúcia com carinho. Mesmo que não a amasse, sentia por ela imensa ternura, visto que ela era a mãe de seus dois filhos. Naquele instante, esqueceu-se de Marinês e de todas as suas aflições. O momento era de equilíbrio. Carinhosamente pousou sua mão sobre a de Maria Lúcia. Ela lentamente abriu os olhos.

— Sente-se melhor?

Ela percebeu familiaridade na voz. Fez força para abrir os olhos. Pensou estar delirando.

— Eduardo?!

— Eu mesmo.

— O que faz aqui?

— Cheguei hoje cedo de viagem. Viu a coincidência?

Assim que recobrou a consciência, ela sentiu uma raiva surda. Tinha certeza de que Henrique tinha aprontado alguma. Se ele tivesse ligado para Eduardo, iria para o olho da rua, definitivamente. Mas, convicta de que estava livre daquela gravidez indesejada, precisava fingir lamentação, desespero pela perda inesperada do bebezinho. Estava aliviada por saber que não teria mais o corpo deformado. Chorou de contentamento.

— Nosso filhinho... Desculpe, Eduardo...

— Desculpar do quê?

— Oh, se eu soubesse, teria agido diferente.

— Você não teve culpa.

— Tive culpa, sim.

— Que nada! Estava fraca.

— Vou melhorar.

— Tudo vai se ajeitar. Desta vez não vou sair de seu lado.

Maria Lúcia tinha certeza absoluta de que o chá fizera efeito. Não imaginava que ainda estivesse grávida. Fez beicinho:

— Obrigada por estar a meu lado num momento tão difícil.

— Difícil?

— Prometo que iremos tentar novamente.

— Qual nada! Dessa vez vai ser diferente. Vou estar a seu lado até o nascimento de nosso filhinho. Nada vai lhe faltar.

— Do que está falando?

— De sua gravidez.

— O quê?

— Como estou feliz, Maria Lúcia!

— Eu perdi o bebê. Tive uma forte hemorragia. Nem sabia estar grávida.

Ele acariciou a barriga dela com carinho.

— Este aqui é forte. Resistiu.

— Não estou entendendo.

— O doutor Odair afirmou que só um milagre fez esse bebê resistir.

Por sorte Maria Lúcia estava deitada, caso contrário teria desfalecido. Um ódio surdo brotou dentro dela. Imediatamente começou a chorar, de verdade desta vez. Eduardo achou que eram lágrimas de felicidade, que ela estava emocionada. Maria Lúcia chorava de ódio. O tiro saíra pela culatra.

As famílias receberam a notícia da gravidez com um misto de surpresa e felicidade. Acreditavam que Eduardo e Maria Lúcia estivessem próximos do desquite e, de repente, aparecia a gravidez. Sabiam que o casal não se dava bem; em público, mal se tocavam. Claro que, dessa vez, houve suspeitas: o filho seria mesmo de Eduardo?

Marinês ficou chocada com a notícia inesperada. Se Eduardo a amava de verdade e havia prometido separar-se assim que o filho completasse um ano de vida, como aparecia nova gravidez? Cegonha é que não era. Aquela surpresa desagradável a afastava cada vez mais de Eduardo. As coisas não estavam indo como idealizara. Será que estava alimentando uma fantasia impossível? Seu sonho jamais iria se concretizar. Ela foi ter com Alzira. Precisava desabafar.

— Dona Alzira, não sei o que fazer. Sinto-me feliz com a chegada de mais um sobrinho. Adoro crianças. Mas o que posso fazer? E o que sinto por Eduardo? Preciso arrancar esse sentimento de dentro de mim. E não venha a senhora me dizer que estou errada.

Alzira permaneceu em silêncio. Marinês replicou:

— Não vai dizer nada?

— Você já fez sua escolha, querida. De que adianta eu lhe dizer para aguardar?

— Diante desse quadro, o que posso esperar?

— Não tem confiança na vida?

— Mais ou menos.

— Precisa ter confiança.

— Será? Acredito no amor, acredito que Eduardo é o homem de minha vida. Mas, afinal de contas, que raio de vida é esta?

— Tudo ia bem até a chegada dessa notícia. Sua vida não é boa?

— É... Quer dizer... Mais ou menos.

— A vida que escolheu tem de ser boa para você. Não se esqueça de que você deve assumir as consequências por tudo aquilo em que acredita. Se houver sentimento e inteligência andando de mãos dadas, é só aguardar. Tudo vai a seu favor.

— Mas estou num beco sem saída. Não sei mais o que pensar. Estou perdendo a fé.

— Querida, com inteligência você assume uma série de qualidades humanas. A inteligência é a base da fé.

— Sinto minha fé abalada. O que fazer com o que sinto? Amo um homem que é pai de dois filhos e, pior, casado com minha irmã. Tudo isso é loucura! Como a senhora pode apoiar esse sentimento?

— Apoio porque é verdadeiro. E seus guias espirituais afirmam que você está no caminho certo. Por que colocar sob suspeita um sentimento tão puro?

Marinês pegou nas mãos de Alzira, em desespero.

— O que fazer?

— Como eu disse, aprenda a ter paciência. Você sabe que nós fazemos nosso destino, portanto, cuidado com o que pensar daqui por diante.

Marinês baixou a cabeça, envergonhada. Alzira alisou delicadamente seus cabelos.

— Ah, minha filha, se você soubesse o que vem pela frente! Adianto que haverá turbulências no caminho, mas você vai conseguir o que tanto anseia.

— Acredita mesmo nisso?

— Vou devolver a pergunta: você acredita nisso?

— Às vezes me sinto insegura.

— Por isso precisa alimentar essa fé, essa força interior que tudo é capaz de mudar e transformar. É só confiar. Continua amando Eduardo de verdade?

— Com toda a força de meu ser.

— Então você está fazendo sua parte. O resto, deixe nas mãos de Deus.

— Obrigada. Vou alimentar minha fé, com inteligência. Pode acreditar.

Marinês despediu-se de Alzira sentindo-se animada, forte, com um pressentimento indestrutível de que tudo iria se acertar, não importava o tempo que levasse. Ela amava Eduardo e ia aguardar os acontecimentos. Ia esperá-lo, nem que demorasse a vida toda para tê-lo em seus braços.

Capítulo vinte e cinco

Maria Lúcia voltou para casa amargurada. Consumia-se de ódio por dentro. Ao saber que tinha sido a empregada quem ligara para Eduardo, nem pestanejou: despediu a pobre moça. A empregada tentou defender-se, chorou, implorou, rogou, mas em vão. Maria Lúcia por pouco não a esbofeteou, tamanho o fingimento da desaforada.

Henrique ficou feliz com o episódio. Safou-se de mais uma. Era mais fácil pôr a culpa numa pobre coitada do que se ver em maus lençóis com a sua galinha dos ovos de ouro. Problema da empregada. Afinal de contas, o mundo era dos espertos. Sempre a corda arrebentava do lado mais fraco.

— Pombo, quando bobeia, vira asfalto — dizia sempre.

Para Maria Lúcia, a situação complicou-se. Eduardo sabia da gravidez e, por causa disso, ela dificilmente conseguiria fazer nova tentativa de aborto.

Henrique, por sua vez, não desgrudava dela, e tudo faria para impedi-la de cometer uma besteira.

Ela não pode morrer, pensava ele. *Esse bicho vai ter de nascer. Paciência!*

De certa forma, Henrique ajudou a que a gestação seguisse adiante. Os espíritos do bem aproveitaram o desejo do rapaz de manter Maria Lúcia viva e sussurravam-lhe palavras aos ouvidos. Henrique captava a vibração e não arredava pé do quarto. Eduardo até gostou da presença constante do rapaz em sua casa. Maria Lúcia precisava de repouso absoluto, e Henrique fazia-lhe todas as vontades. Como na vida tudo é troca, a proximidade dos espíritos amigos ajudou Henrique a permanecer afastado de companhias desagradáveis, encarnadas ou não.

Assim, Maria Lúcia passou os meses seguintes com medo de tomar qualquer chá ou outra substância abortiva. Henrique bombardeava-a diariamente:

— Se você bater as botas, quem vai cuidar de Marcílio?

Maria Lúcia tinha pavor de morrer. Marcílio era a única pessoa que amava no mundo, além de seu pai. No fundo, ainda alimentava uma vaga esperança de interromper a gravidez. Pensava numa maneira que não oferecesse riscos. Também não descartava a ideia de infanticídio sugerida por Henrique. De qualquer maneira, ela jurava a si mesma que o parasita que a sugava por dentro não iria escapar da morte, fosse agora, fosse depois.

Eduardo mandou instalar uma campainha no quarto. Contratou nova empregada. Ele desejava muito aquele filho. Mas Maria Lúcia, assim que Eduardo saía de casa, pretextava acúmulo de gases e trancava-se no banheiro. Remexia-se,

Medo de amar • 283

fazia movimentos vigorosos. Pulava, sacudia-se, fazia exercícios de polichinelo.

— Por que esta placenta não se desloca? — indagava, enquanto se movimentava.

O desespero foi aumentando. Aproximou-se o sétimo mês de gravidez. Muitas vezes ela esmurrou a barriga, bateu com o ventre propositadamente sobre a quina da pia do banheiro. Tudo em vão.

Certa manhã, em desespero, quase se atirou no chão. Olhou para Marcílio brincando no canto do quarto, no chiqueirinho. Ele ia completar um ano de vida. Ela precisava esperar um pouco mais. Quem sabe, depois da festinha de aniversário do filho? Infanticídio era crime, então por que não um acidente? Um tropeção sobre um brinquedo, uma bobagem qualquer. Ninguém iria desconfiar.

Maria Lúcia olhava para o ventre entumecido e sentia ódio descomunal. Era-lhe doloroso imaginar-se dando à luz um filho de Eduardo. Aquilo era o cúmulo. Odiava aquele ser. Iria impedir a todo custo que ele nascesse e, se nascesse, ela ia tomar outras providências.

Deu uma gargalhada descontrolada.

Ser infernal! Você é duro de ceder, mas um dia, por bem ou por mal, vai ter de nascer. Veio na hora errada, estragando meus planos. Você nunca foi desejado, você é um intruso em minha vida. Deformou meu corpo. Nunca vou perdoá-lo por isso. Eu o odeio. Eu o odeio!

Maria Lúcia deu um tapão na barriga. Depois, novo soco. Dessa vez ela sentiu um chute forte. Era como se o pequenino lá dentro tivesse entendido o recado e tentasse se defender das barbaridades que ela lhe dizia e cometia.

Ela olhou para Marcílio.

— Venha até a mamãe, amorzinho.

O pequeno procurava se sustentar nas pernas, tropeçava e, aos poucos, chegou próximo da mãe. Marcílio era muito apegado a ela.

— Mã... mamã.

— Meu tesouro! Meu filho lindo!

Ela fez grande esforço, contrariando as normas médicas, e pegou o filho no colo, de propósito.

— Mamãe vai lhe fazer uma festa linda de aniversário, cheia de balões, docinhos, brinquedos. Vai ser inesquecível. O salão de festas está quase pronto. Mamãe vai levá-lo até lá, está bem?

O pequeno adormeceu. Maria Lúcia havia notado certa mudança no comportamento do filho. Nos últimos dias, o pequeno andava sonolento, o que ela julgava ser cansaço, pelo esforço dele em querer andar sobre as próprias pernas. Ela trouxe-o de encontro ao peito. Amava Marcílio acima de tudo. Fosse apego, fosse amor, ela nunca sentira gostar tanto de alguém como do filho. Não sabia explicar. Ela às vezes se espantava com tanto amor que sentia por ele, ainda mais ela, que sempre condenara esse sentimento. Mas o que fazer? Era algo inexplicável, um sentimento que ela não conseguia dominar, fluía naturalmente.

Pelo filho, ela se afastara temporariamente da sociedade. Trocava o menino, limpava-o, não deixava que nem a empregada nem ninguém chegasse perto dele. Nem mesmo Eduardo podia ficar muito tempo com o menino. Quem mais tinha contato com Marcílio era Henrique, que não mostrava ter paciência ou desenvoltura com crianças. O rapaz fazia tremendo esforço para embalar a criança, quando solicitado.

Com a simpatia que granjeara de Adelaide após o batizado, Maria Lúcia conseguiu preparar para Marcílio uma festa de aniversário impecável. A sogra — e também madrinha — fez questão de dar uma festa inesquecível ao neto. Convidou toda a alta sociedade, incluindo artistas e políticos. Queria que todos participassem do primeiro aniversário do novo herdeiro dos Vidigal.

Com sete meses de gestação, Maria Lúcia estava insuportável, e nem mesmo Henrique, com amparo espiritual, conseguiu permanecer ao lado dela. Ele começou a sentir falta de seu mundo, de suas conquistas, de suas transas e, principalmente, das drogas. Foi à cata de Marcos e conseguiu grande quantidade de cocaína. Precisava relaxar, distrair-se, e a cocaína o ajudava.

Marcos percebeu o cliente em potencial e, de início, chegava a dar a droga de graça, acreditando no retorno. Tiro certo: em duas semanas, Henrique gastou enorme quantia na compra de cocaína. Ele e o michê falavam-se quase todos os dias.

Marcos tramava, de alguma maneira, drogá-lo bastante a ponto de poder vasculhar seu quarto. Sabia que lá era o local onde Henrique guardava dólares e outros pertences de valor. Por isso tornara-se carinhoso, atencioso. Chegava a dar papelotes da droga como presente, para deleite de Henrique.

Marcos estava cada vez mais endividado com os donos da boca de fumo, mas isso era uma questão de tempo. Estava apostando no cofre e, assim que pusesse as mãos nos dólares, pagaria os traficantes e fugiria para bem longe dali. Henrique nunca saberia onde encontrá-lo.

Chegou o dia do aniversário de Marcílio. Maria Lúcia, pela primeira vez nos últimos dias, acordou bem-humorada.

Hoje é o grande dia! Dia de festa! Aniversário de meu filho.

Ela se dirigiu ao berço. Marcílio completava um ano de vida e ainda dormia ao lado dela. Henrique afastara-se e Eduardo contratara uma babá, a contragosto da mulher. Cida pouco fazia, mas apegara-se ao pequeno Marcílio.

Maria Lúcia cumprimentou secamente a babá:

— Bom dia, Cida.

— Dona Maria Lúcia, que bom que acordou! Estou preocupada.

— O que foi?

— Desde ontem Marcílio não passa bem. Está febril.

Maria Lúcia olhou para o filho com amor, abaixou-se e beijou-o na fronte. Sentiu o rostinho um pouco quente. Afastou as cobertas e pegou em suas mãozinhas: estavam frias. Maria Lúcia não deu muita atenção.

— Febrezinha passageira. Marcílio estava assim ontem. Gripezinha de criança. Se estivesse com o corpo todo quente...

— Não acha melhor ligar para o pediatra?

— Vamos aguardar. Se a febre persistir, amanhã eu o levarei. Hoje é dia de festa, Cida. Isso passa.

— Não sei, não, dona Maria Lúcia. A moleirinha está inchada. Não estou gostando disso, não. Vamos levá-lo ao médico.

— Cale a boca, Cida! Já disse que amanhã levaremos Marcílio ao médico — replicou, em tom agressivo.

— Desculpe-me. Com licença.

A babá retirou-se do quarto. Maria Lúcia abaixou-se e beijou novamente a testa do filho. Marcílio mexeu-se na cama, abriu os olhinhos e sorriu.

— Mamã...

— Meu coraçãozinho! Mamãe vai tomar um banho e já volta.

Ela entrou no banheiro, olhou-se no espelho e deu um tapa forte na barriga.

— Você não desiste mesmo. Monstro! Estou gerando um monstro. Mas você vai pagar caro por tudo isso. Hoje você vai ter o dia livre, não vou importuná-lo. É aniversário de meu filho, entendeu? Meu *único* e *amado* filho, compreende? Está me escutando?

Ela gritava e dava tapas na barriga, como se estivesse batendo no bebê.

Maria Lúcia ouviu leve batida na porta. Odiava quando vinham atrás dela logo que acordava. Já aturava o olhar perscrutador da babá toda manhã, o que era suficiente para irritá-la.

— O que é? — perguntou de mau humor.
— Dona Maria Lúcia, sou eu, Cida.
— O que foi?
— Marcílio. Não para de chorar.

Maria Lúcia saiu feito um jato do banheiro. Correu até o berço, pegou o filho e embalou-o nos braços.

— Calma, querido, mamãe está aqui. Nada de mau vai lhe acontecer.

Marcílio chorava e Maria Lúcia percebeu que seus pezinhos, estranhamente, também estavam frios. Ela ia pedir para Cida ligar para o médico, mas sentiu uma dor tão forte no ventre, que Marcílio quase escorregou de seus braços. Com muito esforço colocou o filho de volta no berço. A babá notou seu rosto contorcido de dor.

— Dona Maria Lúcia, o que foi?
— Ai, ai... Eu não aguento de dor!

Ela caiu de joelhos, contraindo-se toda. Logo, um líquido viscoso começou a escorrer pelas suas pernas. Cida ficou horrorizada. Em desespero, ligou para Eduardo.

Maria Lúcia foi atendida tão logo chegou à maternidade. Eduardo mal podia acreditar: Maria Lúcia e Marcílio estavam no hospital. Ele ligou para seus pais e seus sogros. Não sabia o que fazer.

Algum tempo depois, o doutor Odair veio até ele, carregando preocupação no semblante.

— E então, doutor?

— Tivemos de fazer um parto de emergência.

— Como está...

— Calma! Foi necessária uma cesariana, e correu tudo bem. Sua mulher está muito fraca, mas não corre perigo de morte. Sabe como é: parto prematuro, sete meses de gestação... A menina nasceu bem fraquinha. Foi para a incubadora.

— Para onde?

O médico sorriu.

— A menina passa bem, mas precisa ficar alguns dias numa pequena câmara oxigenada, com temperatura e umidade controladas.

— Ela não corre riscos?

— Acredito que não. Mas prematuros exigem cuidados particulares. Seu quadro clínico inspira cuidados.

Somente naquele momento Eduardo deu-se conta de que era pai de uma menina. Seus olhos marejaram.

— O senhor disse "menina"?

— Sim. Parabéns! Menina forte, uma vitoriosa.

— Posso vê-la?

— Ainda não. Mais tarde, talvez. Agora tenho outro assunto desagradável para tratarmos.

— O que é?

— Seu filho.

— O que ele tem, doutor?

— Lamento informar que ele contraiu meningite.

— Meningite?

— Sim.

— Marcílio? Não pode ser!

— Temos de correr contra o relógio. Precisamos de sua autorização para levá-lo até o Hospital Emílio Ribas.

— Mas por quê? Não podem atendê-lo aqui? Estamos num hospital.

Eduardo estava visivelmente perturbado.

Medo de amar • 289

— Sim, estamos, mas somente o Emílio Ribas atende casos de meningite. No momento, não temos como atender seu filho. Precisamos urgentemente levá-lo para lá.

Eduardo sentiu as pernas bambas. Ao mesmo tempo em que recebia a notícia do nascimento de sua filha, era informado de que o filho contraíra meningite, *aquela* doença.

Naquele inverno, a meningite tornara-se, oficialmente, uma epidemia no país. Casos e mais casos surgiam sem parar[1].

O Hospital Emílio Ribas — o único que tratava de meningite na cidade — tinha trezentos leitos, mas estava com mais de mil e quinhentos pacientes internados. Havia pacientes esparramados pelos corredores, em cima de pias, para tudo o que era canto.

As autoridades foram obrigadas a admitir publicamente que havia uma epidemia de meningite. No entanto, como ela não existia "oficialmente" até aquele momento, faltava tudo: de medicamentos e roupas de cama a funcionários em quantidade suficiente para atender os doentes. As férias escolares foram estendidas até meados de agosto, para evitar o contato entre as crianças, as mais afetadas. A população entrou em pânico.

Marcílio deu entrada no Hospital Emílio Ribas ao meio-dia. Floriano e Iolanda ficaram na maternidade com Maria Lúcia. Ela havia sido sedada e estava dormindo, não sabia que tinha dado à luz uma menina, tampouco que seu filho estava doente.

Adelaide e Sônia ficaram responsáveis por ligar para amigos e parentes, cancelando a festinha. Procuravam manter-se em equilíbrio, informando aos convidados que, logo que Marcílio se recuperasse, iriam marcar nova data.

---

1 A maior epidemia de meningite da história do país espalhou-se por São Paulo a partir de 1971. Uma mistura de omissão das autoridades e censura à divulgação dos dados pelos meios de comunicação facilitou o terrível avanço da doença. Só em 1974, na cidade de São Paulo, foram mais de doze mil casos; uma média de trinta por dia. No mesmo período, ocorreram cerca de mil mortes.

Eduardo estava impaciente. Jamais entrara num hospital público daquele porte. Estava horrorizado. Os doentes não paravam de chegar. No fim da tarde, um médico veio conversar com eles.

— Doutor, como está meu filho?

— Estamos fazendo o possível.

— Tem certeza de que é meningite?

Osvaldo interveio:

— Desculpe, doutor, mas nos explique sobre essa doença.

— Bem, trata-se de uma inflamação dos tecidos que encobrem o cérebro. A meningite pode ser causada por bactérias ou vírus, sendo que a variante bacteriana é a mais grave. A doença é acompanhada de febre alta, dores nas articulações e dores musculares. As crianças mais novas são afetadas principalmente pela meningite do tipo meningocócico.

— E o que isso quer dizer?

— Seu filho contraiu meningite bacteriana, caso grave.

Eduardo jogou-se nos braços do pai, arrasado.

— Isso não pode ser verdade. Meu filho? — E, virando-se para o médico: — Marcílio é bem-criado, bem cuidado. Como pode?

— Infelizmente, qualquer pessoa está à mercê de contrair a meningite. Trata-se de uma doença democrática, pois atinge todos os níveis sociais.

— Como não percebemos isso antes?

— Os primeiros sintomas da doença são facilmente confundidos com doenças consideradas inofensivas, como otite ou mesmo gripe. No caso de crianças com menos de dois anos de idade, como Marcílio, os sintomas são pouco evidentes, e o diagnóstico torna-se difícil. Nós, médicos, recomendamos atenção especial a sinais como febre, com mãos e pés frios, moleirinha inchada ou sonolência.

Eduardo não queria mais ouvir. Seu filho corria risco de morte. Ele se desesperou. Foi até um orelhão e ligou para Marinês, implorando-lhe que fosse até o hospital.

Medo de amar • 291

Osvaldo estava desolado e indignado. Continuou a conversa com o médico:

— Há meios de transferir meu neto para outro hospital?

— Somente o Emílio Ribas atende casos de meningite. Estão criando uma rede de hospitais conveniados para nos dar retaguarda. Houve uma explosão de casos na cidade, e já atendemos mais de dez mil pacientes até agora.

— Isso é alarmante. Uma calamidade. Como não soubemos de nada disso?

— O surto de meningite não podia ser divulgado em nenhum meio de comunicação. O governo não admitia a epidemia, por isso não tomou as devidas providências.

— Mas isso é desumano.

O médico baixou o tom de voz:

— O governo não queria que a população fizesse associação entre a epidemia e a ditadura.

O médico afastou-se. Osvaldo sentiu-se impotente. Uma lágrima desceu pelo canto de seu olho.

Outras crianças chegavam e eram imediatamente atendidas, fosse no saguão de entrada, fosse nos corredores. A capacidade de atendimento do hospital não chegava a setecentas internações e, naquele dia, já haviam chegado quase dois mil pacientes.

Osvaldo abraçou-se a Eduardo.

— Vai dar tudo certo. — Procurando animar o filho, bateu levemente em suas costas. — Esqueci-me de cumprimentá-lo pelo nascimento de sua filha, minha neta.

Eduardo abriu pequeno sorriso.

— É. Parece que ela vai ficar uns dias no hospital, mas o médico disse que está tudo bem, se ela resistir.

— É claro que vai resistir. É prematura, inspira cuidados. Sua filha é uma vitoriosa.

— O doutor disse o mesmo: que ela é uma vitoriosa. Vou registrá-la com o nome de Vitória.

— Bonito nome. Gostei. Vitória!

Eduardo desesperou-se.

— Que ironia do destino, não, pai? No dia do aniversário de meu filho, ganho um presente e levo uma rasteira da vida. Deus me deu uma filha e está tirando meu filho...

Não conseguiu segurar o pranto. Agarrou-se ao pai e ambos permaneceram assim, calados e embalados na dor que os massacrava.

Marinês relutou, de início. Evitava ao máximo encontrar-se com Eduardo. Mas naquele momento, com a gravidade da situação, esqueceu-se de tudo e foi correndo ao hospital. Ficou abraçada a Eduardo, calada, transmitindo-lhe serenidade, dentro do possível.

Passaram assim o dia, a tarde, e nada de novidades. Para tristeza de todos, no início daquela noite, Marcílio faleceu, aumentando o quadro desolador de mortes causadas pela meningite, que assolou o país naquele triste inverno de 1974.

Capítulo vinte e seis

O velório do pequeno Marcílio foi comovente, despertando tristeza em todos que por lá passavam. O caixãozinho branco, fechado, era alvo de comiseração. Seu enterro provocou sentimentos de piedade e revolta. Não houve quem não derramasse uma lágrima pelo menino, pelos pais e avós. A polícia teve de interditar parte da avenida que dava acesso ao cemitério, tamanho o contingente de parentes, amigos e curiosos que compartilhavam a mesma dor dos Vidigal.

Eduardo transformou-se numa sombra; suas olheiras eram visíveis, seu aspecto era desolador. Ficou mudo o tempo todo. Não conseguia articular palavra. Permaneceu grudado em Marinês o tempo todo. Os avós, maternos e paternos, também não escondiam a dor e a revolta.

Maria Lúcia continuava sedada. Estava alheia aos acontecimentos. Os médicos acharam por bem que ela ficasse assim mais uns dias. Receber uma notícia daquelas, naquele momento, poderia custar-lhe a vida.

Henrique permaneceu no hospital. Tinha horror a velório, enterro, cemitério. Preferiu ficar ao lado de Maria Lúcia. Foi terminantemente proibido de dizer a ela uma palavra sequer sobre a morte de Marcílio. No momento certo, a família contaria. Osvaldo já havia solicitado à psicóloga da maternidade que estivesse presente no momento da conversa.

Henrique procurava conter a ansiedade. Tinha dificuldade enorme em guardar segredos. E esse, em particular, estava difícil de conservar. Ele olhava para Maria Lúcia e tinha vontade de beliscá-la, acordá-la e gritar que ela tinha perdido o filho.

Como eu gostaria de ser o primeiro a dar a notícia! "Maria Lúcia, o pequeno Marcílio está no escuro eterno." Não, não! Melhor seria: "Maria Lúcia, lembra de Marcílio, seu primogênito? Pois é! Ele foi desta para melhor".

Henrique pensava e repensava no assunto. Queria muito gritar para Maria Lúcia que o filho dela e de Gaspar tinha descido os sete palmos...

Seu plano foi por água abaixo, querida. Seu filho morreu e agora não há mais vínculo entre você e Gaspar Mendonça. Acabou. Você vai ter de aturar sua filhinha. Gasparzinho virou fantasma de verdade...

Henrique estava fora de si. Os sintomas de abuso de drogas faziam-se presentes. Seu raciocínio dava sinais de que a droga, aos poucos, destruía seus neurônios.

Chorar por uma criança morta! Deviam dar graças aos céus! Um coitado a menos no mundo. De que adianta viver? Para sofrer? A vida é cruel, as pessoas não prestam. Uma criança indefesa hoje, um adulto sem escrúpulos e infeliz amanhã. Ainda bem que o menino se foi.

Medo de amar • 295

Henrique estava divagando em pensamentos perniciosos quando Maria Lúcia finalmente acordou.

— Onde estou?

— Na maternidade.

— O que aconteceu?

— Você passou mal e trouxeram-na para cá.

— Há quanto tempo estou aqui?

— Há três dias.

— Como? — Maria Lúcia fez força para se situar. — Não vai dizer que perdi a festa de meu filho. Perdi?

Henrique deu uma risadinha ordinária.

— Perdeu. Ah, Maria Lúcia, a festa foi tão linda!

— É mesmo?

— Você tinha de ver a decoração! Não podia ser mais original: coroas de flores, velas, um monte assim de gente.

— E Marcílio? Usou que roupa?

— Aquele terninho do batizado.

— Ele gostou da festa?

— Acho que sim. Não deu um pio!

Henrique se continha para não rir. Iria continuar com aquele discurso, tripudiando sobre a situação. Floriano chegou, abatidíssimo. O rapaz remexeu-se na cadeira e fingiu preocupação.

— Como vai, filha?

— Papai, por que estou na maternidade? O que aconteceu?

— Foram as contrações, meu bem. Tiveram de fazer uma cesariana de emergência.

— E o bebê?

— O quadro clínico dela inspira cuidados, mas está fora de perigo.

Ela teve vontade de gritar, de espernear, mas não tinha forças. *Então o monstro nasceu! O desgraçado conseguiu vir ao mundo!* Uma lágrima caiu pelo canto de seu olho.

— Ele venceu... — disse desolada.

Floriano retrucou:

— Ela venceu. É por isso que Eduardo a batizou com o nome Vitória.

— Eu tive uma filha?

— Sim.

Aquilo não alterava em nada o que Maria Lúcia sentia. Fosse menino, fosse menina, nada iria arrancar o sentimento de ódio que alimentara todos aqueles meses. Parecia que sempre odiara aquela criança, a infeliz que arruinara seus planos. Fez força e esboçou um sorriso amarelo.

— Quando vamos para casa?

— Você vai ser liberada logo mais. Vitória somente irá para casa daqui a alguns dias.

— Por quê?

— Parto prematuro. Ela está na incubadora. Você poderá vê-la mais tarde.

— Mais tarde...

— Aguente um pouco mais, filha.

Maria Lúcia baixou os olhos, mordiscou os lábios. Como Deus pudera ser tão injusto? Aquela criança não poderia viver. Naquele momento ela desejou que alguém tropeçasse num fio, perdesse o equilíbrio e derrubasse a incubadora, ou mesmo que alguma enfermeira menos atenta aplicasse no bebê uma medicação errada e fatal. Vibrava para que Vitória não saísse do hospital com vida.

— Estou cansada. Quero ir para casa, quero meu filho. Henrique disse há pouco que a festa de Marcílio foi linda, com coroas de flores...

Floriano lançou olhar fulminante ao rapaz.

— Acho que pode ir agora — disse Floriano, num tom de censura. — Vou ficar com minha filha.

Henrique levantou-se, aliviado.

— Obrigado, seu Floriano. Volto outra hora. — Aproximou-se de Maria Lúcia. — Até mais, querida. Assim que se recuperar, me ligue.

Medo de amar • 297

Ela assentiu com a cabeça. Henrique despediu-se de Floriano e saiu.

— Papai?

— O que é?

— Estou com saudade de Marcílio. Não vejo a hora de tê-lo em meus braços.

Floriano fez o possível para conter as lágrimas. Era-lhe penoso saber que sua filha predileta iria sofrer. Ele nunca perdera um filho; não tinha a menor ideia do que isso pudesse despertar num pai. Floriano estava indignado, revoltado mesmo. Aquilo não era natural, um pai jamais enterra o próprio filho. Os filhos crescem, os pais envelhecem, adoecem. Os filhos enterram os pais; isso, sim, é natural.

Floriano sentia uma dor no peito sem igual. Ver o pequeno neto inerte no caixãozinho era uma cena que nunca mais tiraria da mente. Aquilo o feriu profundamente. De onde, então, tiraria forças para dar a notícia à filha? Osvaldo e Adelaide não queriam participar. Sônia colocara-se à disposição, mas fazia tempo que estava afastada de Maria Lúcia. Marinês e Iolanda também se dispuseram a conversar com ela, mas a relação entre elas era conflituosa, e Maria Lúcia jamais aceitaria ouvir da mãe ou da irmã algo tão terrível. Eduardo, por ora, não tinha condições de conversar com a mulher.

A Floriano cabia a difícil tarefa de informar à filha sobre o desencarne de Marcílio.

Henrique chegou em casa ansioso por encontrar Marcos. Precisava fazer amor, aliviar a tensão. Acostumara-se tanto com o michê que, no dia anterior, lhe dera cópia da chave de casa.

Abriu a porta do apartamento. Estava escuro. Marcos deveria estar dormindo, deduziu.

Não gosto de cheiro de hospital.

Fez uma careta e foi tirando as roupas. Dirigiu-se ao banheiro. Após demorado banho, Henrique enxugou-se e foi nu para o quarto. Acendeu um cigarro. Em seguida Marcos apareceu, drogado além do habitual. Uma baba esbranquiçada escorria-lhe pelo canto da boca. Parecia outra pessoa. Henrique já se acostumara com o aspecto levemente dementado do prostituto.

— Onde estava? — indagou Henrique.

— Fui pegar uns papelotes. Quer?

— Quero, sim.

Mesmo com a consciência alterada, Marcos abriu um dos papelotes, despejou o conteúdo num pratinho e fez algumas carreirinhas de pó. Henrique, que não conseguia mais viver sem cocaína, cheirou as carreiras com sofreguidão. Marcos fez o mesmo.

— Isso me excita.

— Tire a roupa, Marcos.

— Agora?

— É. Quero você.

— Agora não. Quero cheirar mais um pouco.

— Quero transar agora. É uma ordem!

— Não quero.

— Aqui quem manda sou eu.

Marcos deu-lhe um empurrão.

— Já disse que não! Estou sem vontade.

Henrique bateu com as costas na parede. Ficou furioso.

— Aqui é minha casa! Ou transa comigo, ou vai para a rua.

— É uma ameaça, Henrique?

— Você escolhe.

Marcos fungou de raiva. Sentou-se na cama, fez nova carreira de pó e cheirou. Respirou fundo e massageou freneticamente as narinas com os dedos.

Medo de amar • 299

— Acho que você se deu mal.

— Eu?

— É, sim. A bicha *tá* botando muita ordem.

— Ah, é?

— Estou de saco cheio de tanta panca — rosnou Marcos.

— Eu o pago para isso. E me excito ainda mais. Adoro quando você vira passivo, acho degradante para um michê. Fere sua virilidade.

— Até dando eu sou macho.

Henrique deu uma gargalhada.

— Deixe de besteira. Você é *viado* como eu. Pare de botar banca!

— Não me insulte. Faço isso para ganhar a vida.

— Sei... Mas eu vi seus olhinhos rodando de prazer...

— Mentira!

— Mentira, nada! Aceite que é uma bicha como eu. Não é macho nem aqui nem na China. Bicha e China. Combinam. Adoro rimas!

— Não!

Marcos deu um berro e saltou para cima de Henrique. Estava completamente fora de si.

— Desgraçado! Você me tira do sério.

— Calma! Só estava brincando! — contemporizou Henrique, percebendo o perigo.

— Se me chamar de bicha ou *viado* de novo, juro que mato você.

— Desculpe. Não quis ofender.

— Estou cansado de você, Henrique. Farto!

— Prometo que vou mudar.

— Quero dinheiro.

— Então me solte.

Marcos desgrudou-se do rapaz. Henrique respirou aliviado. Pensou que fosse morrer.

— Vá! Abra o cofre. Quero dinheiro.

— Que cofre? Não tenho cofre.

— Sei que você tem. E fica aqui no quarto.

— De onde tirou uma ideia tão disparatada?

— Não sou bobo, Henrique.

— Acha que eu ia ter dinheiro guardado em casa?

— E aquele dia que pagou as ervas do aborto? Você veio para o quarto e depois me deu os dólares. Estou drogado, alterado, mas não sou retardado.

Henrique empalideceu. Havia cometido um deslize, mas suspeitava de que Marcos não tivesse desconfiado. Infelizmente, o michê era mais esperto do que ele supunha. Precisava arrumar uma desculpa à altura.

— Eu tenho uma jaqueta... Sempre guardo uns dólares para emergências.

— Essa não colou. Você e essas bichas todas são mentirosas.

— Bem, isso é verdade — anuiu Henrique, para não alterá-lo.

— Mas a mim vocês não enganam.

Marcos andava de um lado para o outro do quarto. Estava descontrolado. Henrique sentiu medo como havia muito não sentia.

— Vou arrumar dinheiro, está bem?

— Vai querer me enganar.

— Não vou. Prometo.

— Está falando como aquele empresário. É o mesmo discurso.

— Que empresário?

— O da fábrica de alumínio, Henrique. Não se faça de desentendido.

— O que tem ele a ver com isso?

— Pensa que aquele empresário morreu por quê? — bramiu Marcos. — Ele tinha dinheiro e mentiu para mim. Era só repartir. A bicha foi fominha. Não quis dividir o dinheiro e...

Henrique gelou. Lembrou-se imediatamente da misteriosa morte daquele empresário. Fora estrangulado e esfaqueado. A polícia arquivou o caso por falta de provas. Agora não havia dúvidas de que Marcos tivesse participado ou mesmo cometido o crime. Henrique estava com um assassino à sua frente. Precisava ganhar tempo.

— Vou me vestir. Estou com frio.

— Sem delongas. Quero o dinheiro.

— Mas que mania! Não tenho dinheiro nenhum, porra!

Marcos não o esperou terminar de falar. Deu-lhe violento soco no nariz. Henrique desequilibrou-se. O michê partiu para cima dele e deu-lhe uma gravata. Henrique caiu na cama, desfalecido.

— Teimoso! — retrucou Marcos.

O michê aproveitou e revirou o quarto todo. Abriu gavetas, armários, vasculhou cada milímetro do aposento, fez nova inspeção no guarda-roupa. Por trás de alguns cabides, avistou a portinha falsa.

— Achei!

Meteu a mão e pegou o objeto. Ficou extasiado: uma caixa cheia de cruzeiros, dólares, joias, enfim, uma pequena fortuna.

— Eu tinha certeza de que essa bicha estava escondendo algo. Mas não imaginava que fosse tanto. Com isso, vou me mandar da cidade. Não preciso ficar fazendo michê. Chega de ser prostituto. Isto aqui é minha libertação.

— De jeito nenhum! — vociferou Henrique.

Marcos não teve tempo de se virar. Henrique jogou-se sobre ele e começaram a travar uma briga feia. Chutes, pontapés, arranhões. Até o momento em que Marcos, aproveitando-se de um descuido de Henrique, botou uma das mãos no bolso traseiro da calça e sacou uma navalha.

— E aí, vai encarar?

— Opa, devagar com isso, Marcos!

— Venha, desgraçado!

Henrique sentiu as pernas falsearem.

— Desculpe, Marcos. Mas isso é tudo que tenho. Vamos dividir.

— Dividir o escambau! Vou levar tudo.

— Não posso ficar sem nada. Demorei para juntar tudo isso.

— Problema seu. Arrume outro tanto de tempo.

Henrique precisava livrar-se do michê, que estava encostado na porta do quarto. De repente, Henrique arregalou os olhos, fingindo que alguém estava à porta. Gritou:

— Até que enfim, alguém!

Marcos assustou-se e voltou a cabeça para trás. Henrique aproveitou a distração e avançou para cima do michê. Marcos não hesitou. Agarrou-se a Henrique e foram se atracando até pararem no peitoril da janela. Mais da metade do corpo de Henrique ficou suspensa para fora.

— Puxe-me para dentro! — gritava Henrique.

— Você não presta!

— Pelo amor de Deus, Marcos, eu vou cair!

— Filho da mãe!

— Juro: eu lhe dou tudo que tenho. Tudinho. Mas me puxe para dentro.

— Você não é confiável.

— Marcos, eu vou cair.

— Dane-se!

— Estou caindo! Socorro!

— Morra!

— Não! Por favor, Marcooooooos...

Henrique escorregou e desprendeu-se da janela. Seu corpo caiu com incrível velocidade. Marcos inclinou o corpo em direção ao peitoril a tempo de presenciar o momento em que Henrique se transformou num grande saco de sangue ao se espatifar no asfalto.

Marcos estava aturdido. Precisava agir rápido. Cheirou mais uma carreira de pó, para adquirir coragem. Abriu o armário, pegou uma sacola de viagem. Catou o dinheiro e as joias, pegou roupas, tênis e frascos de perfumes importados; meteu

Medo de amar • 303

tudo dentro da sacola e saiu correndo escada abaixo. Aproveitou a confusão que se instalara na rua para fugir e nunca mais aparecer. Passou despercebido pela multidão. Correu até o outro lado da avenida e tomou um táxi em direção à rodoviária.

O trânsito parou. As pessoas aglomeravam-se umas sobre as outras, estarrecidas. Era horripilante testemunhar a transformação de um ser humano num punhado de pedaços de carne e vísceras espalhados pela rua.

Com a brutalidade do impacto, o espírito de Henrique foi violentamente arrancado do corpo. No momento em que seu corpo físico se esborrachou no asfalto, seu perispírito foi atirado a longa distância. Ele teve a sensação de estar rolando uma ribanceira. Ao levantar-se, respirou aliviado.

Acabou o tormento. Pensei que não fosse escapar. Marcos estava fora de si. Preciso ser mais cauteloso com esses marginais.

Henrique caminhou pela rua em direção a seu prédio e avistou pequena aglomeração. Aproximou-se curioso. Também queria ver o que tanto chamava a atenção das pessoas. Ele sentiu o chão sumir no momento em que viu o próprio corpo despedaçado no asfalto. Fez um esgar de incredulidade.

— Não pode ser! Estou vivo! — gritou pasmado, enquanto se apalpava.

— Mais vivo do que nunca.

— Hã?

— Pena que você não sofreu.

— Como é? — perguntou ele, olhando aturdido para os lados, procurando pela voz.

— Você não sofreu em vida. Mas agora vai sofrer comigo e com meus amigos.

— Quem é você? Não estou vendo. Quem fala?

Um clarão se fez na multidão e um espírito empertigado surgiu. Estava vestido feito um maltrapilho, roupas rotas e aspecto terrível. Henrique esfregou os olhos e o reconheceu.

— Estela?! É você?

— Sua memória ainda não foi totalmente afetada pela cocaína.

— Você está morta.

— E você?

— Eu? Eu... — balbuciou ele.

— Esse monte de carne espalhada pelo chão... De quem é?

— Não sei.

— Como não sabe? Não caiu lá de cima? — apontou ela para o alto.

— Estou confuso... quer dizer...

— Não vou permitir que tenha chiliques.

— Hã?

— Você já era, Henrique. Agora vamos ao nosso acerto de contas.

Henrique tentou fugir, mas suas pernas não respondiam. Ele ficou paralisado, imóvel, sem ação. Estela, Olavinho e outros espíritos empedernidos jogaram-se furiosos sobre o rapaz e arrastaram-no até adentrarem enorme buraco, ali mesmo na avenida, um lugar que os olhos físicos jamais poderiam sequer supor existir.

Estela, morta havia algum tempo, começava a sentir o gostinho da vingança.

Capítulo vinte e sete

O acidente e a morte de Henrique foram ignorados pelos principais meios de comunicação. Somente um jornal sensacionalista da capital deu manchete: *Homossexual se esborracha no asfalto*. O delegado responsável pelo caso, quando soube tratar-se de um homossexual, mandou arquivar o processo. E ainda fez questão de verbalizar seu preconceito:

— Uma bicha a menos no mundo. Não vou dar andamento ao processo. Usar dinheiro público no caso de um pederasta? Nunca!

Maria Lúcia, desde que soubera da morte do filho, adotara comportamento maquinal; executava tarefas ou seguia ordens como se destituída de consciência e vontade. Os familiares se espantaram. No dia em que resolveram contar-lhe o ocorrido, um dia depois de sua chegada em casa, montaram o maior aparato. Chamaram um médico, a psicóloga do hospital, até providenciaram uma ambulância, que ficou de plantão na garagem.

Assim que Floriano, em lágrimas, terminou o triste relato, fez-se constrangedor silêncio. Maria Lúcia não moveu um músculo. Após pausa que parecia eterna, respirou fundo, levantou-se e foi ao banheiro. Eduardo e Floriano ficaram preocupados. Levantaram-se rapidamente e correram até o banheiro. Maria Lúcia, ignorando a presença de ambos, maquinalmente tirou as roupas, abriu o chuveiro e tomou uma ducha. Depois, enxugou-se, vestiu uma camisola e penteou os cabelos.

— Você está bem? — indagou o pai.

Ela não respondeu. Pousou a escova na pia, pegou um punhado de grampos, ajeitou os cabelos em coque. Borrifou colônia sobre o colo e os pulsos.

— Quer comer algo? — indagou o marido.

Ela fez sinal negativo com a cabeça. Saiu do banheiro e foi direto para a cama. O médico pegou um comprimido e o deu a ela.

— Tome um agora e outro daqui a oito horas. Caso a dor persista, pode tomar mais um.

Ela moveu mecanicamente sua cabeça para cima e para baixo. Recostou-se na cama e ligou a televisão.

O médico e a psicóloga entreolharam-se. Fizeram sinal para Floriano e Eduardo. Todos se retiraram do quarto. Do lado de fora, a psicóloga considerou:

— Maria Lúcia bloqueou seu subconsciente. É uma defesa natural.

Medo de amar • 307

— Como assim, doutora? — perguntou Floriano, preocupado.

— Está traumatizada. Nos casos de fortes emoções, perdas desse tipo, o indivíduo se fecha e não registra qualquer tipo de emoção.

— Isso leva quanto tempo?

— Depende. Cada caso é único. Maria Lúcia vai precisar de terapia, duas vezes por semana. Poderei vir, se quiserem.

— Sem dúvida — interveio Eduardo. — Ela vai precisar de auxílio.

O médico e a psicóloga despediram-se. Floriano estava visivelmente perturbado.

— Ela nunca reagiu dessa maneira. Jamais vi minha filha assim. Ela não esboçou uma única reação.

— Está anestesiada com a notícia, seu Floriano. Com o tempo, ela vai reagir e, aos poucos, a vida vai voltando ao normal.

— Assim espero.

— Agora temos Vitória. Não podemos esquecer de que Maria Lúcia foi excelente mãe, logo estará embalando a pequena nos braços.

Floriano assentiu com a cabeça. Rezava para que isso realmente acontecesse.

Os dias se passavam e as sessões com a psicóloga não surtiam efeito. Ela se sentava ao lado da paciente, fazia-lhe perguntas, e nada. Maria Lúcia fitava um ponto indefinido do quarto. Não respondia, não esboçava expressão em seu rosto. Respirava pausadamente, olhos abertos e imóveis. Depois de quinze dias, Eduardo suspendeu as consultas, sob protesto da profissional.

— Conheço esses casos, senhor Eduardo — rebateu a psicóloga.

— Mas, até agora, nada.

— Ela vive uma crise psicótica caracterizada por alto grau de desintegração da personalidade. Sua mulher é incapaz de avaliar a realidade externa.

— Obrigado, doutora. Mas, se precisar da senhora, eu ligo.

— Maria Lúcia mais cedo ou mais tarde vai ter um ataque — avisou a mulher.

— Não acredito. Assim que Vitória chegar em casa, tudo vai mudar.

— Não creio. É perigoso pararmos agora. Sua mulher pode cometer uma loucura.

Eduardo não discutiu. Não queria mais a presença de ninguém naquela casa a não ser os familiares. Quando Maria Lúcia voltasse a falar, avisaria a psicóloga. Vitória estava para chegar em casa. Havia a babá e a empregada. Sua filha precisava de um lugar calmo, sem tanto entra e sai. Eduardo tinha certeza de que logo tudo voltaria ao normal.

Vitória foi para casa assim que completou um mês de vida. Cida encantou-se com a menina: era muito pequenina. A babá dobrava a atenção ao pegar aquele corpinho tão frágil. Eduardo não cabia em si, tamanha a felicidade. Embora houvesse momentos em que ele chorava pelos cantos da casa, com saudade do filhinho, fazia grande esforço para dar alegria à pequena Vitória.

Uma noite, Marinês foi visitá-los.

— Maria Lúcia já viu a pequena?

— Nem notou sua chegada. Colocamos o berço no quarto de Marcílio. Mudei-me em definitivo para o quarto de hóspedes.

— Ela ainda está trancafiada no quarto?

— Sim.

— Não acha perigoso deixá-la sozinha, Eduardo?

Medo de amar • 309

— Tiramos tudo quanto foi objeto cortante. Mandei colocar grade na janela. Precaução, somente. Não acredito que Maria Lúcia queira cometer uma loucura.

— Tentou levá-la para outro cômodo, fazê-la andar pelo apartamento?

— Tento todos os dias. Mas ela se recusa a sair de lá. Faz o toalete, troca de roupa e volta para a cama. Não permite que abram as janelas. As cortinas ficam o tempo todo cerradas.

— Dona Alzira mais um grupo de amigos fazem vibrações constantes lá no centro, em prol de Maria Lúcia.

— Qualquer ajuda é válida.

— Maria Lúcia precisa de muita ajuda. Assim que voltar ao normal, as coisas se tornarão difíceis.

— Quem lhe disse isso?

— Dona Alzira. Precisamos ser fortes.

Eduardo mexeu a cabeça negativamente.

— Você acredita demais em dona Alzira. Não acho que Maria Lúcia possa dar trabalho.

— E quando ela voltar do surto?

— Acabou de perder um filho. É natural que esteja em choque.

— Sei disso — retorquiu Marinês. — Mas há uma diferença sutil que percebo no comportamento de minha irmã.

— Que diferença?

— Num estado desses, a pessoa não tem condições de nada mesmo. Vira um autômato.

— É o que está acontecendo com Maria Lúcia.

— Mas você mesmo disse que, ao saber da morte de Henrique, ela tomou todas as providências: vendeu carro, apartamento, e depois voltou a se recolher. Há uma coisa estranha aí.

Eduardo andava muito tenso. A morte de Marcílio, depois os dias angustiantes torcendo para que sua filha chegasse sã em casa, tudo contribuiu para que estivesse com os nervos à flor da pele. Embora ainda sentisse um friozinho na barriga toda vez que se aproximava de Marinês, desta vez desabou. Esbravejou:

— Você e sua irmã nunca se deram bem. Isso não é e nunca foi novidade. Mas daí você vir até minha casa e dizer que ela está fingindo...

— São conjecturas. Conheço Maria Lúcia.

— Não pode estar falando sério.

— Claro que estou. Ela não conversa comigo nem com você nem com as empregadas. Mas ligou para o advogado, dando ordem para vender o carro e o apartamento que dera a Henrique. E depois voltou a ficar em silêncio assim, sem mais nem menos?

— Não sei o que fazer.

— Tenho medo de que algo de ruim aconteça a Vitória.

— Não estou entendendo.

— Sinto que sua filha corre perigo.

Eduardo explodiu:

— Ah, Marinês, isso é demais! Acha que Maria Lúcia seria capaz de ferir a própria filha? Que mãe faria mal a seu filho?

— Calma! Não quis dizer isso. Contudo, sinto uma dor no peito toda vez que olho para minha sobrinha.

— Vitória é muito miúda, dá essa impressão.

— Não é isso. Ouça: infelizmente desconfio de Maria Lúcia.

— Não esperava ouvir isso de você. Atacando uma pobre indefesa, uma mulher que acabou de perder o filho.

— Espere um pouco...

— Chega! Você agora foi desumana. Não consegue imaginar a dor que sua irmã deve estar sentindo?

Marinês ficou constrangida. Ela tinha convicção de que Maria Lúcia estava fingindo, conhecia bem a irmã. E precisava ser verdadeira. Fazia noites que tinha os mesmos pesadelos. Vitória era assassinada em sua frente. Marinês estava confusa. Alterou o tom de voz:

— Espere um pouco, Eduardo. Calma lá!

— Calma, nada! Por que atira lama em sua irmã no momento em que ela está debilitada, arrasada?

— Não estou atirando lama... — desculpou-se Marinês.

— Será que os choques que você tomou lhe afetaram o cérebro? — vociferou ele, colérico.

Aquilo foi a gota d'água. Marinês empalideceu e tonteou. O ar lhe faltou. Não podia acreditar que Eduardo pudesse ser tão grosseiro. Ela não tinha palavras. Caiu no sofá extenuada e chocada.

— Desculpe, estamos com a cabeça quente — contemporizou ele.

— Não temos mais o que conversar.

— Não tive a intenção de agredi-la.

— Você está cego. Sei que seu filho morreu recentemente, que você passou maus bocados com a possibilidade de perder a filha. Mas minha intuição não me engana. Toda vez que olho para Vitória, sinto um aperto no peito, algo desagradável. Sinto que ela corre perigo. Mas você não enxerga. Não tenho mais o que dizer.

— O que quer que eu faça?

— Se algo vier a acontecer amanhã, minha consciência estará tranquila.

— Espere! Desculpe-me. Fui grosso com você.

Eduardo aproximou-se e Marinês esquivou-se. Pegou a bolsa e saiu em disparada, chorando copiosamente. Chorava por ela, por Eduardo e por sua sobrinha.

— Que Deus me perdoe, mas Maria Lúcia vai aprontar das suas.

Marinês não podia chegar em casa naquele estado. Tomou um táxi e foi ter com Clóvis. Tocou a campainha e um bruta-montes atendeu a porta.

— Clóvis está?

— Sim. Quem deseja?

— Sou Marinês.

— Ah, sim. Entre, por favor.

— Obrigada.

— Vou chamá-lo.

Túlio percebeu que os olhos dela estavam inchados de tanto chorar. Foi até o escritório chamar Clóvis. Entrou devagarzinho no aposento e abraçou-o por trás. Clóvis sentiu agradável sensação.

— Humm, que gostoso!

— Gostaria de continuar, mas não posso.

— Por quê?

— Chegou visita para você.

— Visita?

— Sim. Marinês.

— Aqui em casa?

— É. E parece que não está bem. Seus olhos estão tão vermelhos!

— A esta hora da noite, coisa boa é que não é.

— Vá lá atendê-la. Vou fazer um chá. Não quero incomodá-los.

Clóvis levantou-se e foi até a sala. Marinês, assim que o viu, abraçou-se a ele e rompeu em prantos.

— O que foi, querida?

— Acabei de sair da casa de minha irmã — disse ela, entre soluços.

— O que aconteceu? Algum problema com sua sobrinha?

— Não — respondeu ela, limpando as lágrimas com as costas da mão. — Vitória está muito bem, graças a Deus. Ah, Clóvis, é uma sensação muito estranha!

— O que há?

— Desde que Vitória nasceu, não saí do hospital. Fiquei dia e noite em vigília, enquanto ela estava na incubadora. Era como se eu tivesse dado à luz, sabe?

— Notei quanto se desdobrou para ficar no hospital. As noites maldormidas, a expectativa, as conversas com os

Medo de amar • 313

médicos. Tanto que, quando ela foi liberada, foi você quem a pegou nos braços e a levou para casa.

— Foi divino, um momento mágico em minha existência! Nunca vou me esquecer desse dia. Sou apaixonada por Vitória.

— E o que está havendo?

— Desde o dia em que ela foi para casa, tenho sentido uma opressão aqui no peito. Tenho tido sonhos esquisitos, pesadelos horríveis.

— Conversou com dona Alzira a respeito?

— Sim. Ela tem me ajudado muito. Tenho ido ao centro espírita todos os dias. Tomo passe, faço minhas orações. Mas os pesadelos continuam.

— E o que dona Alzira disse?

— Que estou tendo visões de vidas passadas. Que logo tudo vai passar.

— Então qual é o medo?

— É difícil dizer. É como se Vitória corresse grande risco. E os pesadelos me consomem.

Túlio chegou com uma bandeja de prata, um bule e duas xícaras de porcelana e um pratinho com algumas guloseimas.

— Acho que não comeu nada. Não sente fome? — perguntou ele, com amabilidade na voz.

— Não tenho tanta fome, mas um chá vai bem. É de cidreira?

— Sim. Peguei no quintal. Fresquinha.

— Túlio adora cozinhar — interveio Clóvis.

— Em outra ocasião, Marinês, gostaria de lhe oferecer um jantar.

— Muito obrigada. Virei com prazer.

Túlio serviu o chá e dois biscoitinhos para Marinês.

— Humm, deliciosos!

— Fui eu que fiz. Gostou?

— São maravilhosos, Túlio — parabenizou ela.

— Ele é excelente na cozinha — disse orgulhosamente Clóvis.

314 • Marcelo Cezar romance pelo espírito Marco Aurélio

— Você trabalha em restaurante?

Túlio riu.

— Não, eu trabalhei por muitos anos num banco estatal. Não era a vida que eu queria. Tenho percebido que o que gosto mesmo é de cozinhar.

— Por que não tenta?

— Porque não tenho experiência profissional.

— Túlio ainda não se convenceu de que é um chef de cozinha.

— Não exagere.

Marinês interveio, amável:

— Tenho um amigo que possui três restaurantes. Está precisando de cozinheiro. A mãe dele, responsável pela cozinha, formou-se em Contabilidade e trocou o fogão pelos livros fiscais.

Túlio animou-se:

— Adoraria. Tem certeza de que a vaga não foi preenchida?

— Tenho, porque almocei com ele hoje mesmo. — E, virando-se para Clóvis, completou: — Você sabe de quem estou falando: de Gaspar Mendonça.

Clóvis revirou os olhos.

— Ah, Gaspar! Quem poderia se esquecer dele?

Ambos riram. Túlio interessou-se:

— Gente boa?

— Um amigo querido, de muitos anos. Namorou minha irmã alguns anos atrás. Está no ramo de restaurantes e vem se dando muito bem.

Túlio indagou:

— Poderia me dar o endereço?

— Claro! Acho que vale a pena tentar.

— Quero tentar, sim. Sinto-me pronto para iniciar uma nova carreira.

— Você fazia o que no banco? — indagou Marinês, curiosa.

— Área administrativa, muito chato. Agora que me acertei com Clóvis, quero também começar nova profissão, algo que tenha a ver comigo, que eu goste de verdade. Descobri a paixão pela cozinha.

— Faço questão de que procure Gaspar amanhã. — Marinês pegou a bolsa, abriu a agenda e fez anotações num papelzinho. — Aqui está. Ele vai ficar neste endereço amanhã, no finzinho da tarde. Diga-lhe que foi Marinês quem o indicou. Tenho certeza de que o emprego será seu.

— Só o emprego, ouviu bem? — salientou Clóvis, maliciosamente. — O patrão, não!

Túlio pegou uma almofada e jogou-a sobre o companheiro. Fazia quase um ano que ele e Clóvis estavam juntos. Poucos meses antes, haviam decidido morar sob o mesmo teto, e o resultado era espetacular. Viviam em harmonia, com carinho, amor e respeito.

Clóvis conseguira convencer o companheiro a deixar o banco. A princípio, Túlio relutou. Ficaria sem trabalho, sem o que fazer, e, pior, deixaria de ter uma aposentadoria garantida. Mas arriscou.

Após a separação, Túlio e Matilde venderam a casa. Ela, para ajudá-lo, deu-lhe sua parte da venda do imóvel. Ele aplicou o dinheiro e sentiu-se seguro o suficiente para abandonar o emprego e poder tentar outro concurso público, ou, quem sabe, uma nova carreira. O convívio com Clóvis despertara sua sensibilidade, e Túlio mostrou grande habilidade na cozinha. Era criativo e fazia pratos saborosos, apreciados pelos amigos do casal. A fama do grandalhão foi crescendo e todo fim de semana amigos e até parentes de Clóvis vinham para degustar alguma iguaria feita por Túlio.

Os três se divertiram bastante. Marinês e Túlio entrosaram-se muito bem. Simpatizaram-se logo de cara. Aquilo fez muito bem a ela. Ainda estava magoada com a maneira como Eduardo a tratara. Sabia que ele estava em seu limite, mas destratá-la daquele jeito infelicitou-a profundamente. Num determinado momento, ela parou de sorrir. Túlio percebeu que ela ainda precisava desabafar e retirou-se educadamente, pretextando cansaço.

Clóvis notou a angústia no olhar da jovem.

— Eu a conheço mais do que possa imaginar.

— É, para você não consigo mentir. Estou muito desapontada com Eduardo.

— Ele a destratou?

— Foi estúpido.

— Ele está com os nervos à flor da pele, Marinês.

— Ele não quer enxergar a verdade, Clóvis.

— Dê um tempo a ele. Não o procure.

— E o que faço com minha preocupação? O que será da pequena Vitória?

— Tenha calma. Dona Alzira não disse para confiar?

— Disse.

— Pois, então, confie. Essa é sua lição.

Marinês exalou profundo suspiro. Era obrigada a concordar. Tinha de aprender a confiar, a entregar aquele caso nas mãos de Deus. Por mais que tentasse, uma dor, quase física, oprimia seu peito. Aquela sensação estranha era como um alerta. E Marinês não sossegaria enquanto aquela sensação esquisita não sumisse por completo. E, de mais a mais, sua intuição parecia dar-lhe a certeza de que Maria Lúcia seria capaz de cometer um ato insano.

A jovem resolveu mudar de assunto e conversar amenidades.

Passava da uma da manhã quando Clóvis estacionou o carro em sua porta. Despediram-se e ela entrou em casa cabisbaixa. Pelo horário, deduziu que os pais estivessem dormindo. Abriu e fechou a porta da sala com extremo cuidado. Assustou-se com a luz da cozinha acesa.

— Ainda acordada, mãe?

— Estava preocupada — retrucou Iolanda.

Marinês beijou-lhe a face com ternura.

— Você é uma mãe e tanto!

Medo de amar • 317

— E vou cuidar de seus filhos.

Marinês esmoreceu.

— Não terei filhos. Não se iluda.

— Por quê? Acha que filho só vem pela barriga? E com tanta criança no mundo querendo um lar! Não está na hora de rever seus conceitos? É tão presa a antigos valores, que não pode pensar na possibilidade de adotar uma criança?

— Você nunca falou comigo nesse tom.

— Estava na hora. Vai viver o resto da vida se lamentando? Isso não combina com você, Marinês.

Aquilo a tocou profundamente. Iolanda estava certa: havia tantas outras possibilidades de ser mãe. Marinês pegou seu copo de leite morno e bebeu-o vagarosamente. Passou a língua sobre o lábio superior, limpando o bigodinho branco.

— Tem razão, mãe. Preciso mudar. Boa noite.

— Boa noite. Tenha bons sonhos.

Marinês subiu vagarosamente as escadas. Entrou no quarto, despiu-se, vestiu pijama confortável e deitou-se. Orou pedindo proteção aos amigos espirituais e, em especial, ajuda a seu mentor. Mais alguns minutos e adormeceu.

Ela sonhou que estava sentada num banco, ladeado por lindo jardim, o céu negro salpicado por algumas estrelas. Marinês teve agradável sensação. Respirou profundamente, enchendo os pulmões com aquele ar puro e rarefeito. Uma simpática senhora veio até ela.

— Como vai, Marinês?

A jovem fitou a senhora, emocionada.

— Abigail, há quanto tempo!

Abraçaram-se e sentaram-se lado a lado no banco do jardim.

— Muitas coisas aconteceram, e bem que tentei alertá-la.

— Eu sei, Abigail. Reprimi minhas emoções, meu desejo. Julguei-me suja. A lição foi dura, mas aprendi.

Abigail bateu levemente nas mãos da jovem.

— Está indo muito bem. Parabéns. Superou seus medos, suas inseguranças. Está pronta para novo ciclo.

— Sinto-me confusa. Por mais que tente, eu me recrimino por amar Eduardo.

— O que seu coração diz?

— Que ele é o homem de minha vida. Mas veja como fui tratada hoje. Ele me magoou.

— A mágoa só traz aborrecimentos. Você acredita que nunca vai realizar seu sonho, o de se casar com ele.

— Acho impossível. Maria Lúcia naquele estado patético e Vitória necessitando de cuidados... Como Eduardo poderá pensar em separação?

— Espere e confie.

Marinês apertou a mão da amiga com força.

— Estou aflita. Ultimamente nem tenho pensado em casamento, em Eduardo, em nada.

— Está preocupada com Vitória, não está?

— Sim. E a dor no peito que não passa? Estou louca?

— Não, não está. Vitória corre mesmo risco de desencarnar. Sua irmã está emocionalmente desequilibrada. Maria Lúcia está prestes a cometer uma loucura.

— Então o que sinto é um sinal de que... — Ela colocou a mão na boca, em desespero. — Não! Isso não pode acontecer, Abigail.

— Tudo depende do merecimento de cada um.

— Mas minha sobrinha, tão pequenina...

— Não se iluda. Aquele corpinho abriga um espírito lúcido, inteligente. Não se engane com Vitória. Ela tem tudo para vencer.

— Mesmo?

— Quando desencarnou pela última vez, soube perdoar. E, como sabemos, perdoar é libertar-se. Vitória está pronta para viver o que lhe foi tirado em última vida.

— O que aconteceu? É permitido me contar?

Medo de amar • 319

— Sim. Tiramos você do corpo esta noite para lhe revelar algumas passagens de sua última encarnação. Dela, vou lhe relatar somente o essencial.

— Não vou ver tudo numa tela? Dona Alzira disse que muitas vezes podemos assistir a tudo como a um filme.

— Podemos. E, conforme eu for lhe contando o passado, inevitavelmente virão cenas à sua mente. Abriremos a porta de seu inconsciente, ele é o guardião de nossas vidas passadas.

— Tenho certeza de que há algo entre mim, Maria Lúcia e Vitória; algo muito forte que nos une, seja no amor, seja no ódio.

— Está pronta? — indagou Abigail, atenciosa.

— Sim.

— Feche os olhos e relaxe.

Marinês assentiu com a cabeça. Recostou-se no banco, inspirou e soltou o ar, ficando numa posição confortável. Logo, imagens apareceram em sua mente.

A bondosa senhora sorriu. Aproximou-se mais, pousou suas mãos na dela. Com voz suave e sorriso encantador, pausadamente começou a relatar sua última vida.

Capítulo vinte e oito

Uma jovem senhora, elegante em seu vestido de luto, silenciosamente contemplava o céu, enquanto deixava correr as lágrimas que afloravam aos olhos, sob efeito de forte emoção. Ergueu o pescoço para o alto e, pela janela, tentou avistar uma estrela que fosse. Devido ao nevoeiro intermitente que cobria Londres naquela noite, ela nada pôde ver. Viúva recentemente, Marinês[1] afastou-se da janela e estirou-se na cama. Era-lhe estranho ainda deitar-se sozinha, embora seu amado esposo tivesse partido havia mais de um ano.

— Eduardo, quanta falta sinto de você — disse, comovida.

Virou-se de lado e ouviu leve batida na porta. Uma moça sorridente apareceu na soleira.

---

[1] Mantivemos praticamente todos os nomes dos personagens da encarnação atual para facilitar o entendimento do público leitor.

— Filha! — exclamou Marinês. — Por favor, deite-se com sua mãe. Sinto-me muito triste esta noite.

Vitória fechou a porta e correu até a cama da mãe.

— Dormirei com você todas as noites, se quiser.

— Eu a amo tanto, Vitória!

— Eu também a amo, mamãe.

Vitória, então com dezessete anos de idade, possuía rara beleza: pele alva, traços finos, lábios vermelhos e carnudos. O corpo bem-feito chamava a atenção dos rapazes. A moça não ligava para os galanteios dos jovens de sua idade. Sentia atração por homens maduros.

Num belo dia, passeando pelos jardins do Hyde Park, nos arredores da cidade, Vitória, em companhia da avó Iolanda, conheceu Gaspar, um aristocrata simpático, rico, influente e... casado. Vitória tentou esquivar-se, mas sentira profunda atração pelo aristocrata. Sua avó Iolanda, companheira e confidente, incentivava-a com palavras de ânimo. Vitória não resistiu aos apelos da avó e aos galanteios insistentes de Gaspar: iniciou com ele tórrida paixão. Gaspar, apaixonado, divorciou-se da mulher para casar-se com a jovem.

Maria Lúcia, a ex-mulher, nunca amou o marido. Casara-se pela posição social dele, pelo *status*, pelo poder. Viviam uma relação fria, insossa. Gaspar dava suas escapadinhas e Maria Lúcia também dava as suas. Tudo hipocrisia, para manter as aparências. O grande amor da vida dela, na verdade, era seu filho Marcílio. Jovem, da mesma idade que Vitória, Marcílio era a personificação do belo: alto, forte, profundos olhos azuis. Ele e a mãe eram muito ligados, amavam-se verdadeiramente.

A separação foi um choque para mãe e filho. Maria Lúcia deixou de ser convidada para festas, jantares. Marcílio trancafiou-se em casa, para não dar ouvidos aos comentários maledicentes da sociedade. A separação de sua mãe tornou--se mais comentada do que os feitos da rainha da Inglaterra.

Mãe e filho partiram para o ataque. Gaspar não cedeu às chantagens dos dois e não voltou para casa. Perdidamente apaixonado, desposou Vitória alguns meses depois. Nunca sentira nada parecido por outra mulher. Vitória trouxe-lhe de volta a alegria de viver.

Indignada e ferida em seu orgulho, Maria Lúcia e o filho chegaram à única conclusão, embora terrível, para acabar com aquele pesadelo em que viviam:

— Vitória tem de morrer, mamãe — repetia o filho, insistentemente.

Maria Lúcia acolheu a ideia do filho com satisfação. Quem sabe, Vitória estando fora do caminho, Gaspar não voltasse para casa?

— Como faremos?

— Precisamos de um profissional, e ele terá de executar o serviço em local público, mamãe.

— Por quê?

— Porque assim não suspeitarão de nós, jamais.

— Mas e se esse profissional for preso? E se confessar?

— O dinheiro compra tudo. Conversei com Lord Henry.

— E?

— Ele nos dará cobertura. Um de seus guarda-costas fará o serviço.

— Lord Henry não faz nada de graça. O que quer em troca?

— Que você se case com ele.

— Ele é devasso. Casar-me com ele vai me prejudicar mais ainda. E não terei seu pai de volta.

— Mas nós não o queremos de volta. Queremos que ele pague caro por ter nos deixado, mais nada. Você ama papai?

— Sabe que você é o único amor de minha vida. Seu pai serviu de trampolim para a vida de luxo com que sempre sonhei.

— Lord Henry é muito mais rico, mamãe. Nossa reputação já foi para a lama desde que papai nos deixou. Dane-se o que pensam ou dizem de nós.

— Não sei se devo.

— Faça esse sacrifício por nós.

Maria Lúcia pensou, pensou e admitiu: valia a pena acabar com Vitória e casar-se com Lord Henry. A fase estava boa para ela, visto que Iolanda, a avó que estimulara o namoro da neta com seu ex-marido, morrera de ataque cardíaco. Um alívio, uma a menos contra quem se vingar. Maria Lúcia antegozava o prazer de ver o ex-marido sofrendo pela perda da mulher. Decidiu compactuar com a trama sórdida. Não tinha nada a perder.

O local do atentado não poderia ser mais público: o Palácio de Cristal[2], especialmente construído pelos ingleses para expor ao mundo suas maravilhas tecnológicas. Como se tornou um retumbante sucesso, o palácio era visitado diariamente por milhares de pessoas, ingleses e estrangeiros.

Vitória estava passando distraída por um dos corredores quando tudo aconteceu. Maria Lúcia, ali perto, jogou-se no chão, gritando em desespero, alegando ter sido roubada, chamando a atenção dos visitantes. Assim que se formou pequena aglomeração, o assassino aproximou-se de Vitória e apunhalou-a nas costas. Ninguém percebeu, nem mesmo Gaspar. Quando a multidão se desfez, Gaspar olhou aterrorizado para a mulher. Dos lábios dela escorreu espessa camada de sangue e Vitória caiu em seus braços, morta.

Com o passar dos dias, Gaspar, arrasado, passou a entregar-se à bebida. Fechara-se em seu mundo e não desejava mais viver. Um ano após a morte de Vitória, depois de tanto abusar do álcool, ele também morreu.

Maria Lúcia voltou a frequentar a sociedade, agora como mulher de Lord Henry. Era com indescritível sensação que

---

2 The Crystal Palace foi uma enorme construção em ferro fundido e vidro, erguida no Hyde Park, em Londres, para abrigar a Grande Exposição de 1851, em que foram mostradas as últimas tecnologias desenvolvidas durante a Revolução Industrial. O edifício com mais de trezentas mil placas de vidro foi destruído por um incêndio em 1936.

fitava Marinês, nas raras vezes em que se encontravam. Numa dessas vezes, só para espezinhar Marinês, Maria Lúcia comentou:

— Demos uma bela lição em sua filha.

— Do que está falando?

— Da próxima vez que tiver uma filha, não a deixe aproximar-se de homens casados. É perigoso e fatal.

— Você não foi capaz...

— De matar Vitória? Não. Não sujaria minhas mãos com aquele sangue ordinário. Tenho capangas para isso.

Marinês atirou-se sobre ela com imensa fúria. Lord Henry, por meio de seus contatos, conseguiu que Marinês fosse presa. A desmiolada passaria um tempo na detenção sem amolar sua família.

Anos depois, livre da cadeia, Marinês não desistiu e, inconformada com o silêncio e descaso da polícia, que arquivou o processo por falta de provas, resolveu fazer justiça com as próprias mãos. Revoltada, contratou um polaco truculento, Olavinho, para dar uma lição em Maria Lúcia.

Numa noite, Marcílio encontrou a mãe quase à beira da morte, brutalmente espancada. Por um triz, Maria Lúcia escapou de morrer. Levou mais de seis meses para voltar a andar. Ninguém sequer suspeitou de Marinês, mas Lord Henry, inconformado com a invasão à sua propriedade e o ato bárbaro a que sua mulher fora submetida, ofereceu gorda recompensa a quem descobrisse o paradeiro do autor do atentado.

A notícia correu a cidade, e em pouco tempo o malfeitor foi capturado e confessou o crime. Marinês não teve alternativa a não ser fugir da Inglaterra. Atravessou o mar, embrenhou-se numa floresta ao norte da Espanha e nunca mais foi vista. Passou seus últimos anos vivendo com medo de ser descoberta. Desencarnou adoentada e quase demente.

Maria Lúcia recuperou-se da surra. Marcílio não saía de seu lado, amava a mãe acima de tudo. Cuidou dela com extremo

Medo de amar • 325

carinho, e um ano depois ela voltava à sociedade. A gravidez inesperada da mãe tirou o chão de Marcílio. Aquilo não estava nos planos dele. Ele era único. Não podia imaginar sua mãe, mesmo ainda jovem, dando à luz. O ciúme corroía-o dia após dia. Marcílio tentou alertar a mãe sobre o perigo da gravidez, lembrando-a de que ela ainda se recuperava da surra, mas foi em vão: Maria Lúcia levou a gravidez adiante. Deu à luz um lindo garotinho, mas não chegou a conhecê-lo. Uma forte hemorragia após o parto tirou a vida de Maria Lúcia.

Marcílio ficou arrasado. Olhava para a criança e rangia entredentes:

— Desgraçado! Você matou minha mãe!

Numa noite fria e úmida, Marcílio pegou o pequeno bebê, tirou-lhe as vestes e deixou-o completamente nu. Abriu as janelas do quarto e permitiu que a brisa gelada castigasse o corpo frágil do pequenino. O bebê não suportou o frio e amanheceu morto.

Marcílio sentiu-se parcialmente vingado. Faltava alcançar Marinês. Tentou até mesmo subornar a Scotland Yard, mas em vão. Nunca encontrou Marinês, em vida. Quando desencarnou, anos depois, ambos ficaram frente a frente e digladiaram-se por anos.

Lord Henry voltou à sua devassidão. As mortes da mulher e do enteado em nada mudaram seus hábitos.

— Faz parte da vida. O ser humano vem com esse defeito de fabricação — dizia aos amigos mais íntimos, incrédulos com sua frieza.

Lord Henry — ou Henrique, nesta vida — conheceu uma moça muito bonita e também muito interessada em seu dinheiro. Na meia-idade, era-lhe difícil conseguir belas mulheres para satisfazê-lo. Estela era exuberante, dominava as técnicas do sexo como ninguém e levou Henrique à loucura. Logo ele se apaixonou perdidamente pela moça.

Com o passar do tempo, Estela meteu na cabeça que queria arrancar todo o dinheiro e as joias que pudesse do marido. Mas o lorde era esperto e escondia muito bem seus tesouros. Estela amancebou-se com aquele mesmo capanga que atacara Vitória. Seu nome era Marcos. Juntos, planejaram dopar o velho lorde e tomar-lhe seus pertences.

Henrique desconfiou da armadilha e tentou acabar com os dois. Pegos de surpresa e com medo de serem presos, dominaram o velho e torturaram-no dias a fio. O lorde não cedia, não contava onde ficava seu cofre. Estela e o jovem não tinham piedade e cometeram atrocidades: perfuravam o velho com garfos, acendiam velas e deixavam que a parafina fervente caísse sobre seus olhos, e outras perversidades. Henrique morreu sem confessar. Estela e Marcos fugiram e nunca mais foram encontrados.

Henrique desencarnou muito mal. Recebeu ajuda, tratamento. Mas o que mais lhe doía era o fato de ter sido enganado. Amou Estela como nunca amara outra mulher na vida. Estremecido em seus valores, jurou nunca mais confiar nas pessoas. Trancou os sentimentos a sete chaves. Jamais entregaria seu amor a alguém.

Nesse ínterim, na Espanha, Marinês, embora tenha tido uma vida de luxo na Inglaterra, submeteu-se a todo tipo de trabalho, desde que lhe dessem o que comer. Não podia dar pistas de sua origem, nunca. Numa de suas andanças conheceu Clóvis, viúvo e pai de dois filhos. Contratada por ele, tornou-se governanta da casa e praticamente segunda mãe das crianças, tamanha a sua devoção.

Lá, havia uma empregada de origem alemã, mulher de grande porte, mas totalmente desprovida de desejo sexual. Frida — atualmente encarnada como Túlio — nutria paixão platônica pelo patrão, Clóvis. Mas era incapaz de aceitar seu corpo feminino e frágil. Lamentava não ter um corpo viril e másculo, embora sentisse atração por homens.

Capítulo vinte e nove

Marinês despertou com extraordinária sensação de bem-estar. Levantou-se e, durante o toalete, aos poucos se lembrou de algumas passagens do sonho. Algumas imagens ainda estavam fortes em sua mente. Precisava encontrar-se com Alzira o mais rápido possível. Próximo à hora do almoço, chegou à casa da médium.

— Desculpe não ter ligado antes. Estava ansiosa por vê-la.

Alzira cumprimentou-a com amabilidade.

— Entre. Eu já a esperava.

Marinês fez ar de interrogação.

— Mesmo?

— Sim. Está confusa em relação ao sonho.

— Como soube?

Alzira sorriu levemente.

— Vamos nos sentar. Precisamos conversar.

Ajeitaram-se confortavelmente no sofá. Alzira tornou, amável:

— Os espíritos me avisaram hoje cedo. Sente-se melhor, depois de saber alguns fatos importantes do passado?

— Sinto-me chocada.

— Somos capazes de tantas coisas! Nada como uma vida após a outra!

— Mas e essa opressão no peito? Quando vai passar?

— Logo.

— E se Vitória vier a...

Marinês baixou a cabeça, chorosa. Alzira explicou:

— A lei está em nossas mãos. O espírito de Vitória está abrigado num corpo de bebê. Concordo que ela não tem meios físicos de se defender, mas tem poder, tem inteligência. Ela escolheu estar naquele lar, foi necessidade de seu espírito.

— Contudo, corre risco. Tenho pena.

— Nada é imposto pela natureza. Não se engane, pois Vitória tem o poder de mudar a realidade.

— Assim espero.

— Eu disse que você precisa aprender a confiar. Já desperdiçou uma vida por não saber controlar suas emoções. Não acha que está na hora de aprender a dominá-las?

— Sim. Quero mudar. Sinto-me cansada de ter medo.

Marinês abraçou-se a Alzira e chorou. Deixou que as lágrimas escorressem livremente pelo rosto. A médium deslizava suavemente as mãos pelos seus cabelos. Disse baixinho:

— Vai dar tudo certo. Confie.

Espíritos amigos deram um passe em Marinês. Ela permaneceu abraçada a Alzira por mais um tempo. A médium vislumbrava o futuro da jovem, bem como o de Vitória. Esboçou leve sorriso e continuou acariciando os sedosos cabelos da moça.

Medo de amar • 329

No fim daquele mesmo dia, Túlio apareceu no endereço que Marinês lhe indicara na noite anterior. Sentia certo nervosismo. Adentrou o restaurante e procurou Gaspar. A faxineira do restaurante apontou para um corredor e Túlio estugou o passo. Estava muito ansioso.

— Senhor Gaspar Mendonça?

— Eu mesmo.

— Boa tarde. Foi Marinês quem me sugeriu procurá-lo.

Gaspar sorriu. Levantou-se e estendeu a mão.

— Prazer. Sente-se, por favor.

— Obrigado.

— De que se trata?

Túlio pigarreou.

— Bem, fui informado de que está procurando um cozinheiro.

— Sim. Pretendo me desfazer da lanchonete e da pizzaria que tenho. Quero ficar somente com um restaurante, mas um que seja aconchegante, elegante, com pratos diferentes do convencional, embora saborosos.

— Sei.

— Quero formar uma equipe de profissionais. No Brasil ainda é difícil encontrar bons *chefs* de cozinha. Infelizmente não tenho como contratar alguém de fora do país.

— Culinária ainda é uma atividade sem valor.

— Disse bem: "ainda". Nosso país carece de profissionais. Preciso de alguém que cozinhe, que saiba fazer tanto pratos triviais quanto refinados. Na verdade, estou atrás de um mestre-cuca. Você tem experiência?

— Bem, eu sempre trabalhei como assistente administrativo. De um tempo para cá me entreguei de corpo e alma aos prazeres da boa comida.

— Fale-me um pouco de você.

Túlio remexeu-se nervosamente na cadeira.

— Trabalhei num banco estatal por quase dez anos.

— Sim, continue.

— Eu estava cansado daquele ambiente, de minha vida. Meu casamento não ia bem e resolvi procurar ajuda espiritual. Acredita nessas coisas?

— Acredito. Precisei muito de ajuda alguns anos atrás. Não frequento centro algum, mas acredito, sim.

— Pois bem... Uma tarde fui até um centro espírita, por indicação de uma amiga. Ouvi tantas coisas boas, fiquei tão tocado, que resolvi mudar minha vida a partir de então. Se não fosse dona Alzira, eu...

Gaspar interrompeu-o, animado:

— Alzira? Do Centro Irmão Francisco?

— Essa mesma.

— Ela é minha vizinha. Eu a adoro. Puxa, que coincidência!

Túlio sentiu-se mais à vontade. Relatou a Gaspar sua falta de motivação no trabalho, a crise no casamento. Falou sobre sua relação com Clóvis, enfim, contou tudo. Gaspar ficou impressionado. Simpatizou com Túlio logo de cara e, depois do relato vibrante e verdadeiro, fez-lhe a proposta:

— Vamos fazer um teste. Tem hora para chegar em casa hoje?

— Não.

— Então vamos à cozinha. Lá temos vários ingredientes: legumes, carnes, verduras, ervas, tudo que quiser. Invente, crie para mim dois pratos. Quando terminar, me chame para degustá-los. Se eu gostar do que comer, eu o contrato.

Túlio levantou-se empolgado.

— Obrigado. Garanto que não vai se arrepender.

Gaspar conduziu-o até a cozinha e deu ordens para que ele pudesse usar e solicitar o que precisasse. Deixou uma

Medo de amar • 331

assistente de cozinha ao dispor do grandalhão. Túlio empenhou-se. Fez um prato de comida trivial: arroz e bife acebolado. Depois fez um estrogonofe de filé mignon acompanhado de batata *sauté*, prato desconhecido do grande público naquela época.

Duas horas depois, Gaspar foi chamado para degustar os pratos. O aroma da comida, a decoração dos pratos, tudo já valeria contratação imediata. Gaspar sentou-se, experimentou. Terminada a refeição, olhou sério para Túlio. Este estremeceu.

— Algo de errado?

Gaspar não conseguiu segurar a risada. Olhar para aquele brutamontes meio estabanado, ansioso e medroso, era de fazer rir.

— Considere-se contratado.

Túlio exalou profundo suspiro.

— Obrigado. Prometo que serei o melhor mestre-cuca que você já teve.

Aquela noite foi de imensa felicidade para Túlio. Finalmente alguém lhe dera a chance de recomeçar. O salário era bem menor do que aquele que estava acostumado a ganhar no banco, mas dava para ajudar a pagar as contas básicas da casa. Túlio simpatizou com Gaspar e iria fazer de tudo para que o novo restaurante desse certo, pelo menos no tocante ao cardápio. Clóvis vibrou de felicidade e imediatamente ligou para Marinês.

— Você é a responsável. Venha comemorar.

Ela ficou feliz, mas declinou o convite com elegância:

— Desculpe-me, mas hoje, especialmente, não me sinto bem.

— Algo errado?

— Não. Aquela dor no peito continua vibrando forte em mim.

— Melhor seria procurar um médico. Já está reclamando há alguns dias.

— Não é dor física, Clóvis, sabe disso.

— Conversou com dona Alzira?

— Estive na casa dela hoje na hora do almoço. Conversamos um pouco.

— E o que ela disse?

— Pediu-me para confiar e garantiu-me que logo a sensação vai desaparecer.

— Então confie. Não quer mesmo vir até aqui?

— Não. Fica para outro dia.

— Você nos ajudou. Obrigado.

— Eu não ajudei, simplesmente dei o endereço. Juntaram a fome com a vontade de comer — ela riu.

Túlio pegou na extensão:

— Serei eternamente grato. Você ajudou a mudar minha vida. Mal a conheço, mas simpatizo muito com você. Se precisar de qualquer coisa, pode contar comigo.

— Sua gratidão me emociona — tornou Marinês.

— Mais uma vez, obrigado. Que Deus a ilumine sempre! Vou rezar por você todas as noites de minha vida.

Marinês pousou o fone no gancho, emocionada. Quase chorou. Sentindo-se mais tranquila, deitou-se e adormeceu. Túlio e Clóvis nem imaginavam que suas vibrações de carinho e gratidão chegavam num momento crucial na vida da moça. Aquela energia positiva e carinhosa daria a Marinês o suporte necessário para encarar com firmeza e serenidade, mais adiante, a grande reviravolta em sua vida.

Estava quase amanhecendo quando Maria Lúcia despertou, de súbito. Pensou que houvesse tido um pesadelo sem fim. Passou as mãos pela testa como a afastar os pensamentos confusos e desconfortáveis que assolavam sua mente. De repente, lembrou-se do filho.

— Cadê Marcílio? Onde está meu filho?

Deu um salto da cama e revistou o quarto com o olhar. Onde estava o berço? Onde estava seu filho? Imediatamente, ela foi ao quarto do bebê. Entrou pé ante pé, para não fazer barulho. A babá acordou assustada.

— Dona Maria Lúcia, o que faz aqui?

— Vim ver o bebê.

— A senhora está bem?

— Claro que estou. Não está na hora da mamadeira?

— Ainda não. Só às seis horas vou dar de mamar.

— Vá esquentar uma agora. Quero dar de mamar a meu filho.

A babá achou tudo aquilo muito esquisito. Fazia dias que Maria Lúcia estava confinada no quarto, incomunicável. Alimentava-se a contragosto e somente se mexia para as necessidades básicas e o banho. Agora aparecia no quarto e referia-se à pequena Vitória como *filho*. Cida ficou preocupada. Saiu do quarto pretextando esquentar a mamadeira, mas, assim que dobrou o corredor, correu até o quarto de Eduardo.

Enquanto isso, Maria Lúcia aproximou-se do berço.

— Olhe que bebê mais lindo! Mas está um pouco magro...

A criança mexia-se e, ao ver a mãe, esboçou leve sorriso. Maria Lúcia emocionou-se.

— Ah, bebê, venha com a mamãe.

Maria Lúcia aproximou-se do berço para pegar a criança. Assim que seu rosto se aproximou do bebê, ela notou a fitinha no cabelo, o par de brincos nas orelhas.

— Você não é Marcílio — bramiu, jogando o corpo para trás.

Imediatamente tudo veio à tona: a gravidez indesejada, o dia do aniversário de Marcílio, a festa que não se concretizou, o parto, a morte do filho, a prostração. Maria Lúcia perdeu o juízo. Ensandecida, corria de um lado para o outro do quarto, gritando feito louca:

— Desgraçada! Você me arruinou. Você é o monstro que eu jamais deveria ter concebido. Merece morrer, de novo.

Ela pegou o travesseiro da babá e com fúria desmedida afundou-o no rostinho indefeso de Vitória.

— Morra, desgraçada! Você arruinou minha vida. Morra!

Vitória começou a contorcer-se no berço. Suas perninhas e mãozinhas debatiam-se numa débil tentativa de defesa.

— Não!! — gritou Eduardo, atônito.

Maria Lúcia não lhe deu ouvidos. Continuou sufocando a filha.

Eduardo correu, jogou-se sobre a mulher e a empurrou. Caíram no chão. Cida imediatamente pegou a menina no colo. Vitória chorava até quase perder o fôlego.

— Psiu! Calma, meu amor. Tia Cida está aqui. Não chore mais. Mamãe não vai machucá-la de novo.

Cida envolveu a pequena em seus braços e estugou o passo até a sala. Maria Lúcia tentou desvencilhar-se do marido, mas Eduardo era mais forte.

— Louca! Perdeu o equilíbrio? Assassina!

Ela lhe deu uma dentada tão forte no braço, que Eduardo imediatamente a soltou.

— Maldito! Você é o culpado.

— Eu?! Você tenta matar nossa filha e eu sou culpado? De quê?

— Ela arruinou minha vida. Por causa dela perdi Marcílio.

— Não diga um absurdo desses.

— Por que Deus não a levou? Por que tirou meu filho, que eu tanto amava?

— Pare com isso, Maria Lúcia!

— Ela deveria ter contraído meningite no hospital. Era fraca, debilitada... Por que não morreu de vez? Odeio essa criança! Odeio, entendeu?

— Nossa filha não tem culpa de nada. Você ainda está em choque. Sei que a perda de nosso filho a atormentou. Mas atentar contra a vida de um bebê?

Maria Lúcia deu uma gargalhada.

— Você quis dizer a perda do *meu* filho.

— Você não o fez sozinha. Portanto ele era meu também.

— Imbecil! Está completamente enganado. Marcílio era meu filho, não seu!

— Está delirando.

Eduardo foi até a porta e pediu que Cida ligasse para o médico e localizasse a psicóloga. Solicitou também uma ambulância. Quando se virou para Maria Lúcia, ela ria sem parar. Eduardo informou:

— Os médicos vêm chegando.

— Danem-se os médicos! Sei que vão me internar. É isso que quer, não? Quer me internar para ficar com a ordinária da Marinês.

— É mentira!

— Não passa de um corno maldito!

— Você está me insultando. Pare com isso! Pensa que também não chorei e ainda não choro pela morte de nosso filho?

Maria Lúcia usou toda a força que tinha nos pulmões. Gritou feito louca:

— Eu já disse que Marcílio era *meu* filho... Meu e de Gaspar.

— O que disse?!

— Isso mesmo. Eu engravidei de meu ex-namorado.

— Isso não é verdade. Está tentando me agredir.

— Usei Gaspar e iria me vingar. Claro que ele nunca soube que fiquei grávida dele. Eu jamais me casaria com um pé-rapado. Mas, lá na frente, eu iria esfregar o menino na cara dele. Seria minha vingança para arranhar o verniz de integridade daquele canalha. Você caiu feito um patinho. Casou-se comigo e achou que era o pai. Quer ser chamado de quê? Cor--nu-do!

Eduardo não tinha palavras para expressar seu estupor. Ela continuou, enraivecida:

— Lembra-se de nosso jantar de noivado? Foi naquela noite que me entreguei a Gaspar.

— Na noite de nosso noivado? — indagou, aturdido.

— Sim, naquela noite. Jamais me esqueci de Gaspar. Jurei não ter mais filhos na vida, mas você estragou tudo, engravidando-me. Tentei abortar, mas o incompetente do Henrique não me deu a quantidade correta de chá. Bem feito que morreu! Não servia para nada mesmo.

— Quer dizer que tentou abortar? Então o médico estava com a razão! Como pôde ser tão vil, tão desumana?

Maria Lúcia ria descontroladamente. Sentia-se praticamente vingada de Eduardo.

— Infelizmente o parasita cresceu dentro de mim, sugou-me e nasceu. O que posso fazer? Essa, sim, é *sua* filha. Ela não tem mãe. Nunca terá. Vou odiá-la por todos os dias de minha vida.

— Você nunca mais vai pôr as mãos em Vitória.

— Pode ficar com ela, corno manso!

Eduardo bramiu, colérico:

— Cale a boca! Nunca mais ouse falar comigo assim. Você precisa de tratamento. Espero que fique confinada num sanatório.

— Eu tenho amigos. Eu quero dinheiro.

— Só pensa em dinheiro?

— Quero muito dinheiro. Caso contrário, eu falo sobre a verdadeira paternidade de Marcílio. Sua família vai ser execrada pela sociedade, vai morrer de vergonha. Um escândalo envolvendo os Vidigal.

— Chega! Você é louca. Como pude me envolver com uma pessoa tão inescrupulosa? Você me dá nojo, Maria Lúcia.

Os médicos chegaram e correram até o quarto. Maria Lúcia não ofereceu resistência. Deixou-se conduzir. Queria sair dali. Não suportava mais aquele ambiente, aquele marido, aquela criança, aquele apartamento. Passou por Eduardo e cuspiu-lhe na cara.

— Cornudo!

Foi conduzida por dois fortes enfermeiros. Ao passar pela sala, seu olhar cruzou com o da pequena Vitória, nos braços da babá.

— Espero que escorregue na gangorra, que caia da janela do apartamento. Ou, melhor, que meta os dedos na tomada e seja eletrocutada, ou ainda que seja currada por um tarado.

Deu nova gargalhada, esganiçada, e sumiu pelo corredor. Eduardo pegou a pequena no colo, ainda assustada.

— Papai está aqui. Não dê ouvidos, não registre o que sua mãe disse. Ela não tem noção do que diz. Vamos sair daqui imediatamente. Esse apartamento só me trouxe desgosto. Cida, prepare a mala e coloque nela os pertences de Vitória. Vou arrumar minhas coisas. Volto logo.

Eduardo foi ao quarto e pegou algumas mudas de roupa. Pediu que Cida o ajudasse com as malas até a garagem. Colocou o bercinho no banco de trás do carro e partiu com a filha.

Às sete da manhã, a campainha soou forte e insistente. Marinês levantou-se agitada:

— Podem deixar. Eu atendo a porta.

Abriu a porta e permaneceu imóvel. Parado na soleira estava Eduardo, com a pequena Vitória nos braços.

— O que houve? — indagou Marinês, surpresa.

Eduardo respirou fundo, porquanto estava abalado emocionalmente.

— Marinês, aceita ser mulher e mãe de uma só vez?

— O que foi que disse?

— Quer se casar comigo e ser mãe de Vitória?

Ela não tinha palavras. Abriu e fechou a boca, emocionada. Pegou a pequena Vitória dos braços de Eduardo e embalou-a com carinho. O bebê deu gostosa risada.

— Acho que acabou de se tornar mãe. Quer também tornar-se minha esposa?

Ela não respondeu. Com a pequena Vitória nos braços, ergueu o rosto. Seus lábios aproximaram-se e Eduardo falou, com voz que a paixão enrouquecia:

— Case-se comigo. Será a mulher e a mãe mais feliz do mundo.

Capítulo trinta

Em janeiro de 1975, Marinês, Eduardo e Vitória partiram rumo à França. A parceria com os gauleses havia se solidificado e Eduardo ia dividir o controle dos negócios: ele em Paris, e Osvaldo, no Brasil. Não descartava a possibilidade de regressar ao Brasil. Amava seu país, mas no momento estava deveras abalado. Por outro lado, havia pedido o desquite e não podia se casar novamente pelas leis brasileiras em vigor.

Houve muito falatório. As más-línguas diziam que Eduardo trancafiara a mulher num sanatório para se amancebar com a cunhada. Um escândalo! Por essa razão, ele e Marinês decidiram que Vitória deveria crescer longe dos fuxicos e dos comentários maledicentes das pessoas.

Alguns meses depois, Floriano morreu de ataque cardíaco. Iolanda aposentou-se e, com a morte do marido, dedicou-se ativamente aos trabalhos da creche mantida pelo Centro Irmão Francisco.

Osvaldo e Adelaide, na companhia de Iolanda, iam a Paris constantemente. Participaram do crescimento de Vitória. Amavam a menina como ninguém.

O tempo, inexorável, seguia seu curso. Era como se um calendário, preso à parede, tivesse suas folhas arrancadas com tremenda rapidez. Dessa feita, vinte e um anos se passaram. Para a eternidade, um sopro de tempo, mas, para nossos personagens, tempo de sobra para grandes transformações...

Sônia casou-se com um diplomata americano e corria o mundo. Traumatizada com os acontecimentos na própria família, optou por não ter filhos. O marido também não os desejava. Transformaram-se em casal-modelo, tanto pela cumplicidade quanto pelos serviços prestados às crianças carentes em todo o mundo. Sônia vez ou outra mandava um cartão, dava um telefonema. Quando passava pela Europa, não deixava de se encontrar com o irmão, a cunhada e a sobrinha, que tanto amava. Nos últimos tempos, envolveu-se, como membro das Organizações das Nações Unidas, em trabalhos assistenciais em prol de crianças atingidas pelas frequentes guerras no Oriente Médio.

Osvaldo continuou à frente dos negócios no Brasil. Adelaide, depois do escândalo e dos comentários maledicentes envolvendo sua família, afastou-se da sociedade.

A convite de Alzira, conheceu a creche mantida pelo centro espírita. Apaixonou-se pelas crianças e, juntamente com Iolanda, trabalharam na melhoria, crescimento e manutenção da creche. De dezoito crianças atendidas diariamente no início, agora, vinte anos depois, o número saltara para oitocentas crianças assistidas por dia. Celeste, mãe de Gaspar, juntou-se a elas nessa empreitada.

Gaspar vendeu a lanchonete e a pizzaria, e apostou todas as fichas no sonhado restaurante. O sucesso foi estrondoso. Do dia para a noite, ficou rico e famoso. Com a ajuda de Túlio, que posteriormente se tornaria seu sócio, abriram filiais de Porto Alegre a Manaus, abrangendo todas as capitais do país. Gaspar tornou-se rico empresário, um quarentão em boa forma física, charmoso. As têmporas levemente grisalhas davam-lhe um toque sedutor. Continuava solteiro, mas não por opção. Tentara um namoro aqui e outro ali, mas nada sério. A maioria das mulheres aproximava-se dele pela fama, pelo *status*, pelo dinheiro. Alguns anos antes, uma socialite apaixonou-se de verdade por ele. Gaspar chegou a pensar em casamento, mas ela sofreu misterioso acidente em alto-mar e morreu. Gaspar, acreditando no bordão "sorte nos negócios, azar no amor", descartou a possibilidade de casar-se um dia.

Túlio e Clóvis continuavam juntos. Clóvis ainda dava aulas na USP. Era o responsável pela decoração dos restaurantes.

Eles não perderam contato com Marinês. Acompanharam o crescimento de Vitória, que carinhosamente os chamava de tios. Sempre que podiam, os dois iam a Paris visitar os amigos. Túlio prosperou na nova profissão. Aproveitava as viagens para visitar todos os restaurantes. Inspecionava cozinhas, aprendia truques com os grandes *chefs*. Especializou-se profissionalmente e, no decorrer dos anos, com seus cardápios criativos — na verdade, o grande sucesso dos restaurantes —, tornou-se internacionalmente reconhecido.

Matilde, ex-mulher de Túlio, casou-se com um rico fazendeiro no interior de Minas Gerais. Ela e Túlio mantiveram a amizade. Alguns anos antes, ela foi apresentada a Clóvis, e a simpatia entre ambos foi mútua. Túlio sentia a falta dos filhos e, com o passar do tempo, teve de engolir em seco o preconceito de um deles.

Fabinho, o filho mais velho, ficou tão amigo de Clóvis que, além de chamá-lo de tio, fez questão de que estivesse presente na cerimônia de seu casamento. Serginho, o caçula, frequentava a casa de Túlio e Clóvis nas férias. Na adolescência, ao compreender a verdadeira relação entre o pai e Clóvis, entrou em crise. Fez análise por alguns anos, mas de nada adiantou. Rompeu relações com o pai, brigou com a mãe e, com o dinheiro herdado do avô, comprou terras nos confins de Goiás, tornando-se rico criador de gado.

Maria Lúcia ficou internada três meses. Floriano, penalizado com a situação da filha, assumiu a responsabilidade pelos atos dela. Fez de tudo para que ela voltasse para casa. Pouco tempo depois, morreu de ataque cardíaco. Maria Lúcia tornou-se uma mulher fria e insensível, mas chorou a morte do pai. Foi a última vez que ela derramou uma lágrima. Fez chantagem com Eduardo e a família.

Para se verem livres dela, fizeram acordo em juízo, sob o qual Maria Lúcia pegou um punhado de milhões, com a condição de jamais fazer um comentário que fosse sobre seu passado, principalmente no período em que vivera junto da família Vidigal. Também teve de abrir mão da guarda da filha, o que fez com prazer.

A ex-mulher de Eduardo Araújo Vidigal manteve o sobrenome e tornou-se celebridade nacional. Fez cirurgia plástica, emagreceu, passou a frequentar novamente a alta sociedade. Envolveu-se com drogas, sexo e muita discoteca.

Acompanhou, a distância, a ascensão de Gaspar. Arrependeu-se de não ter se casado com ele. Afinal, tornara-se excelente partido. Agora ele tinha se tornado efetivamente bom de cama e bom de grana. Mas, se ela não podia tê-lo, nenhuma outra mulher o teria. Maria Lúcia ficava na espreita e, nesses anos todos, não deu trégua. Assim que Gaspar conhecia alguém, ela entrava em ação, na surdina. Subornava, dava às pretendentes passagens aéreas de primeira classe, casacos de pele, joias caras. As meninas não resistiam e o abandonavam.

No entanto, Maria Lúcia teve dor de cabeça com conhecida socialite. Rica e apaixonada, era praticamente impossível comprá-la. Coincidência ou não, Maria Lúcia estava a bordo do iate em que a mulher acidentalmente escorregou e se afogou, morrendo em alto-mar.

Os corpos de Estela e Olavinho nunca foram encontrados. Os pais de ambos faleceram sem saber o que aconteceu, de fato, com seus filhos. No entanto, uma sobrinha de Estela e um primo de Olavinho participaram das investigações feitas pela Comissão da Verdade. Instituída em 2011, a Comissão Nacional da Verdade (CNV), conhecida apenas como *Comissão da Verdade*, foi um colegiado instituído pelo governo brasileiro para investigar e apurar as graves violações de direitos humanos ocorridas enquanto vigoraram dois regimes ditatoriais: o Estado Novo, que perdurou no governo de Getúlio Vargas entre 1937 e 1945, e a Ditadura Militar, ocorrida entre 1964 e 1985.

Em seu relatório final, a CNV enumerou 434 pessoas reconhecidas como desaparecidas e mortas nesses períodos, dentre elas, Estela e Olavinho. Chegou-se à conclusão de que a prática de detenções ilegais e arbitrárias, tortura, violência sexual, execuções, desaparecimentos forçados e ocultação de cadáveres resultou de uma política estatal, de alcance generalizado contra a população civil, caracterizando-se como crimes contra a humanidade.

Após a entrega do relatório final à presidente Dilma Rousseff, em 2014, a CNV encerrou suas atividades. Finalmente, depois de tantos anos, mesmo que de forma póstuma, Estela e Olavinho tiveram a dignidade restituída.

Henrique, Estela e Olavinho engalfinharam-se no astral inferior por anos a fio. Alzira colocava o nome dos três espíritos na caixinha de orações do centro espírita todos os dias. Infelizmente, eles destilavam tanto ódio entre si, que eram incapazes de registrar as energias positivas emanadas pela equipe espiritual do Centro Irmão Francisco. Na época em que Marcos desencarnou por overdose de drogas e se juntou a eles, houve uma trégua. Mas o jogo de acusações entre os três ainda perdura. Encontram-se perdidos nos meandros do umbral.

O delegado Medeiros foi flagrado na clínica de aborto na qual prestava "assistência jurídica"; preso e condenado, foi para a detenção. Morreu na cadeia meses depois, esfaqueado por um colega de cela que ele tentara assediar sexualmente.

O inspetor Peixoto, que tentou ajudar Marinês, teve forte crise de consciência após aquele triste episódio. Abandonou a polícia e, com a movimentação em torno da Campanha pela Anistia, no fim dos anos 1970, foi um dos que forneceram informações e ajudaram a organizar a procura pelos desaparecidos durante os anos de chumbo.

Marinho, o inspetor que chutou o ventre de Marinês, foi capturado por um grupo de marginais enquanto fazia *blitz* numa favela. Muitos deles, já soltos, haviam apanhado do truculento e lhe jurado vingança. Marinho foi encontrado num terreno baldio, com mais de trinta perfurações de bala no corpo.

Marinês e Eduardo formavam lindo casal e continuavam se amando. Eram felizes, e Vitória cresceu nesse ambiente cheio de amor, carinho e respeito. Ela se transformou numa linda jovem: possuía olhos castanhos brilhantes, pele alva e corpo bem-feito. Paquerada e requestada, não se interessara até o momento por nenhum rapaz. Falava português, inglês e francês fluentemente, formou-se em Moda e despontava como promissora estilista na Europa, quando Osvaldo morreu e Eduardo teve de voltar ao Brasil para escolher o novo presidente das organizações e cuidar da partilha dos bens.

Num dia quente de verão, o avião aterrissou no aeroporto internacional de Cumbica, em São Paulo. Vitória adorava o Brasil e já fazia mais de três anos que não regressava, ocupada que estava em concluir os estudos. Marinês e Eduardo sentiram estranha sensação, afinal fazia mais de vinte anos que não punham os pés por estas bandas.

Vitória, embora entristecida com a morte do avô, estava maravilhada com o progresso da cidade. O táxi ia cortando aqui e ali, procurando livrar-se do trânsito caótico da metrópole, quando passaram ao lado do Hospital Emílio Ribas. Eduardo exalou profundo suspiro. Marinês apertou sua mão com carinho, transmitindo-lhe coragem.

— Já passou, querido. Esqueça.

— Ainda me lembro como se fosse ontem.

Vitória encostou o rosto em seu ombro, delicadamente.

— Marcílio deve ter evoluído, não pode ter ficado em estado infantil por tantos anos.

— Acredita mesmo nisso?

— Papai, você mesmo acredita. Estudamos tanto lá na França! Tivemos acesso a todos os livros de Allan Kardec e de Léon Denis, no original em francês, lemos muita coisa, aprendemos bastante. Hoje as informações sobre o mundo espiritual não estão mais escondidas em seitas ou organizações. Temos tudo à mão. O conhecimento está disponível para qualquer um.

— Eu sei, filha, mas é difícil.

— Vamos esquecer nossas discussões espirituais por ora. Acabamos de chegar. Vovó Adelaide precisa de nosso carinho.

— Ela é forte. Fez tudo sozinha. Ainda bem que Alzira e Iolanda estavam a seu lado.

— Nós, mulheres, somos muito fortes — disse Vitória.

Eduardo riu.

— É, tem razão. E você é a mais forte de todas.

Ele a beijou na testa. Sentia muito orgulho da filha. Vitória virou-se para Marinês, com carinho.

— Mamãe, será que vamos nos acostumar com esta cidade?

Marinês sempre se emocionava quando Vitória a chamava de mãe. Nada fora escondido de Vitória, ela sabia da verdadeira mãe, já tinha visto fotos suas nas revistas. Maria Lúcia era uma estranha para Vitória. A garota tinha forte laço afetivo com Marinês e acreditava que mãe era a que criava, a que dava amor, como Marinês fizera naqueles anos todos.

— Mãe! Estou falando com você.

Marinês riu.

— Desculpe. Estava divagando. Eu e seu pai iremos nos acostumar. Mas, e você? Não tem amigos, não conhece ninguém...

— Ora, tenho tio Túlio e tio Clóvis.

— Acho melhor visitá-los — ponderou Eduardo. — Eu e sua mãe precisamos dar atenção à sua avó e há muitos assuntos que preciso resolver. Tenho certeza de que você vai se divertir muito com seus tios.

— Incomoda-se se eu ficar hospedada na casa deles?

— Se você quiser...

— Oh, papai! — Ela estalou forte beijo em sua bochecha. — Você é o máximo! Como amo vocês!

Marinês e Eduardo entreolharam-se, emocionados. Vitória era motivo de orgulho, uma filha exemplar. Amorosa, estudiosa, dedicada, sempre sorridente. Vitória era a prova de que tudo pelo que tinham passado valera a pena.

Vitória ficou alguns dias dividindo-se entre a casa das avós. Uma semana depois, fez as malas e foi hospedar-se na casa dos tios.

Clóvis recebeu-a com imenso carinho.

— Estava ansioso. Demorou muito.

— Desculpe-me. Quis ficar ao lado de vovó Adelaide. Ela se sente fragilizada emocionalmente. A morte de vovô Osvaldo abalou-a profundamente.

— Ela vai superar logo, tem conhecimento do mundo espiritual. Sabe que, logo, ela e ele estarão juntos novamente. E, de mais a mais, ela tem um montão de netos.

— Ela adora o trabalho na creche. Minha avó Iolanda também. E eu — fez beicinho — estou sozinha.

Clóvis sorriu.

— Temos muita coisa para fazer. Teatros, cinemas, exposições...

— Por isso eu quis ficar aqui. Tem certeza de que não vou atrapalhar?

— Nunca! Você é como uma filha para nós. Ficamos felizes por nos adotar.

— E Túlio?

— Está resolvendo uns problemas no restaurante. Logo estará em casa.

Vitória queria saber tudo sobre a cidade, os costumes, as pessoas, os lugares mais badalados. Entabulou animada conversação com Clóvis, e nem perceberam o tempo passar. Algumas horas depois, Túlio chegou.

— Menina, como você está linda!

— Obrigada.

— Fiquei muito contente de saber que vai ficar conosco por uns tempos.

— Pois é. Papai e mamãe têm muitos assuntos a tratar: eleição de novo presidente do grupo, inventário, toda essa burocracia.

Medo de amar • 349

Túlio avisou:
— Gaspar vem jantar em casa hoje à noite.
— Justo hoje? — perguntou Clóvis. — Eu queria matar a saudade de Vitória.
Ela indagou, curiosa:
— Então vou conhecer o famoso Gaspar Mendonça?
— Vai. Até que enfim irão se conhecer.

Logo mais à noite, Gaspar chegou para o jantar. Foi apresentado a Vitória e, sem poder explicar, teve a sensação de conhecê-la havia muito tempo. A recíproca foi verdadeira. Passaram o jantar conversando sobre tudo: artes, sociedade, comida, moda. Parecia que na mesa só estavam os dois. Clóvis fez sinal para Túlio e ambos se retiraram, com discrição.
— Você viu só? — indagou Túlio, malicioso.
— Vi.
— Eles nem nos deram bola.
— Estão enfeitiçados.
— Não resta a menor dúvida, Clóvis. Eu conheço muito bem Gaspar. Trabalhamos juntos há anos. Nunca o vi tão empolgado. Parece um adolescente apaixonado.
— E Vitória?
— É, Clóvis, acho melhor tirar seu cavalinho da chuva.
— Por que diz isso?
— Minha intuição diz que Vitória não vai ficar muito tempo hospedada aqui em casa.
— Será?

Como num conto de fadas, Gaspar e Vitória se entrosavam mais a cada dia que passava. Todo tempo de sobra de que Gaspar pudesse dispor, ele a levava para jantar, comprava ingressos para teatro, cinema, exposições. Daí para o namoro foi um pulo.

Marinês e Eduardo não viam aquele envolvimento com bons olhos. Quando vinha passar as férias com os avós, Vitória não corria riscos: era praticamente uma adolescente, viviam na Europa, sentiam-se seguros. Agora, adulta, morando no Brasil e saindo com Gaspar, será que Maria Lúcia poderia atentar contra a garota?

— Deixe de bobagens, Marinês! Ela nos esqueceu. Assinou acordo e ganhou muito dinheiro. Maria Lúcia não pode e não vai se aproximar de nós ou de nossa filha. Ela assinou acordo em juízo. Não iria abrir mão de uma grande soma em dinheiro para atentar contra a vida de Vitória.

— Tenho medo, Eduardo.

— Por que me diz isso?

— Por nada.

Ele se aproximou de Marinês e pegou em suas mãos.

— Um dia duvidei de você e quase perdi nossa filha. Por acaso está com aquela sensação de novo?

— Quer dizer...

— Pelo amor de Deus, Marinês, não minta para mim.

Ela fez sinal afirmativo com a cabeça.

— E agora, o que faremos? Vamos ligar para dona Alzira?

— Desta vez, não.

Marinês fitou um ponto indefinido da sala e lembrou-se de uma conversa que tivera com Alzira muitos anos atrás, quando ainda se recuperava das torturas sofridas nos porões do Dops: "Sinta-se segura para encarar todo e qualquer desafio que a vida lhe trouxer. Você é forte e pode mudar. Não reprima sua força. Seja uma aliada de si mesma".

Ela abriu um sorriso e voltou-se para o marido.

Medo de amar • 351

— Eduardo, não vamos deixar que o medo nos atinja. Há muitos anos cansei de sentir medo. Ele atrapalha nosso raciocínio, cega a inteligência, nos paralisa. Não, agora vamos usar a fé, aliada à inteligência. Nada de mau vai acontecer à nossa filha. Sinto-me segura. Juro isso a você, meu amor.

Marinês falou com tanta firmeza e convicção, que parecia outra pessoa. Na verdade, ela estava amparada por amigos da espiritualidade. Eduardo comoveu-se com a atitude da mulher. Abaixou-se e beijou-a nos lábios.

— Você é a mulher da minha vida. Eu a amo.

O namoro foi esquentando a ponto de Gaspar, pela primeira vez em muitos anos, tirar uns dias de férias.

— Vitória, gostaria de conhecer o Rio de Janeiro?

— Adoraria — respondeu ela, animada.

— Então vamos desvendar juntos os prazeres e as delícias da Cidade Maravilhosa!

— E os negócios?

— Túlio é competente. Administra o restaurante com facilidade. Estou com problemas na filial do Rio. Quero juntar o útil ao agradável.

— Quanto tempo?

— Uns quatro dias.

— Oh, Gaspar, adoraria.

— Então, faça suas malas.

Ela o beijou longamente.

— Eu o amo.

— Eu também, como nunca amei ninguém nesta vida.

Marinês não gostou da viagem. Enquanto estavam de namorico, tudo bem. Mas viajar juntos? Isso era demais!

— Por que implica tanto com ele, mamãe?

— Ele tem idade para ser seu pai.
— Desde quando idade quer dizer alguma coisa?
— Ele é muito velho. Quer ficar viúva cedo?
— Não posso acreditar nisso. Mãe, que besteira! Um raio pode cair em minha cabeça amanhã e Gaspar ficaria a ver navios. Pare de ser infantil e preconceituosa. Ademais, o que são vinte e cinco anos de diferença de idade? Nosso amor minou a diferença. E mais: você sempre soube de minha preferência por homens mais velhos. Que espanto é esse?
— Não poderia ter escolhido outro?
Vitória passou os braços pela cintura da mãe.
— Está preocupada, não é? — indagou com amabilidade.
— Eu?! — disfarçou Marinês.
— Sim. Só porque Gaspar namorou Maria Lúcia, não é?
— É. — Marinês torcia as mãos, nervosa. — Não tenho medo, mas fico com a pulga atrás da orelha. Maria Lúcia sempre cismou com Gaspar.
— Isso faz parte do passado. Nós nos amamos, mamãe. Quer proteção maior do que essa? A cisma de Maria Lúcia não pode ser maior do que meu amor por Gaspar. Dessa vez, ela não vai nos atingir.
No dia seguinte, Vitória e Gaspar partiram rumo ao Rio de Janeiro. Estavam felizes e apaixonados.

Maria Lúcia estava recostada na cama quando a campainha tocou. A empregada bateu na porta:
— Dona Margô está na sala.
— A esta hora?
— Disse que é urgente.
— Mande-a subir.
Ela ajeitou os travesseiros na cabeceira. Por que Margô a procurava tão tarde da noite?

— Oi, amiga.

— Como vai, Margô?

— Bem, e você, Maria Lúcia?

— Como sempre.

— Ainda bem que está na cama.

— Por quê?

— Tenho uma bomba para lhe contar.

— Vá direto ao ponto. O que foi?

— Gaspar Mendonça está de namorico com uma linda jovem.

— Mais uma aventureira. Sabe muito bem que essas jovenzinhas são fáceis de ser compradas. Dou uma joia para a interesseira e ela se afasta.

Margô usou de tom debochado:

— Sei, mas vai ser difícil livrar-se dessa.

— Nunca houve e nunca haverá páreo para mim. Gaspar vai morrer só.

— Essa vai lhe dar trabalho.

— Não acredito.

Margô tirou uma revista de fofocas de debaixo do braço. Abriu-a e mostrou:

— Essa é bonita.

— Bonita mesmo — ajuntou Maria Lúcia. — Mas esse romance não vai adiante.

— Nem quando se trata de Vitória Araújo Vidigal?

Maria Lúcia ficou muda por instantes. Acreditou ter ouvido outro nome.

— O que foi que disse?

— Gaspar está namorando a filha de Eduardo Vidigal. É essa aí na foto. É bonita, jovem e rica. Como vai comprá-la?

Maria Lúcia sentiu o ar lhe faltar. Aquilo não podia ser verdade. Os deuses estavam conspirando contra ela. Havia alguma trama diabólica elaborada no intuito de medir seus nervos. Era pura ironia do destino. Ela olhou a foto com atenção. Vitória tinha seus traços. Era realmente bela.

— Eu sempre disse que um monstro deve ser morto ao nascer.

Margô não entendeu.

— O que é que está falando?

— Que o mal tem de ser cortado na raiz.

— Enlouqueceu, Maria Lúcia?

— Ainda não. Diga-me: onde está o casalzinho?

— Foram para o Rio de Janeiro esta noite. Dizem as más--línguas que em lua de mel.

Maria Lúcia explodiu em sua raiva. Fazia vinte anos que tentara esquecer que havia gerado um monstro. Procurou seguir sua vida, mas agora a parasita voltava e mostrava suas garras.

Ensandecida, colocou Margô para fora de casa, aos gritos. Em sua fúria, quebrou tudo que podia no quarto: espelho, vasos, cinzeiro, quadros. Chutou a televisão. Correu até a mesa de cabeceira e pegou uma tesoura. Picotou travesseiros, rasgou o colchão. A cada golpe, destilava seu ódio.

— Desgraçada! Você vai pagar, nem que seja a última coisa que eu faça na vida.

Maria Lúcia fungava de um lado para o outro do quarto. O sono sumiu, a madrugada parecia infinita. Já havia roído as unhas, fumado dois maços de cigarro. Precisava ir ao Rio de Janeiro, de qualquer maneira. Sabia qual a suíte em que Gaspar costumava se hospedar no Copacabana Palace.

— Hoje acabo com essa festa.

Ela tomou banho e vestiu-se com incrível rapidez. Nem fez mala. Pegou a bolsa e correu para o aeroporto de Congonhas.

— Quero embarcar na ponte aérea agora.

— Lamento, senhora, mas o voo vai partir em instantes.

— Não quero saber! — bramiu ela. — Preciso embarcar. É urgente.

— Senhora, por favor. Daqui a meia hora faremos novo embarque.

— Cale a boca! Coloque-me no avião.

O gerente aproximou-se.

— O que se passa?

— Preciso ir ao Rio de Janeiro agora, entendeu?

— Iremos colocá-la na próxima ponte aérea.

— Sabe com quem está falando?

— Sim, dona Maria Lúcia, mas acontece que...

— Acontece, nada! Quero embarcar agora.

Maria Lúcia fez tanto estardalhaço, que obteve êxito. Conseguiram avisar o piloto a tempo. Atrasaram o voo em alguns minutos. Gritando e gesticulando, ela entrou no avião.

— Bom dia, senhora — cumprimentou a aeromoça.

Maria Lúcia não respondeu. Contrariada, nervosa e com o ódio consumindo-lhe as entranhas, sentou-se na poltrona.

Quando chegar ao Rio de Janeiro, quero ver quem leva a melhor: Vitória ou Maria Lúcia. Pago para ver!

Esse foi o último pensamento de Maria Lúcia nesta vida. O avião em que ela estava caiu em plena cidade, no meio da rua, pouco mais de trinta segundos depois de decolar do aeroporto. Não houve sobreviventes para descrever o que de fato aconteceu num dos piores acidentes da aviação brasileira.

Epílogo

Retornamos ao início desta história, quando Maria Lúcia, horrorizada por conversar com o pai *morto*, sentiu forte emoção e desmaiou.

O doutor Lucas e sua equipe imediatamente a induziram à sonoterapia. Maria Lúcia ficou alguns meses nesse estado. Aos poucos, foi recobrando a consciência. Floriano estava a seu lado.

— Pai? Quer dizer que está vivo?
— De certa maneira, sim — respondeu ele, sorrindo.
— Sinto-me confusa, perdida.
— Foi submetida a tratamento intensivo. Enquanto descansava, sua mente expurgava as emoções negativas.
— Há quanto tempo estou aqui?

— Há uns seis meses.

Recobrando a lucidez aos poucos, Maria Lúcia constatou, atônita:

— Se estou falando com você, é porque...

— Você morreu.

— Então o avião caiu mesmo! — exclamou surpresa.

— Caiu. Lembra-se de algo?

— Estava nervosa, possessa. Sentei-me na primeira poltrona vaga que vi e, em seguida, ouvi um estrondo. Daí em diante não me recordo de mais nada.

— Eu estava a seu lado. Tive autorização para resgatá-la.

— Mas estou sem arranhões! — Ela apalpava o corpo. — Parece que nada me aconteceu.

— Seu corpo físico foi dilacerado, seu perispírito, não. Você não se lembra de nada porque sua consciência foi apagada milésimos de segundo antes do baque.

— Por que tive de morrer assim? Que maneira mais violenta, não acha? — protestou Maria Lúcia.

— Se analisar pelo ponto de vista pessoal, é uma tragédia sem proporções; do ponto de vista espiritual, digamos que são tempestades passageiras do destino. O desencarne coletivo enche os olhos humanos de revolta e dor. Diante da espiritualidade, esses processos grupais são desencadeados por forças da natureza que unem as pessoas de acordo com o momento de vida delas, coisas em comum, afinidades. O contrário também acontece, com maior frequência, inclusive, se quer saber.

— Como assim?

— As pessoas, na Terra, estão acostumadas a valorizar a dor e o sofrimento. E essa valorização negativa chegou a tal ponto, que tudo aquilo que acontece de bom é visto com desconfiança pelo ser humano. O mundo está desse jeito porque as pessoas se recusam a acreditar na força do bem. E o que me diz de grupos que conseguem coisas boas?

— Que grupos?

— Aqueles que ganham na loteria, por exemplo. Ou o caso de uma empresa de grande porte que se instala em determinada cidade, oferecendo progresso para a região e melhoria de vida para seus habitantes. O mecanismo de atração é o mesmo.

— Nunca pensei dessa forma. Mas morrer dessa maneira... Que fatalidade!

— Não, minha filha. Ninguém escapa quando soa a hora da partida.

— Sair de cena assim? Como se fosse arrancada do mundo?

— Você traçou para si mesma uma espécie de destino.

— Eu?! — exclamou Maria Lúcia, surpresa.

— Sim. Agrediu-se demais, adotou comportamento auto-destrutivo.

Ela fez força para recostar-se na cabeceira. Alterou o tom de voz:

— E o que queria que eu fizesse?

— Que dominasse suas emoções. Por que não ficou do lado de si mesma? Por que deu tanto ouvido aos outros? Você é forte, lúcida. Poderia agir melhor; contudo, negou sua evolução e perdeu a proteção.

— Eu não neguei minha evolução.

— Não havia necessidade de ser agressiva. Sempre foi inteligente, poderia dominar melhor suas emoções. Mas não: acabou se destruindo com seu desequilíbrio. Poderia ficar mais algum tempo no planeta, mas para quê? Para perseguir Vitória? Ah, Maria Lúcia, isso não teria cabimento.

— Ela foi a culpada de tudo. Arruinou minha vida.

— Por que tem de colocar a culpa nos outros pelos seus desatinos? Por que é tão difícil assumir que foi uma fracassada?

— Não fale assim comigo. Nunca me tratou dessa maneira.

— É por amá-la verdadeiramente que digo isso. Você é espírito que viveu várias vidas, passou por maus bocados,

Medo de amar • 359

mas também teve momentos de glória. Conseguiu trilhar árduo caminho, venceu preconceitos, passou por cima de muita coisa. E agora fica nessa briga de cão e gato? Quem mandou engravidar? Por que não se precaveu?

— Eu... Quer dizer, entreguei-me a Eduardo num momento de fraqueza. Tenho de ser crucificada por isso?

— De jeito algum. Todos somos passíveis de deslizes. E por que crucificar Vitória? Por que a culpar por sua infelicidade?

— Eu nunca quis ter outro filho.

— Se fosse outro espírito, você aceitaria. Vitória reencarnou como sua filha porque você nunca a perdoou. A vida lhe deu rara oportunidade de transformar seus sentimentos.

— Vitória roubou Gaspar de mim.

Floriano riu.

— Isso é demais! O pior de tudo é que você sabe que nunca o amou. Sempre cismou com ele, e isso ocorreu por séculos. Agora a vida deu um basta. Quer uma sugestão?

— Quero.

— Liberte-se das crenças antigas e viciadas. Adote nova postura diante da vida. Assuma seu poder, siga em frente ao lado daqueles que ama de verdade.

— Não sei o que é amor.

— Como não?

— É duro admitir. Mas nunca amei Gaspar ou Eduardo.

— E quanto a mim?

— É diferente.

— Não — emendou Floriano. — Amor é amor. As formas de amar são várias, a essência é a mesma.

— Eu o amo tanto, papai...

Ela se abraçou a Floriano em prantos.

— Você ainda não é uma alma conspurcada. Tem nobres sentimentos, é só deixar que eles aflorem. Liberte-se do orgulho e será feliz.

— Vou pensar nisso.

Ouviram leve batida na porta. Floriano ordenou:

— Entre.

O jovem de cabelos anelados, olhos azuis vivos e expressivos, que ela sentira enorme vontade de abraçar, entrou no quarto. Maria Lúcia teve novamente ímpetos de abraçá-lo.

— Como vai? — perguntou ele.

— Bem, obrigada. Estava tendo agradável conversação com meu pai.

— Floriano é excelente pessoa — ajuntou o rapaz.

Maria Lúcia forçava a memória. Aquele rosto era-lhe profundamente familiar. Arriscou:

— Eu não o conheço de algum lugar?

O moço riu.

— Conhece, sim.

— De onde?

— Minha aparência mudou um pouco, mas continuo o mesmo.

— Quem é você?

— Sou eu, mamãe.

Maria Lúcia abriu e fechou a boca, sem conseguir articular som. Seus olhos ficaram imóveis diante do belo jovem. Não podia ser. Ou podia?

— Você... você é...

— Sou eu, mamãe, Marcílio.

Maria Lúcia deixou correr livremente as lágrimas que afloravam aos olhos. Sentia-se profundamente emocionada. Estava explicado o porquê de querer abraçá-lo desde o primeiro instante em que o vira. Abriu os braços e deu largas às emoções.

— Filho querido, é você mesmo?

Marcílio sentou-se na cama e abraçou-se à mãe.

— Oh, mamãe, como eu a amo!

— Eu também, filho. Amo-o tanto! Como senti sua falta!

— Faz alguns anos.

— Você está tão lindo! Minha imaginação não chegaria a tanto. Quando minhas amigas me apresentavam os filhos, eu intimamente fazia comparações. Será que Marcílio estaria assim? Será que se comportaria dessa forma? Como estou feliz!

Floriano interveio:

— Entende o que disse sobre amor? É isso que acabou de expressar.

— Mamãe? — indagou Marcílio.

— O que é, meu tesouro?

— Quer deixar tudo para trás e recomeçar, a meu lado?

— Com você, vou a qualquer lugar.

— Deixaria Vitória e Gaspar para trás?

— Se jurar que vai estar comigo daqui por diante, sim. Por você sou capaz de tudo, meu filho.

— Importa-se de assistirmos ao casamento deles?

— Por quê?

— Gosto muito de Gaspar. Ele é meu pai querido, e admiro Vitória.

— Admira?

— Em outra vida, eu e você fizemos de tudo para afastá-los, inclusive planejamos o assassinato de Vitória. Gostaria muito de vê-los unidos novamente. Vai trazer paz ao meu espírito. Por favor!

— Não sei — ela hesitou.

— Mamãe, deixe as mágoas de lado. Está com seus dois grandes amores.

— Isso é verdade.

— E, se demorar um pouco mais, vamos perder a cerimônia.

— Mas como vou sair daqui? Sinto-me fraca. Preciso de tempo para me arrumar.

— Vamos assistir daqui mesmo.

— Como?

Antes mesmo da resposta, a parede na frente deles transformou-se numa tela gigante e as imagens foram ficando nítidas. Pegaram o finzinho da cerimônia:

— Vitória, aceita Gaspar como seu legítimo esposo?

— Sim, aceito.

— Então eu os declaro marido e mulher.

O padre esboçou um sorriso e incitou Gaspar:

— Pode beijar a noiva.

Gaspar, emocionado, levantou o véu que cobria o rosto de Vitória e beijou-lhe os lábios com amor. A tela apagou-se.

— E então, o que prefere? Ir atrás deles ou viver ao nosso lado?

— Quero ficar com vocês. Do fundo do coração — respondeu, convicta.

Marcílio postou-se de um lado e Floriano foi para o outro lado da cama. Abaixaram-se no mesmo instante e beijaram Maria Lúcia nas faces.

— Nós a amamos.

Naquele instante, Maria Lúcia teve certeza de que amava e era amada. A partir daquele momento, perdera o desejo de vingança. Envolvida por aquela energia pura e nutritiva, pôde sentir sua alma libertando-se das amarras do orgulho que tanto a machucara e fizera sofrer. Ela exalou profundo suspiro e sorriu.

Maria Lúcia, enfim, tomava consciência de que era dona de seu destino e nada, nem ninguém, poderia ser mais forte do que o genuíno desejo de seu espírito.

O TEMPO CUIDA DE TUDO

TRILOGIA O PODER DO TEMPO - LIVRO 1

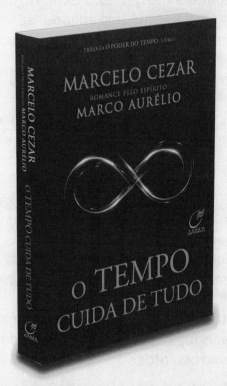

MARCELO CEZAR
ROMANCE PELO ESPÍRITO
MARCO AURÉLIO

Romance | 15,5x22,5 cm | 320 páginas

LÚMEN EDITORIAL

Estelinha sofre de insônia desde cedo devido a pesadelos, e vez ou outra desperta sentindo como se tivesse sido tocada por alguém. Diante de situações que a perturbam, ela vive sem ver sentido na vida. Depois de um período de sofrimento, Estelinha muda seu jeito de encarar a vida e entende que o perdão é o caminho para a paz de espírito. Este romance mostra que um dos objetivos da reencarnação é rever crenças e atitudes que impedem-nos o crescimento espiritual. E para que tenhamos consciência disso, precisamos contar com o tempo, pois o tempo cuida de tudo...

Entre em contato com nossos consultores e confira as condições
Catanduva-SP 17 3531.4444 | boanova@boanova.net | www.boanova.net

SÓ DEUS SABE

MARCELO CEZAR ROMANCE PELO ESPÍRITO MARCO AURÉLIO

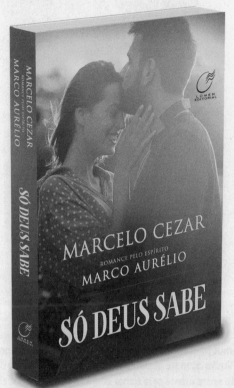

Romance | 15,5x22,5 cm | 352 páginas

"Em meio à década de 1960, época de profundas mudanças na sociedade que perduram até hoje, convidamos você para acompanhar o dia a dia das famílias de Leonor e dos gêmeos Rogério e Ricardo. Apesar de ocorrer num período delicado da história do Brasil, o romance resgata relatos cheios de amor e aprendizado, superação e resignação. A trama revela que os acontecimentos, agradáveis ou não, transformam as decisões em autoconhecimento, ajudando-nos a entender como funciona o destino e as surpresas que ele nos promete. Daí que pouco adianta nos preocuparmos e tentarmos adivinhar o futuro, pois, em relação a isso, só Deus sabe..."

Entre em contato com nossos consultores e confira as condições
Catanduva-SP 17 3531.4444 | boanova@boanova.net | www.boanova.net

MARCELO CEZAR
ROMANCE PELO ESPÍRITO MARCO AURÉLIO

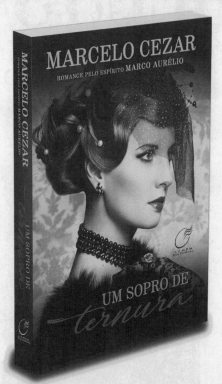

Romance | 16x23 cm | 400 páginas

Às vezes nos julgamos traídos pela vida e achamos que a felicidade depende da sorte. Julgando-nos pessoas de azar, optamos pelo vício da reclamação ao esforço da mudança de nossas crenças e atitudes. Acreditamos na ilusão do mal e preferimos nos entregar à vontade do destino, como se o destino fosse uma criação de nossa mente para burlar nossas responsabilidades perante o mundo. No entanto, quando tudo parece se precipitar pelas veredas sombrias do desengano, o amor e a amizade renascem no coração para mostrar que a centelha que nos dá vida permanece acesa dentro de nós. Embora adormecida, ela jamais se perde, e despertá-la é tarefa que todos podemos empreender com alegria, porque tudo o que vibra no bem é naturalmente alegre. É isso que vamos aprender no decorrer desta história sensível e fascinante: a felicidade é um estado da alma, conquistada dia após dia. Sorte é um acontecimento positivo gerado pela mente sadia. E amor é construção do espírito, que jamais se perde de sua essência quando viceja como um sopro de ternura no coração.

Entre em contato com nossos consultores e confira as condições
Catanduva-SP 17 3531.4444 | boanova@boanova.net | www.boanova.net

Nunca estamos sós

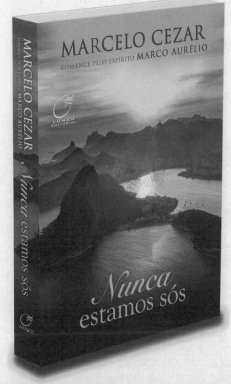

MARCELO CEZAR
ROMANCE PELO ESPÍRITO
MARCO AURÉLIO

Romance | 16x23 cm | 384 páginas

LÚMEN EDITORIAL

"Ao longo da vida, desejamos alcançar metas e objetivos. Conseguir o que se quer nem sempre é difícil, mas a manutenção de nossos sonhos pode nos custar muito caro. Às vezes, ao almejar o melhor, tropeçamos em conceitos de certo e errado, levando nosso espírito impregnar-se de sentimentos negativos. Ao longo deste romance, fica evidente perceber que a culpa e o medo são instrumentos que nos afastam de nossa verdadeira essência, causando-nos feridas emocionais difíceis de ser cicatrizadas. Porque, presos na culpa, ou atolados no medo, perdemos o nosso poder e, em vista disso, ficamos nas mãos dos outros. No estágio de evolução em que nos encontramos, é comum errar e acertar. A Vida, com sua infinita sabedoria, nos enriqueceu de potenciais. No entanto, ao fazer o melhor que podemos, descobrimos que as forças universais atuam a nosso favor, trazendo-nos alguém ou alguma coisa que enriqueça a nossa vida, tornando-nos mais fortes e confiantes. E, quando isso acontece, percebemos que Deus em nenhum momento nos abandonou e, por esse motivo, nunca estaremos sós."

Entre em contato com nossos consultores e confira as condições
Catanduva-SP 17 3531.4444 | boanova@boanova.net | www.boanova.net

Av. Porto Ferreira, 1031 | Parque Iracema
CEP 15809-020 | Catanduva-SP

www.**lumeneditorial**.com.br
www.**boanova**.net

atendimento@lumeneditorial.com.br
boanova@boanova.net

 17 3531.4444
 17 99777.7413
 @boanovaed
 boanovaed
 boanovaeditora

Acesse nossa loja

Fale pelo whatsapp